Chronique des enfants de la nébuleuse
Livre deuxième
La montagne aux illusions

L'auteure

Ann Lamontagne a fait une entrée remarquée en littérature jeunesse en 2001, son roman *Les Mémoires interdites* se retrouvant parmi les finalistes au Prix du Gouverneur général ainsi qu'au Prix du livre M. Christie. Ce que les gens ignorent peut-être, c'est qu'elle écrit aussi, pour le lectorat adulte, des histoires à l'écriture riche et à l'imagination fertile.

Bibliographie

Le Château de Céans (*Chronique des enfants de la nébuleuse* I), roman jeunesse, Gatineau, Vents d'Ouest, « Ado plus », 2006.

Les Douze Pierres, roman, Gatineau, Vents d'Ouest, « Azimuts », 2004.

L'Adieu aux Chevaliers (*La Piste des Youfs* III), roman jeunesse, Gatineau, Vents d'Ouest, « Girouette », 2003.

Trois jours après jamais, roman, Hull, Vents d'Ouest, « Azimuts », 2002.

La Cité des Murailles (*La Piste des Youfs* II), roman jeunesse, Hull, Vents d'Ouest, « Girouette », 2002.

Samhain – La nuit sacrée, roman jeunesse, Montréal, Éditions Alexandre Stanké, 2001.

Sabaya, roman jeunesse, Hull, Vents d'Ouest, « Ado », 2001.

Les Mémoires interdites, roman jeunesse, Hull, Vents d'Ouest, « Ado », 2001.

Le Petit Parrain (*La Piste des Youfs* I), roman jeunesse, Hull, Vents d'Ouest, « Girouette », 2001.

La Flèche du temps, roman, LaSalle, Hurtubise HMH, 1994.

Ann Lamontagne

La montagne aux illusions

Chronique des enfants de la nébuleuse

Livre deuxième

C

Catalogage avant publication de Bibliothèque et Archives Canada et Bibliothèque et Archives nationales du Québec

Lamontagne, Ann
  La montagne aux illusions

  (Chronique des enfants de la nébuleuse ; livre 2e)
  (Ado ; 76. Plus)
  Pour les jeunes de 12 ans et plus.

  ISBN 978-2-89537-132-8

  I. Titre. II. Collection: Lamontagne, Ann. Chronique des enfants de la nébuleuse ; livre 2e. III. Collection: Roman ado ; 76. IV. Collection: Roman ado. Plus.

  PS8573.A421M66 2007   jC843'.54   C2007-941240-8
  PS9573.A421M66 2007

Nous remercions le Conseil des Arts du Canada de l'aide accordée à notre programme de publication. Nous reconnaissons l'aide finan- cière du gouvernement du Canada par l'entremise du Programme d'Aide au Développement de l'Industrie de l'Édition (PADIÉ) pour nos activités d'édition. Nous remercions également la Société de développement des entreprises culturelles ainsi que la Ville de Gatineau de leur appui.

Dépôt légal - Bibliothèque et Archives nationales du Québec, 2007
                Bibliothèque et Archives Canada, 2007

Correction d'épreuves : Renée Labat

© Ann Lamontagne & Éditions Vents d'Ouest, 2007

Éditions Vents d'Ouest
185, rue Eddy
Gatineau (Québec) J8X 2X2
Courriel :   info@ventsdouest.ca
Site Internet : www.ventsdouest.ca

Diffusion Canada : PROLOGUE INC.
Téléphone :   (450) 434-0306
Télécopieur :   (450) 434-2627

Diffusion en France : Distribution du Nouveau Monde (DNM)
Téléphone :   01 43 54 49 02
Télécopieur :   01 43 54 39 15

À Johanne,
en guise d'au revoir

Liste des principaux personnages

1979 – Deuxième été

CAMP DU LAC AUX SEPT MONTS D'OR

Richard   propriétaire et directeur du camp, 28 ans

LES FILLES

Catherine   guérisseuse, 17 ans
Charlotte   séductrice, 15 ans
Estelle et Judith   les petites, 9 ans
Joal   narratrice, jumelle de Samuel, 14 ans
Juliette   meilleure amie de Joal, 16 ans
Lola   reptilophile, 14 ans
Maïna   discuse de bonne aventure, 15 ans
Marie-Josée   spécialiste des langues, 16 ans
Stéphanie   musicienne, 12 ans

LES GARÇONS

Alain et Daniel   inséparables, 10 et 11 ans
Grand Louis   aîné des campeurs, 17 ans et demi
Ignis   maître de feu, 16 ans
Laurent   lutin, 15 ans
Luc   énigmologue, 15 ans

Marc	bricoleur de tapis, 14 ans
Martin	apprivoiseur de cerf, 13 ans
Nicolas	meilleur ami de Samuel, 13 ans
Petit Paul	marmiton, 8 ans
Pio	petit frère d'Ignis, 6 ans
Pouf	chef cuisinier, 16 ans
Samuel	jumeau de Joal, 14 ans
Simon	l'indécis, 12 ans

LES ANIMAUX

Paluah	faon de Sylve
Sylve	chevreuil de Martin
Zitella	chouette de Samuel
Zorro	raton laveur de Lola

VILLAGE DU CAMP DU LAC AUX SEPT MONTS D'OR

Alice	sœur d'Augustin Chapdelaine, 67 ans
Augustin	docteur du village, frère d'Alice Chapdelaine, 70 ans

Adhara	fille de Shaula et d'Altaïr, sœur aînée de Bellatryx, 17 ans
Altaïr	père d'Adhara et de Bellatryx, né Carl Kontarsky, 50 ans
Antarès	humaniste et chef pâtissier, 49 ans
Aries	étudiante, 18 ans
Australe	étudiante, 19 ans
Bellatryx	fils de Shaula et d'Altaïr, frère cadet d'Adhara, 15 ans
Capella	psychanalyste jungienne, 70 ans
Carina	étudiante, 19 ans
Castor	philosophe, 42 ans
Centauri	le géant de la Sainte Trinité, 54 ans
Corvus	étudiant, 18 ans
Deneb	mythologue, 55 ans
Dorado	étudiant, 21 ans
Draco	étudiant, 19 ans
Gemini	étudiant, 21 ans
Groombridge	l'être du centre de la Sainte Trinité, 56 ans
Hermès de Véies	anthropologue spécialiste des plantes médicinales, 68 ans
L'étrange Indi	psychothérapeute, 40 ans
Luyten	le chétif de la Sainte Trinité, 56 ans
Maïte	nouvelle compagne d'Altaïr, née Maïtena Coti, 34 ans
Marc-Aurèle	étudiant, meilleur ami de Bellatryx, 20 ans
Mensa	étudiant, 20 ans
Mimosa-tête-en-l'air	ancienne danseuse étoile, 39 ans
Octans	étudiant, 18 ans
Orion	étudiant, 21 ans
Pictor	étudiant, 19 ans

Rigel	philosophe, 48 ans
Sextans	étudiant, 19 ans
Shaula	mère d'Adhara et de Bellatryx, née Bernadette Gozzoli, 46 ans
Sirius	bras droit d'Altaïr, 50 ans
Véga	anthropologue, ancienne meilleure amie de Shaula, 46 ans

AILLEURS AU QUÉBEC

Léonard Châteaulin	directeur de collège et ami d'Hermès, 67 ans
Léonie Châteaulin	mère de Léonard, 85 ans
Louise Delacroix	amie de collège d'Hermès, 66 ans

LIGURIE, ITALIE

Fabiola Fabrizzio	née Fabiola Gozzoli, sœur de Bernadette Gozzoli (Shaula), 37 ans
Fratello Cercatore	dominicain génois, 56 ans

Prologue

Ce serait si bon d'être esclave !

Ce serait si bon d'être esclave !
Ne pas avoir à se prendre en charge…
Oublier la brûlure de la liberté…
Isabelle SORENTE

Je crois que ce souhait est inscrit dans le cœur des hommes et que, tôt ou tard, il arrive un moment dans la vie où la tentation est grande de l'invoquer. Il nous prend alors l'envie de baisser les bras, de nous abandonner à la gouverne de quelqu'un d'autre, si autoritaire soit-il, si arbitraire que soit son pouvoir. Plusieurs n'envisageront cette éventualité que brièvement, pressentant la beauté illusoire du piège, d'autres céderont et, pour certains, il leur en coûtera la vie.

Joal Mellon

Chapitre premier

Le serment

RIGEL avait passé une mauvaise nuit. Il s'était réveillé brûlant de fièvre, avait rejeté les draps et marché jusqu'à la fenêtre pour l'ouvrir, puis s'était recouché par-dessus le couvre-pied espérant un peu de fraîcheur. Il s'était finalement retrouvé transi dans l'aube. Il n'était pas si vieux, quarante-huit ans ce n'est pas encore le bout du monde, mais en se recroquevillant sous un bazar de couvertures jetées à la hâte sur le lit, il était convaincu que son corps ne tiendrait pas le coup, qu'il allait se briser sur les récifs de la douleur. Après de longues minutes d'angoisse, comme il ne mourait toujours pas, il se rendormit.

Adhara était arrivée plus tôt pour préparer la salle. Elle avait fait des piles avec les livres, donné un coup de balai, placé un bock d'eau fraîche sur le pupitre et essuyait méthodiquement le tableau quand Carina, Draco, Gemini, et les autres étaient arrivés. En septembre, Adhara avait troqué ses tresses pour une natte plus épaisse nouée dans le dos, espérant gagner en autorité auprès de ses étudiants. Elle avait aussi retiré la ceinture qu'elle portait à la taille, laissant flotter sa tunique de la façon la plus imprécise qui soit. Personne n'était dupe évidemment, mais la manière posée et légèrement distante qu'elle avait de s'adresser à eux, de même que le fait qu'elle soit la fille d'Altaïr – détail que Sirius veillait à rappeler à tous –, maintenait les plus entreprenants, en particulier Draco, à distance. Adhara fit une brève introduction du sujet dont Rigel devait traiter et, pour tromper l'attente, dessina elle-même une échelle du temps au tableau. Elle ne risquait pas de commettre une erreur, l'ayant vu faire tant de fois à l'époque où elle portait encore des tuniques courtes.

Ce n'était tellement pas dans les façons de ce maître de la rigueur d'arriver en retard qu'elle fut rapidement inquiète. Aries, la plus vive de ses étudiantes, cheveux de paille et museau de renarde, s'offrit à aller aux nouvelles, mais Adhara la retint, craignant que quelque chose de grave ne se soit produit. Elle irait voir elle-même.

La porte du pavillon n'était pas fermée à clé. Après avoir frappé, elle s'était avancée en appelant son ancien professeur d'une voix hésitante. Elle dut se rendre jusqu'au seuil de la petite chambre où elle fut guidée par un râle qui sortait de sous un échafaudage laineux. Elle prit son courage à deux mains, attrapa le poignet qui dépassait et, de là, remonta jusqu'à la tête du malade qu'elle dégagea délicatement. Il avait les yeux fermés et les lèvres bleues.

⋙⋘

Impossible de me tromper, cela s'est passé le jour de notre retour au camp. Par un miracle aussi prodigieux qu'inespéré, nous étions tous revenus. Tous, plus Pio, le petit frère d'Ignis. À bord de l'autobus, nous nous étions dépêchés de vérifier, comme des parents inquiets, que chacun était bien pareil à l'image que nous avions emportée avec nous au mois d'août. Juliette était toujours aussi désinvolte, Charlotte plus femme fatale que jamais. Luc trimballait une mystérieuse serviette de cuir et portait de petites lunettes qui cristallisaient sa condition d'intellectuel. Judith dépassait maintenant Estelle de quelques centimètres, ses cheveux avaient perdu leur chatoiement doré et, ainsi de suite, chacun avait un détail en plus ou en moins. Mais dans l'ensemble, le compte de nos souvenirs y était.

Quoi d'autre ? Comment décrire cette impression de douceur sous nos pieds dans le sentier près du château, le plaisir de retrouver la grande table de bois maltraitée par nos couteaux de poche, et les odeurs du dortoir, presque aussi palpables que des objets familiers ? Ça ne s'explique pas ces choses-là, mais sans qu'on en ait conscience, elles allaient devenir pour toujours des pièces de notre identité.

Depuis que l'autobus avait quitté la route principale pour entrer plus intimement au cœur des montagnes, l'image de Bellatryx s'était emparée de mon esprit. C'était comme un envoûtement. Je savais que je venais de quitter le versant du monde où il n'était pas, pour celui où il serait partout.

⚜

Dès qu'elle avait compris la gravité de la situation, Adhara avait couru prévenir Antarès, puis était revenue annuler le cours invoquant, sans donner plus de détails, un malaise du professeur. Elle avait ensuite pris le vieux scooter pour descendre au village où elle espérait trouver le docteur Chapdelaine. Cette fois, si les choses devaient mal tourner, elle ne laisserait pas les gens conclure à une mort accidentelle si facilement.

L'air était chargé de parfums et plusieurs jours de vent chaud avaient asséché le sentier. Mais Adhara ne s'en apercevait pas. Elle serrait les poignées à s'en blanchir les jointures et dévalait le chemin, échappant mille fois de justesse aux branches et aux pierres qui se présentaient.

Comment elle était arrivée vivante en bas de la montagne relevait des impénétrables voies du destin. Elle s'était d'abord rendue chez le docteur, où il n'était pas, puis de chez lui à la maison d'été des Hébert, où il n'était plus. À la ferme des Warren, où il était censé passer dans le courant de l'avant-midi, personne ne l'avait vu encore. Adhara n'avait pas d'autre endroit où suivre sa piste. Elle retourna sur ses pas pour laisser un message à sa sœur Alice, une vieille dame indigne qui avait un amant depuis plus longtemps que les femmes de son âge avaient un mari, en déposa un autre au casse-croûte attenant au dépanneur où tout ce qui bougeait un tant soit peu au village passait tôt ou tard, et repartit ne sachant quoi faire de plus.

Elle craignait que le docteur ne reçoive son message trop tard, se culpabilisait par antici-pation, se demandait où il avait bien pu aller pour que, dans un village aussi petit, elle n'ait trouvé personne pour lui dire où il était. Elle calcula le temps qu'il faudrait pour que Rigel reçoive les premiers soins, puis elle laissa ses pensées courir. L'état de son ancien professeur avait-il un rapport avec les menaces qu'elle avait senties peser sur la communauté l'été précé-dent? C'était difficile à dire, tant l'hiver avait été calme. Elle avait dit adieu à Capella avec le sentiment de rompre avec l'enfance. Elle était adulte maintenant et seule, surtout. Quelques jours plus tard, elle avait donné son premier cours et s'était efforcée de ne pas regarder en arrière.

À ce moment-là, les étudiants formaient une petite caste d'où les quelques filles de la com-munauté étaient exclues. Altaïr entretenait subtilement cet antagonisme, aussi Adhara avait-elle essayé de faire contrepoids en leur accordant plus d'attention, mais ses efforts n'avaient pas porté fruit. Il ne lui restait qu'un cours à donner et elle ignorait toujours ce que les jeunes prévoyaient faire. Au fond, elle espérait qu'ils repartent tous, ce serait plus simple.

Il n'y avait personne devant le pavillon quand elle revint et elle en fut soulagée. S'il était arrivé quelque chose de grave à Rigel pendant son absence, ce serait déjà plein de monde. Antarès qui somnolait près du lit ouvrit les yeux à son approche. Adhara échangea quelques mots avec lui et regarda Rigel dont le souffle sortait avec peine de ses lèvres livides ; c'était bien la mort qui rôdait.

―――※―――

Le temps de choisir nos lits, les mêmes que l'été précédent, de déposer près d'eux les objets dont nous n'avions pu nous séparer en faisant nos bagages et nous nous sommes retrouvés en bas. Nous venions à peine d'avaler la première bouchée du repas dans le joyeux brouhaha des retrouvailles quand une silhouette s'est découpée dans la porte. Nous nous sommes tus, inquiets. Poussant le battant avec fracas, un homme aux abondants cheveux blancs, l'air hagard et les vêtements tachés, transforma notre silence en stupéfaction.

Quelques minutes s'écoulèrent avant que Richard, constatant que l'homme n'était pas dangereux, se décide à avancer vers lui pour lui demander ce qu'il voulait. L'homme réclama de l'eau qu'il but avidement, s'essuya délicatement la bouche et se présenta enfin. Nous avions devant nous le docteur du village, Augustin Chapdelaine, sacoche de cuir à la main pour l'attester, parti voilà plusieurs heures pour se rendre au chevet d'un membre de la communauté.

« Je connais ces montagnes comme le fond de ma poche ! Je ne sais vraiment pas comment ça a pu m'arriver ! »

Le docteur hochait la tête, l'esprit troublé par ce mystère (où avait-il bien pu perdre son chemin ?), une main tenant une cuillerée de la soupe que Richard venait de lui servir, sans que jamais il la porte à ses lèvres.

Il finit par la déposer dans un éclair de bouillon pour se diriger vers la porte d'un pas qui ne souffrait pas de réplique.

Bellatryx avait beaucoup changé pendant l'hiver, comme ça arrive toujours à cet âge-là. Ses cheveux, qui avaient été presque blonds, tournaient au châtain, le contour de son visage s'était désarrondi et ses muscles allongés. Il était assis les jambes étendues, affectant la nonchalance, quand il vit Maïte sortir de la chambre de ses parents. Il accusa le coup en s'assoyant très droit sur le bout des fesses, les joues rougies de gêne. Il ne s'attendait pas à la voir là. Si on lui avait posé la question, sans doute aurait-il dit que ça le choquait de voir son père s'afficher aussi ouvertement avec une femme. Mais ce qui le choquait vraiment, c'était qu'elle soit avec Altaïr plutôt qu'avec lui.

En entendant du bruit, Altaïr s'était tourné vers la jeune femme, puis avait repris, à l'endroit de son fils :

– Je voulais voir comment allait se passer l'hiver avant de te parler de certains projets concernant ton avenir, Bellatryx.

Bellatryx avait autre chose en tête. Il attendit que Maïte soit sortie pour demander :

– As-tu eu des nouvelles de maman ?

– Non, pas récemment.

– Alors, Maïte et toi…

– Quoi, Maïte et moi ?

Le ton était coupant, Bellatryx faillit s'arrêter, mais il ne pouvait pas, sa colère était plus forte.

– Vous vivez ensemble maintenant ?

– Non. Pas du tout.

– Donc, ce n'est pas Maïte que je viens de voir sortir de la chambre de maman ? C'était une illusion d'optique ?

– Nous ne vivons pas ensemble. Et ça ne te regarde pas. J'ai à te parler de choses importantes, j'aimerais que tu ne m'interrompes pas avec des futilités !

C'était toujours pareil avec son père. Rien ne l'embarrassait. Comme si le monde avait été prévu pour son usage personnel. Bellatryx serra les poings, mais obtempéra.

⬥

Le docteur atteignit la lisière des arbres, fit encore quelques mètres, puis hésita, mesurant la folie qui lui avait fait croire qu'il pourrait arriver sain et sauf dans la communauté, en pleine nuit, à bout de forces comme il l'était. Il resta immobile. Il se sentait oppressé, mais incapable pourtant de revenir sur ses pas. Nous l'avions suivi de loin et, en usant de toute la diplomatie dont nous disposions à l'époque, nous avons fini par le convaincre de rentrer avec nous. Il avançait tête baissée, les jambes tremblantes, la sueur lui coulant dans les yeux, ce qui le forçait à les fermer à tout bout de champ pour se débarrasser du sel qui les brûlait.

Quand nous sommes arrivés au château, je me suis tournée vers lui, l'assurant que, quoi qu'il arrive, nous vivants, personne ne viendrait dire qu'il n'avait pas fait le maximum pour respecter son serment d'Hypocrite.

Le docteur Chapdelaine s'est arrêté net. Je m'attendais à un signe de gratitude, au moins à un sourire, au lieu de quoi, il s'est mis à rire d'un rire énorme qui s'est communiqué aux autres comme une étincelle dans les broussailles. Puis, j'ai entendu Marie-Josée me dire, entre deux hoquets : « C'est le serment d'Hippocrate, Joal, pas d'Hypocrite ! »

23

J'étais au comble de l'humiliation. Comment avais-je pu me montrer aussi stupide ? Et comme pour me couper toute issue, la vague nourrie par sa propre ampleur continuait de grossir. Pour ne pas devenir folle, j'ai fini par céder et par rire moi aussi. Quand le tumulte s'est enfin apaisé, je ne m'étais pas noyée, et contre toute attente, je me sentais bien.

Chapitre II

Les heures incertaines

Hermès somnolait. Il avait une mine de papier mâché qui lui enlevait toute ressemblance avec lui-même. Depuis son opération, il avait toujours mal, au point où Mme Châteaulin, venue habiter avec son fils Léonard, le suppliait sans cesse de retourner voir le spécialiste qui l'avait opéré.

Hermès refusait, même s'il était très difficile d'échapper à la sollicitude de Mme Châteaulin et même s'il n'était plus question pour lui de marcher dans son état. Après l'opération qui avait eu lieu tard en automne, il avait écrit à Adhara pour lui dire qu'il tenait à ce qu'elle l'avertisse s'il se passait quoi que ce soit d'inhabituel, tout en priant silencieusement le ciel qu'il n'arrive rien, tellement il se sentait en mauvais état. Elle lui avait répondu, avec sa diplomatie toute neuve, qu'elle n'hésiterait pas à faire appel à lui le cas échéant, sachant qu'elle n'en ferait rien. Et d'ailleurs, à ce moment-là, la première neige était sur le point d'arriver et chacun s'apprêtait à prendre ses quartiers d'hiver.

Même l'intolérable Sirius avait mis son cynisme en sourdine. Adhara sentait sa rancune envers lui moins violente. Sirius lui faisait pitié. Il se donnait des airs bravaches pour tenter de conquérir ce qui lui serait à jamais inaccessible. Adhara ne serait pas à lui. Et de toute façon, elle ne serait à personne, ça ne figurait pas dans ses plans.

Bref, Hermès coulait des jours douloureux, malgré l'attention dont il était l'objet. Parfois, de la fenêtre qui ouvrait sur le lac, il observait les pactes naître et se défaire entre les garçons, l'or blond des cigarettes s'échanger dans de secrètes tractations, sans jamais éprouver l'envie d'être plus qu'un spectateur dans la vie du collège.

Les nouvelles qu'il avait reçues d'Europe le préoccupaient. En septembre, Carlo avait demandé à Shaula de rester encore, quelques jours tout au plus, le temps qu'il boucle un court voyage d'affaires. Il était venu embrasser sa femme ; c'était la dernière fois que Shaula l'avait vu. Il avait disparu, le sale traître. Étrangement, Fabio ne s'était pas plainte de son départ, pas plus qu'elle n'avait montré de signes d'inquiétude à propos de son absence qui se prolongeait. Évidemment, il ne pouvait plus être question pour Shaula de quitter Viareggio dans un avenir immédiat et elle s'était installée un peu plus définitivement dans cette vie recluse auprès de sa sœur dont la mort semblait ne pas trop vouloir finalement.

Tant d'eau a coulé sous les ponts, je résume en donnant un petit air entendu aux choses, ce qu'elles n'avaient pas alors. Une fois consciente que Carlo avait fui loin de sa femme qu'il disait tellement aimer, Shaula avait passé des heures terribles à se demander si elle devait dire ou taire la vérité à Fabio. Quand elle envisageait l'aveu, elle se trouvait faible de ne pas tout faire pour protéger sa cadette de la vérité, alors elle optait pour le silence qui lui donnait aussitôt l'impression qu'elle était lâche.

Une correspondance entre Shaula et Hermès s'est établie au cours de cette période incertaine où tous les deux étaient prisonniers de situations qui leur laissaient beaucoup de temps pour réfléchir. Ces lettres, que j'ai obtenues après bien des complications, ont contribué à éclaircir certains points de l'histoire, mais surtout, tandis que je l'écris pour vous, c'est leur musique qui m'accompagne.

L'écriture de Shaula est claire, les lettres bien formées sont sans mollesse, elles courent sur le papier se frayant librement un chemin à travers d'invisibles lignes et de bienveillantes forêts de conventions auxquelles elle ne cherche pas à échapper. Ses propos reflètent d'ailleurs ce même équilibre fait de spontanéité et de maîtrise. Si je ne l'avais pas connue, je l'aurais certainement crue très belle, simplement à cause de la façon mélodieuse dont elle exprimait ses idées.

La graphie d'Hermès est plus enthousiaste, mais plus difficile à déchiffrer : certaines lettres sont escamotées dans l'impatience, d'autres se terminent en jolies arabesques. Il a un style plus cérébral que Shaula et les vingt-deux ans qui les séparent sont décelables dans le ton de leurs propos. Il semble bien qu'on n'échappe pas à l'heure de sa naissance.

Je le dis en pensant à autre chose aussi : tous les deux appartenaient à une époque plus au fait des arcanes de la langue où abondaient des phrases aux articulations complexes remplies de mots pleins d'étranges nuances. Ce n'est pas à l'université que j'ai eu la chance de lire des textes de cette nature, Joseph serait certainement d'accord avec moi. Joseph… Aurélie… les acteurs du deuxième acte de ma vie. Mais je m'écarte.

Dans leurs échanges, Shaula et Hermès racontent certaines choses personnelles, mais toujours pour en venir à la communauté dont ils parlent avec la tendresse qu'on réserve d'habitude aux personnes. Et quand ils évoquent son éventuelle disparition, ils emploient, sans doute à leur propre insu, les mots du deuil.

———

Louise monta les marches, un peu inquiète. Malgré son habitude d'interroger toute sorte de monde, elle n'avait jamais fait l'exercice auprès d'un enquêteur de police et sur son propre terrain encore. Il n'y avait personne dans la salle où on la fit attendre si longtemps qu'elle eut le temps d'en repeindre trois fois les murs avant qu'un jeune homme, qui aurait pu être son petit-fils, apparaisse. Elle le détailla, convaincue qu'on lui avait envoyé ce garçon pour se débarrasser d'elle. Eh bien ! Ils allaient voir de quoi elle était capable ! Avant qu'elle ait commencé à tirer dessus à boulets rouges, l'enquêteur se présenta en la regardant avec intérêt. Un peu honteuse de son manque de perspicacité, Louise le suivit dans le dédale beige des couloirs.

— Qu'est-ce que je peux faire pour vous, madame Delacroix ?

— *Mademoiselle* Delacroix.

L'enquêteur nota qu'elle avait rougi. Il trouva que c'était attendrissant ; les gens ne rougissaient pas beaucoup en général et venant d'une femme aux cheveux blancs coiffée comme une actrice des années quarante, c'était encore plus charmant.

— Une jeune fille est venue vous voir l'été dernier. Elle s'appelle Adhara. Vous souvenez-vous d'elle ?

— Pouvez-vous me dire son nom de famille ?

— Oui, bien sûr… Gozzoli, Adhara Gozzoli.

— Et… la raison de sa visite ?

Louise avait perçu l'hésitation ; il savait très bien de qui elle parlait. Mais visiblement, l'enquêteur était un de ces lacs tranquilles qui ne laissent pas facilement percer leurs mystères.

— C'était à propos du décès de Jean-Pierre L'Heureux.

Il ne broncha pas. Il avait les yeux posés sur elle, affectant une attention sans faille et un silence de cathédrale.

– Mais peut-être l'a-t-elle appelé par le nom qu'il portait dans la communauté... Aldébaran... Vous ne voyez toujours pas ?

L'enquêteur se revit au pied de la montagne, tous ses sens en alerte, affolé à l'idée de voir surgir un ours à chaque craquement suspect – et en pareil lieu, ils l'étaient tous –, puis dans le jardin des Mythes, devant la tombe de cet Aldébaran, à côté d'un homme de haute taille qui lui avait fait les honneurs du cimetière. Mais il n'en souffla mot.

– De quoi est-il mort ?

– C'est justement ça qui est nébuleux.

Ils avançaient tous les deux avec une infinie prudence. Alors que Louise s'apprêtait à l'alimenter d'un nouveau détail, il sortit paisiblement de sa réserve.

– Je me rappelle de mademoiselle Gozzoli. Difficile d'oublier une jeune femme comme elle. On aurait dit qu'elle sortait des pages d'un Lagarde et Michard.

L'allusion à cette série d'anciens manuels d'histoire de la littérature était bien la dernière chose qu'elle s'attendait à entendre de la bouche de l'enquêteur. Elle rétorqua, simplement pour dire quelque chose :

– Je ne suis pas sûre de comprendre où vous voulez en venir.

– Ce n'était qu'une image.

Énervée par cette conversation qui ne menait nulle part, Louise coupa court :

– En fait, je suis ici parce que je veux savoir si vous avez ouvert un dossier.

— Je vois.

⸎

Léonard passa sa main épaisse dans sa barbe de capitaine et se frotta le menton. Si Hermès disait qu'il avait un mauvais pressentiment, ce n'était pas à prendre à la légère.

— Il s'est passé quelque chose.

Disant cela, Hermès suivait les mouvements de Socrate qui nettoyait sa fourrure comme si le sort du monde en dépendait.

— Penses-tu à un accident ?

— Je ne crois pas. J'ai vu le regard d'Adhara et j'ai senti sa colère.

Mme Châteaulin entra dans la pièce sur ces entrefaites. Elle regarda Hermès comme si elle était un scanneur. On ne pouvait rien cacher à cette femme.

— Vous semblez encore plus mal en point que d'habitude, Hermès.

— Ça va. Ne vous en faites donc pas tant pour moi, Léonie, je vais finir par croire que vous m'aimez.

Elle répliqua, un rire dans la voix :

— Arrêtez vos folies, Hermès ! À propos, votre amie Louise a téléphoné, quand vous étiez dehors. Elle n'a pas voulu que je vous dérange en allant vous chercher ou alors que je me dérange pour aller vous chercher, enfin peu importe, mais elle a demandé que vous la rappeliez à votre retour.

Léonie s'attendait à ce qu'Hermès s'esquive avec grâce pour aller téléphoner, comme il savait si bien le faire, au lieu de quoi il blêmit, saisit les roues de son fauteuil et partit à toute vitesse, convaincu que Louise avait des nouvelles d'Adhara à lui donner, et pas nécessairement de bonnes.

Chapitre III

Un autre adieu

ILS ÉTAIENT tous là, les anciens compagnons comme les nouveaux, à quelques mètres de la tombe d'Aldébaran, à l'extrémité ouest de l'allée de l'Aube. Mais leurs regards étaient tournés en direction d'une autre croix. Bellatryx, drapé dans une cape de velours fermée par une fibule d'argent, se tenait à la droite de son père. À la gauche de celui-ci, Adhara, portant une cape semblable, avait remonté le capuchon, ce qui empêchait de voir l'expression de son visage noyé d'ombre. Capella, soutenue par Deneb et Antarès, regardait la terre fraîchement retournée, laissant les larmes mouiller ses joues de parchemin. Ce qu'elle pleurait ce jour-là, c'était bien sûr un peu la disparition de Rigel, ce collègue de vingt-deux ans son cadet, mais beaucoup son passé dans la montagne qu'elle retrouvait après plusieurs mois d'un éloignement qu'elle avait cru définitif.

Rigel n'en aurait eu cure de toute façon. Ni de ses pleurs, ni de son retour. De l'avis de tous ceux qui avaient vécu auprès de lui, il n'avait jamais été sensible aux hommages. Antarès disait qu'il avait choisi la montagne faute d'un bunker où s'enterrer. Lorsque Antarès avait annoncé sa mort à la famille, il ne s'était trouvé personne pour se souvenir de lui avec une quelconque émotion.

Adhara, qui était à son chevet à attendre le docteur Chapdelaine, en avait plus appris sur lui de la bouche d'Antarès la nuit de sa mort qu'au cours des cinq ans où elle avait été son élève. Rigel semblait avoir trouvé sa famille, son équilibre et sa fierté dans le seul exercice de la pensée. Il ne cherchait pas à être aimé, ne s'attendait pas à l'être et ne tolérait pas qu'on s'immisce dans son intimité. Mais, au fond, de quelle intimité pouvait-il s'agir puisque, depuis des années, il n'avait pas eu d'autre vie que sa vie dans la communauté ? Adhara avait bien envie de savoir.

⚜

Le docteur trouvait que ce n'était pas nécessaire que je le raccompagne jusqu'au village, Samuel et Nicolas non plus parce qu'ils n'avaient pas envie de faire une deuxième aussi longue marche dans la journée, mais moi, oui. J'avais besoin de réfléchir. Notre visite dans la communauté avait été éprouvante. C'était une semaine avant l'enterrement. Adhara était à fleur de peau. En apercevant Samuel, elle n'avait pas pu s'empêcher de le prendre dans ses bras et

34

de le serrer très fort, mais avait vite repris contenance, s'efforçant de se montrer attentive aux explications du vieux docteur.

– Il ne faut pas vous en faire, docteur Chapdelaine. Vous le savez bien, c'est la montagne qui décide, pas nous.

– Je sais, mais je m'en veux quand même de n'avoir pas pu faire plus vite, Adhara. Comment va-t-il ?

– Il est mort… un peu avant l'aube.

Je me souviens de l'expression du docteur ; comme si on lui avait donné une gifle. Il a pris le temps d'accuser le coup, puis il a demandé, une fois réintégré son masque de médecin :

– Puis-je le voir ?

– Bien sûr. Suivez-moi.

Comme elle ne nous avait pas explicitement demandé d'attendre, j'ai planté les garçons là et je lui ai emboîté le pas. J'espérais toujours voir Bellatryx, mais la situation m'intéressait aussi. Maintenant que j'y pense, c'est étrange qu'on puisse si bien dissocier de ses gestes de tous les jours, un trouble amoureux envahissant. Qu'on puisse à ce point donner le change aux gens qu'on aime et qui croient tout savoir de nous. Pourtant, c'est bien ainsi que je vivais à l'époque.

Je ne m'étais jamais approchée d'aussi près de quelqu'un qui venait de mourir. La chambre était maintenue froide à l'aide de puissants ventilateurs. Les poils de mes bras se sont hérissés avant même que j'aperçoive la forme immobile indécemment révélée par un drap de coton.

— Que s'est-il passé, Adhara ? De quoi souffrait-il ?

— Je ne sais pas. Le professeur Rigel devait faire un exposé dans ma classe hier matin. Il était en retard, je suis venue voir ce qui se passait et je l'ai trouvé encore au lit. Il avait de la difficulté à respirer. Je suis tout de suite partie vous chercher.

Le docteur Chapdelaine souleva le drap en se plaçant de façon à m'éviter le spectacle.

— Vu les circonstances, je n'ai pas le choix, je vais devoir communiquer avec le bureau du coroner. Il va y avoir une autopsie.

— Je comprends.

— Ne vous inquiétez pas, Adhara, le corps va vous être rendu très vite, je vais y voir.

— Est-ce que je peux faire quelque chose, docteur ?

— Je vais faire les démarches nécessaires pour qu'on vienne chercher le corps dans les vingt-quatre prochaines heures. D'ici là, assurez-vous de maintenir la chambre à cette température et ne laissez personne entrer.

— Vous pensez à...

— ... je ne sais pas. Un virus peut-être. Quelqu'un d'autre a-t-il été malade dans la communauté ?

— Pas que je sache. Quand je leur ai annoncé le décès de Rigel ce matin, ils étaient tous apparemment bien portants.

– Pourvu que ça dure. Nous saurons à quoi nous en tenir une fois l'autopsie terminée.

– Docteur Chapdelaine…

– Oui ?

– Pour Aldébaran, êtes-vous tout à fait sûr que c'était le cœur ?

Le docteur blêmit. Il attrapa son sac et marmonna en se dépêchant de sortir :

– Bien sûr. Qu'est-ce que vous croyez ?

J'aurais voulu disparaître sous le plancher.

***

La fatigue commençait à la gagner. Elle avait l'impression de ranger depuis des heures des papiers et des livres qui ne présentaient pas le moindre intérêt. En mettant la vie de Rigel dans des cartons, Adhara avait espéré apercevoir quelque chose de son existence qui le lui aurait rendu plus proche. Mais tout ce qu'elle rencontrait, c'était les pensées des autres à perte de vue, en articles, en condensés, en thèses, en volumes. Il n'y avait rien qui rappelait si peu que ce soit que la vie était passée par la maison de Rigel, l'avait marqué de ses contradictions, de son désordre, et qu'elle avait à son tour été marquée par lui, par son regard et ses passions.

Alors qu'elle essayait de fermer une boîte remplie jusqu'au bord, un livre tomba, laissant s'échapper une carte de *La huitième merveille du monde*. C'était la boutique où Maïte avait connu son père, lui avait dit Louise. Une flambée de rage qui l'empêchait presque de respirer submergea Adhara. Il était temps de régler ses comptes.

Elle marcha à grands pas fâchés jusqu'à la pièce voisine où Maïte emballait des vêtements, se planta devant celle-ci, et lui tendit la carte.

– Je viens de trouver ceci, j'ai pensé que ça t'intéresserait… *Maïtena Coti*.

⚜

Il n'y avait que de vieilles maisons d'au moins cent deux ans au village. Les commerces avaient été contraints de s'y installer, faute d'espace, en éventrant les façades pour caser leurs vitrines. La maison du docteur, la plus cossue, était au centre de la rue, intacte dans ses atours de bois, sa volée de volets et une impressionnante porte garnie d'un heurtoir à gueule de lion. J'ai suivi le docteur sans dire un mot, éreintée par notre longue marche.

L'entrée avait la propreté transcendante d'un presbytère. Le docteur m'a fait un clin d'œil et m'a conduite à l'arrière de la maison où se trouvait la cuisine. Là, c'était un autre monde, dans un état plus approximatif, habité d'objets utiles et familiers. Devant une grande table blanchie de farine, une femme roulait de la pâte. Elle avait les mêmes extraordinaires cheveux blancs que le docteur. Sur le comptoir de l'évier, je devinais les pains en train de prendre de la rondeur sous les linges à vaisselle humides, sachant depuis l'été précédent, grâce à Pouf, que les pains ne naissent pas tous égaux et uniformément tranchés.

Je partageais à cette époque l'humanité en deux grandes catégories : les vieux qui n'ont rien compris et nous, les moins de vingt ans, qui allions leur montrer comment on doit s'y prendre pour mettre le monde à sa main. Rien ne m'avait préparée, moi Joal Mellon, à me retrouver devant une femme de la trempe d'Alice qui, malgré ses soixante-sept ans, avait l'air de très bien savoir de quoi était fait le monde.

Elle habitait avec son frère non par convenance ou par obligation, mais parce qu'il la laissait libre et qu'elle avait le bon goût de faire de même. Leur père, le vieux docteur Chapdelaine, n'avait eu qu'eux d'enfants. Devenu veuf à la naissance d'Alice, il les avait élevés seul, renonçant délibérément à refaire sa vie, et au bout de ses jours longs et prospères, il leur avait légué un héritage fait pour moitié de biens et pour moitié d'indépendance d'esprit.

Après m'avoir servi une collation, Alice a insisté pour que je reste. Elle avait vraiment l'air d'y tenir. C'était une conteuse de talent qui ne devait pas avoir souvent l'occasion d'exercer son art. La nuit allait venir sous peu, m'a-t-elle dit, il pourrait m'arriver la même chose qu'à Augustin, et même, avec un peu moins de chance... mais bien sûr qu'il y avait des loups dans la montagne, évidemment ! Qu'est-ce que je croyais !

Le docteur n'a pas soupé avec nous et je ne l'ai pas revu de la soirée. Il y avait de nombreuses chambres à l'étage ; c'est pur hasard si j'ai pris celle à côté de la sienne. C'était la plus proche de l'escalier et je tombais de sommeil. Alice a mis des draps frais et je me suis endormie comme un bébé. Je ne sais pas combien de temps j'ai dormi, c'est un bruit de sanglots qui m'a réveillée.

Le docteur était étendu sur son lit tout habillé. Il pleurait. J'ai frappé timidement contre le montant de la porte pour ne pas le surprendre et je suis entrée. J'étais mal à l'aise, je ne savais pas ce que j'allais pouvoir dire pour le consoler, s'il allait m'ordonner de sortir, se fâcher contre moi, mais il n'était pas en état de se fâcher contre qui que ce soit : il était tellement saoul que je ne sais même pas s'il m'a entendu arriver et repartir. Ça expliquait pas mal de choses. Par exemple pourquoi il n'avait pas soupé avec nous et pourquoi, alors qu'il connaissait la montagne comme le fond de sa poche, il avait réussi à se perdre. Tout à coup, je me suis sentie très mal. Je venais d'avoir accès à un secret qui ne me regardait pas. Et ça ne s'est pas arrangé quand il m'est finalement passé par l'esprit que le docteur était peut-être ivre le jour où il avait constaté la mort d'Aldébaran. Adhara ne s'inquiétait peut-être pas pour rien, finalement.

En entendant le nom qu'elle portait enfant, aussi bien dire dans une autre vie, Maïte s'était figée comme un animal pris dans le faisceau des phares. *Maïtena Coti*. Où Adhara avait-elle su ? Elle ne pouvait pas deviner ce que la jeune fille savait réellement et cela la rendait extrêmement vulnérable. Il fallait pourtant qu'elle réagisse et vite.

— Excuse-moi. Ça m'a fait drôle de t'entendre m'appeler comme ça. Personne ne l'a fait depuis si longtemps.

Adhara ne cilla pas. Maïte lui avait tant menti qu'elle était en état d'alerte absolue. Elle fit néanmoins un effort pour maîtriser sa voix.

— Coti. C'est ta grand-mère celte qui s'appelait comme ça ? Celle qui connaissait la *lorica* du *Livre des Invasions*?

Maïte sentit que la menace était sérieuse. Adhara ne connaissait pas seulement son véritable nom et l'endroit où elle avait connu Altaïr. De toute évidence, elle savait aussi quelque chose sur les « emprunts » qu'elle avait faits à Aldébaran. Alors quoi ? Courir le risque d'improviser une version sans savoir ce qu'Adhara savait réellement ? Mieux valait naviguer au plus près de la vérité.

— C'est dur pour moi de parler de ma famille, Adhara. Je n'ai pas eu le même genre de vie que toi et ton frère. Mais la croix vient réellement de ma grand-mère. C'est en cherchant à en apprendre plus à son sujet que j'ai rencontré Altaïr. Il faisait des achats pour la communauté à *La huitième merveille du monde*.

À mesure qu'elle l'écoutait, Adhara se renfrognait. Maïte n'avait pas vraiment le choix, il fallait qu'elle joue plus à fond la carte de la sincérité et elle était capable d'en user, surtout avec quelqu'un de plus jeune. Elle s'enhardit.

– Au début, je ne savais pas qu'Altaïr était marié.

– Ma mère te faisait confiance !

– Je te jure Adhara, je ne l'ai pas trompée, je me suis vraiment occupée du testament.

– Ce n'est pas au testament que je pense !

C'est étrange comme la beauté et la laideur qu'on imagine absolues se relativisent selon qu'on se met à aimer une personne ou, au contraire, à la détester. À ce moment précis, Adhara m'en a parlé avec étonnement, les traits de Maïte avaient pris la forme de ses mensonges et la jeune femme tout à coup lui a semblé laide.

– Ton père et moi, on n'a rien fait avant le départ de Shaula, je peux le jurer sur la tête de ta mère...

– Laisse la tête de ma mère tranquille ! Et dis-toi bien que Shaula n'a pas divorcé parce qu'elle est partie en Italie s'occuper de sa sœur !

Le plus difficile, Maïte commençait à s'en rendre compte, ce n'était pas de se faire pardonner d'avoir menti sur sa vie, ce n'était même pas d'avoir volé Aldébaran et d'avoir feint d'être une spécialiste dans un domaine qu'elle ne connaissait pas. C'était d'avoir pris la place de Shaula. Évidemment ! Ça tombait sous le sens ! Elle évalua ce qui avait le plus de chance de marcher et tomba pile sur le point faible d'Adhara : Altaïr. Sa colère envers lui. En convainquant Adhara qu'il était responsable de sa présence ici, que c'est lui qui avait menti en l'assurant qu'entre Shaula et lui l'amour était arrivé à son terme, elle pouvait faire d'une pierre deux coups. Détourner l'attention d'Adhara et créer un sentiment de solidarité devant la déloyauté d'Altaïr.

— Écoute, Adhara, tu n'es plus une enfant. Ce que je vais te dire, je ne te le dirais pas si je n'y étais pas obligée.

Adhara était loin d'être gagnée, mais elle était attentive.

— Personne ne t'oblige…

— Oui, toi ! Ta droiture, tes inquiétudes, le tort que je t'ai fait sans le vouloir.

— Tu te défends bien pour une fausse avocate !

Voilà autre chose ! Mais Maïte ne pouvait pas trouver toutes les excuses du monde en même temps. Elle poursuivit sans relever la remarque.

— Tu as raison de m'en vouloir, mais écoute au moins ce que j'ai à te dire.

— J'écoute.

— Que dirais-tu qu'on efface tout et qu'on recommence, Adhara ? Si je te promets d'être ABSOLUMENT franche avec toi, de TOUT te dire, de répondre à TOUTES tes questions, penses-tu qu'on pourrait repartir à zéro, toi et moi ?

— Qu'est-ce que tu fais de la façon dont tu as traité ma mère dans tout ça ?

— Je ne cherche pas à me défiler, pas une seconde, et je comprends Shaula de ne t'avoir rien dit. Ce n'est pas le genre de choses qu'on dit à sa fille. Mais il est temps maintenant que quelqu'un te le dise.

— Shaula ne m'a jamais menti.

— C'est vrai, omettre de dire quelque chose, ce n'est pas mentir. Mais tu as dû remarquer que ton père et ta mère n'étaient pas très près l'un de l'autre, tu n'as pas pu ne pas t'en apercevoir. Au début, ça se passe à l'insu des gens, ça s'installe peu à peu, une sorte de désintérêt progressif envers le corps de l'autre, ses attitudes, ses pensées. Un beau jour, le charme cesse d'opérer. Ça vient avec le temps. Puis l'indulgence s'efface. Le ton se durcit. Tes parents ne s'entendaient plus depuis très longtemps, tu le sentais, j'en suis certaine. Ils songeaient tous les deux à une autre vie.

Adhara aurait mille fois mieux aimé nier. Elle détestait Maïte de dire ça, tout en sachant au plus profond que c'était ce qui s'était produit. Elle ne se rappelait même pas à quand remontait le dernier geste tendre entre ses parents.

Chapitre IV

Croix de bois

LAURENT bayait aux corneilles, affalé sur le sofa. Il avait toujours son air de lutin, avec des copeaux sur la tête, des taches de rousseur plein les joues, et un corps maigre, mais je ne le trouvais plus si insupportable. Je crois que nous commencions à former une véritable communauté, nous aussi. Ça ne m'a pas empêchée de lui souhaiter d'avaler une mouche. Tout le monde était éparpillé dans la pièce, occupé à tuer le temps par ce petit matin tranquille de juin. Les deux inséparables, Alain et Daniel, jouaient à la bataille, Maïna coiffait Lola qui coiffait Zorro. Le raton avait survécu à la ville et au père de Lola et développé en grandissant des habitudes d'enfant gâté qui n'iraient pas en s'améliorant. Samuel et Nicolas disputaient une partie d'échecs sous l'œil vague de Simon. Celui-là avait un comportement encore plus flou qu'avant, si c'était possible. Stéphanie faisait des croquis de Charlotte qui se laissait croquer avec hauteur. Marc construisait une ville en Lego pour Pio à deux ronds de tapis de

Juliette qui tentait de battre son propre record de château de cartes. Puis, mon attention s'est portée sur Luc.

Je voyais sa main courir entre le beurrier et le pot de confiture. De temps à autre, il levait la tête pour regarder dans un livre qu'il avait appuyé contre une pile de jeux de société. Je me suis approchée ; il n'a pas bougé. J'ai regardé par-dessus son épaule et là, comme s'il m'attendait, il s'est tourné vers moi et il a commencé à me raconter ce qu'il avait découvert pendant l'année.

Après avoir passé plusieurs samedis à fouiller les archives de son collège, il avait fini par retracer le couvent du frère Isidore et par s'y rendre. C'est là qu'il avait appris son décès qui remontait à mai 1966. Le frère François l'avait suivi dans la tombe six ans plus tard. Le vieux portier qui avait fourni ces renseignements à Luc lui avait aussi appris que le Camp du lac aux Sept Monts d'or avait effectivement fermé ses portes pendant la guerre comme l'avait suggéré Richard. Il avait rouvert en 1946 grâce au frère Isidore, devenu entre-temps prieur de sa communauté. En dépit de ses nouvelles responsabilités, il avait personnellement dirigé le camp jusqu'en 1960, date où celui-ci avait brusquement cessé ses activités.

Je pris le livre et fis descendre mon pouce sur la tranche soyeuse. Une photo avait été glissée entre deux pages. Elle datait de 1925. Le frère Isidore posait avec sa promotion, jeune novice de vingt-deux ans au regard de braise. Je ne sais pas pourquoi, mais j'ai tout de suite pensé à Alice, la sœur du docteur Chapdelaine, qui m'avait confié à mots couverts avoir vécu autrefois un amour interdit pour un très bel homme qui passait ses étés dans la région.

— Alice le connaissait peut-être.

Marie-Josée avait levé la tête.

— La sœur du vieux docteur ?

— Oui, j'ai fait le calcul. Elle avait quinze ans quand le frère Isidore est arrivé pour construire le camp en 1927. Lui en avait vingt-quatre.

— Qu'est-ce qui te fait dire qu'ils se connaissaient ?

— Je ne sais pas, une intuition.

— On ne perd rien à lui demander. Peut-être même que son frère a soigné des campeurs à l'époque…

— Pas au début. Il était encore trop jeune, mais plus tard… oui, c'est possible.

Tout à coup, je me sentais importante.

— On pourrait aller la voir demain si vous voulez et même parler au docteur Chapdelaine…

En prononçant son nom, c'est devenu évident, je n'avais pas envie de me retrouver en face de lui, à savoir quelque chose qu'il ne savait pas que je savais, et je me suis arrêtée de parler. Luc ne s'est aperçu de rien. Il avait la tête ailleurs.

— Vas-y si tu veux, mais tu devras te passer de ma compagnie. Ça fait des mois que je rêve de retourner au mont Noir voir ce qu'il y a sous cette dalle, et c'est demain que ça se passe, croix de bois, croix de fer !

– Au fond, j'ai tout le temps d'aller voir Alice plus tard. Je t'accompagne !

– Moi aussi !

Martin qui n'avait pas revu Sylve depuis son arrivée serait donc du voyage. Plutôt que de fouiller une millième fois les alentours du château, il était temps pour lui de ratisser plus large et pourquoi pas jusqu'au mont Noir.

– Venez si vous voulez, mais je vous avertis, j'ai l'intention de passer la nuit là-bas.

– Parfait ! J'adore la misère !

Ça, c'était Juliette, ma Juliette, qui ne restait jamais longtemps sans fourmis dans les pattes.

Ignis s'est joint à nous – afin que nous ne soyons pas privés de quelqu'un qui savait faire un feu digne de ce nom – ce qui, avec Marie-Josée, portait notre expédition à six personnes.

Aux premières lueurs du jour, alors que nous prenions la direction du mont Noir, Luyten, Centauri et Groombridge le quittaient après avoir accompli leur mission.

– Le feu est bien éteint ?

– Tu me prends pour un imbécile ?

– Non, mais une négligence comme celle-là, c'est dans tes cordes…

– Tu raisonnes comme un cheval de carrosse !

– Ça suffit, Groombridge ! Et toi aussi, Centauri ! Il est temps de partir.

Ces deux-là n'étaient jamais à bout d'arguments pour se relancer, et Luyten avait hâte d'annoncer la fin des travaux à Altaïr.

– Regardez !

À mesure que l'un de nous atteignait le plateau de mélèzes, son visage passait de la fatigue à l'incrédulité, puis à la stupeur. Les ruines de la chapelle avaient disparu. Le mur jadis écroulé s'élevait pierre sur pierre, sans mortier, mais droit comme une chandelle et bien solide. L'entrée et l'oculus au-dessus d'elle, ainsi que les étroites fenêtres en ogive sur ses flancs n'avaient été munis ni de porte ni de carreaux, mais le versant effondré de la toiture avait été réparé et sa couverture végétale remise en place avec un tel soin qu'on eut dit que la petite chapelle avait remonté le temps toute seule.

Luc se tenait sur le seuil. Je crois bien qu'il avait peur d'entrer et de constater que les « réparateurs de chapelle » étaient aussi des chercheurs de trésors et que s'il y avait eu quelque chose sous la dalle quand nous avions quitté le mont Noir en août dernier, il était inutile d'espérer rien trouver cette fois.

Il n'y avait aucun ajout à l'intérieur. Pas d'autel, ni banc, ni statue. La dalle portant l'inscription *canere* semblait ne jamais avoir bougé de sa place. Luc a balayé les lieux du regard et, après quelques minutes d'observation, un large sourire est venu se poser sur son visage. Tout allait bien.

— Alors, on le prépare, ce dîner ?

Maintenant qu'il savait qu'il n'avait pas fait tout le chemin pour rien, il était prêt à prendre un peu de repos avant de commencer. On s'est réparti les corvées et peu de temps après, le repas mijotait sur le feu. Je posai enfin à Luc la question qui me brûlait les lèvres depuis notre arrivée :

— Je t'aurais cru plus pressé, depuis le temps que tu attends ! Tu n'as même pas essayé de soulever la dalle. Qu'est-ce qui se passe ?

— J'avais faim.

— Toi, faim ? Dis plutôt que tu nous caches quelque chose !

C'était de notoriété publique, quand Luc avait quelque chose en tête, il ne ressentait pas la faim. Et il avait toujours quelque chose en tête.

— OK. J'ai vu un truc dans la chapelle qui m'a fait conclure que personne n'a soulevé la dalle depuis qu'on est venus ici.

Juliette objecta :

— C'est impossible !

— Et pourquoi ce serait impossible, Mademoiselle je-sais-tout ?

— Parce que la chapelle est vide comme le fond de ma poche !

— Qu'est-ce que tu paries ?

– Mon blouson en cuir !

Ça devenait franchement intéressant. On avait tous vu la chapelle vide et on savait à quel point Juliette tenait à ce vieux blouson, cadeau d'un cousin qu'elle disait être pilote de brousse dans le nord. D'un autre côté, Luc souriait avec une telle assurance...

– Tope là !

Ce fut le dîner le plus rapide de toute l'histoire du camp et la veste de cuir la plus rapidement perdue au jeu. Une fois de retour dans la chapelle, Luc est resté quelques secondes à nous observer, et comme aucun éclair de génie ne semblait nous venir, il nous a demandé de nous approcher de la dalle. Et là, nous avons vu celle-ci se soulever d'un ou deux centimètres sans que personne y touche.

– Pensez-vous encore que je me vante ?

Luc était resté près de l'entrée. Il se tenait à côté d'un petit bénitier creusé à même la pierre murale, si discret que personne, à part lui, n'y avait prêté attention. Tout au fond se trouvait un disque de porphyre, entouré et comme scellé par un dépôt d'algues gluantes. C'est tout ce qui restait de l'eau accumulée là par les pluies au fil du temps et qui avait imprégné la pierre d'un cerne noirâtre.

C'était là que résidait le secret : le disque de pierre pourpre activait un mécanisme qui descellait la dalle pour permettre de la soulever. Luc avait vu des reproductions de ce genre de mécanismes dans un livre et s'était souvenu de la pierre du bénitier. Si quelqu'un avait touché au disque, la pellicule végétale qui l'entourait aurait nécessairement été brisée. Or, elle était intacte, d'où la conviction de Luc que les mystérieux « réparateurs de chapelle » n'avaient ni fait fonctionner le mécanisme permettant de soulever la dalle ni, en conséquence, retiré ce qui s'y trouvait peut-être.

Une fois descellée, la dalle pouvait être enlevée avec une facilité déconcertante. Une autre surprise nous attendait dessous : il n'y avait ni message ni coffre, il n'y avait… rien du tout. Un trou noir. On s'est regardés en se demandant qui allait y descendre, mais on savait que le seul qui était assez petit pour passer, c'était Martin. C'était le plus jeune et, sans être maigre, sa constitution délicate en faisait le sujet idéal.

— Quelqu'un a apporté une lampe de poche, au moins ?

Luc lui tendit la sienne.

— Tiens ! Ça va aller ? Tu es sûr ?

— Comme si j'avais le choix !

Martin n'était pas peureux et il était loin d'être idiot. Son premier geste une fois la lampe de poche en main, ça a été de regarder en l'air autour de l'espace qu'occupait la dalle. Des poinçons glissés dans des œillets tenaient la pierre voisine en place. Il suffisait de la retirer pour agrandir l'accès. Vis-à-vis des dalles amovibles, le sol en terre battue n'était pas à plus de 90 centimètres du plafond.

— Alors, quoi ? Vous venez avec moi, oui ou non ?

Martin nous regardait d'un air de défi. Luc se laissa glisser d'abord, suivi de Marie-Josée. J'enfilai à sa suite pendant que Juliette et Ignis s'assoyaient à côté du trou, prêts à intervenir en cas de pépin.

Luyten n'était pas peu fier. Sans formation architecturale, avec sa seule intelligence et les bras de Centauri et de Groombridge, qui n'étaient pas les instruments les plus dociles qui soient, il était parvenu en moins de deux mois à ressusciter, telle qu'elle devait être à l'origine, la chapelle du mont Noir dont Altaïr voulait faire le secret joyau de la communauté. Seul un petit groupe de personnes y aurait librement accès, c'était normal sans doute et aussi un peu dommage. Mais qu'importait au fond ! Luyten attendait sur le seuil, le cœur en joie. À peine avait-il franchi la porte de Belisama qu'il avait couru annoncer la fin des travaux à Altaïr sans même prendre la peine d'aller changer de vêtements.

Il ne savait pas trop à quoi s'attendre entre l'admiration d'Altaïr, un discret sourire et une virile tape dans le dos. La possibilité qu'il ne lui reconnaisse pas de mérite ne l'avait même pas effleuré.

— C'est terminé ? Parfait, je voulais justement m'y rendre dans les prochains jours.

– Il n'y a rien pour s'asseoir ; je n'ai pas eu le temps de fabriquer et de faire transporter des bancs là-bas. Il vaudrait peut-être mieux remettre le voyage d'une semaine, le temps que je règle ce détail.

– Ce ne sera pas nécessaire.

– Je te rappelle que la montée est rude ; on sera épuisés en arrivant là-haut.

– Qui t'a dit que tu étais du voyage ?

– Personne, mais…

– Je ne serai accompagné que par quelques membres très proches.

– Je vois…

– En passant, n'oublie pas que tu ne dois parler à personne de la chapelle ; ton idée de faire transporter des bancs là-haut, ce n'est pas précisément discret. S'il n'y a pas autre chose dont tu veux me parler, tu peux partir, j'ai du travail.

– C'est tout ?

Le ton caustique de Luyten n'avait pas échappé à Sirius, qui avait assisté silencieux à toute la scène, mais il ne fut pas décodé par Altaïr.

⁂

Bellatryx aurait pu être sensible au charme d'Aries, de Carina ou d'Australe, qui étaient déjà des jeunes femmes et avec lesquelles il passait beaucoup de temps, mais non. Ce n'étaient pas elles, mes rivales. C'était encore et toujours la terrible, l'injustement belle Maïte.

Dans ce petit groupe de très peu de filles et de pas mal de garçons, il n'y avait pas beaucoup de secrets qui puissent tenir. Ce que l'un savait, les autres l'apprenaient en général à très peu de temps d'intervalle. Et quand Marc-Aurèle avait appris de Bellatryx qu'Altaïr voulait emmener son fils dans un lieu tenu secret, il en avait glissé un mot à Draco qui disait toujours tout à Gemini, lequel s'était servi de cette confidence pour amadouer Carina qu'il voulait séduire... Bref de l'un à l'autre, tout le monde sut bientôt qu'une excursion à laquelle ils n'étaient pas conviés s'organisait, et les spéculations se mirent à aller bon train.

C'est là, je crois, qu'il faut chercher les premières vraies manifestations de la secte. Les étudiants se préparaient à retourner en ville après une année intéressante certes, mais un peu trop recluse à leur goût. Ils avaient un bac à finir, des rêves à réaliser, des amours à vivre, des enfants à mettre au monde. Cet événement qui indiquait que la montagne n'avait pas livré tous ses secrets a changé le cours des choses. Pas pour tous, mais tout de même, du groupe d'étudiants venus passer l'hiver, treize ont choisi de rester.

— J'aurais dû prévoir ça ! Je suis vraiment idiot !

Notre exploration des dessous de la chapelle avait été récompensée au-delà de ce que nous espérions. Nous avions découvert que le soubassement donnait sur une pièce sommairement aménagée où des réunions avaient dû se tenir jadis. Mais au moment de l'inspecter, nous avions complètement épuisé nos piles!

— Dire qu'on a peut-être l'énigme des chapelles sous les pieds et qu'on va être obligés de revenir plus tard. C'est vraiment stupide!

— Calme-toi voyons, la fin du monde n'est pas encore arrivée!

On était allongés dans nos sacs de couchage, les étoiles pour plafonnier, autour d'une flambée qu'Ignis dorlotait afin de nourrir sa réputation. Il reprit sur le même ton raisonnable:

— Si tu arrêtes de te lamenter deux secondes, tu vas pouvoir écouter ma proposition. Je peux retourner au château avec Martin demain matin. En nous dépêchant, on sera de retour assez vite avec de l'éclairage, des provisions et la vieille tente kaki qui traîne dans le grenier. Et avant deux jours, on aura notre camp de base sur le mont Noir.

— Tu ferais ça pour moi, pour vrai?

— Sûr! Qu'est-ce que t'en penses, Martin?

— Ouais, je suis d'accord!

— Ça va prendre beaucoup de piles aussi et des bougies…

Ce fut à mon tour d'offrir mes services.

— Justement, je voulais aller poser quelques questions à Alice à propos du frère Isidore. Aussi bien en profiter. Pendant qu'Ignis et

Martin vont aller au camp, je vais descendre au village.

– J'y vais avec toi.

Joignant le geste à la parole, Juliette se leva pour faire les poches de tout le monde en prévision de l'achat des piles et demanda à Marie-Josée ce qu'elle comptait faire.

– Je reste ! Luc et moi, on a de la lecture à faire en vous attendant.

Évidemment, les deux compères n'avaient pas pu s'empêcher de glisser quelques gros livres de référence dans leur sac à dos.

– Vous allez lire ici ? dehors, au beau milieu de la montagne ?

– Tu parles, j'ai assez de lecture pour passer le reste de l'été ici… si j'avais les provisions pour tenir.

Juliette leva les yeux au ciel.

– Des provisions pour le reste de l'été ! Tu pourrais demander la lune aussi, tant qu'à faire !

– Bon, bon ! On ne va pas s'énerver maintenant. Ignis et moi, on rapporte de quoi tenir quelques jours, ensuite, si tu veux prolonger ton séjour, Luc, tu t'organises. Et ne crois pas que je fais tout ça pour tes beaux yeux ; si on laisse la tente ici en permanence, ça va me faire un point de chute quand je chercherai Sylve de ce côté-ci du lac.

– Comme si je ne le savais pas !

— Quand comptes-tu aller là-bas ?

— Très bientôt.

— Avec qui ?

— Bellatryx évidemment, Sirius, Maïte et toi.

— Luyt, Centau et Groom auraient mérité de venir. Pourquoi leur refuser ce plaisir alors que ce sont eux qui ont restauré la chapelle ?

— Arrête de rapetisser le nom de tout le monde, ça me rend fou ! On ne peut pas se déplacer en légion si on veut rester discrets. Et ils n'ont pas bâti une cathédrale que je sache, ils ont remis quelques pierres en place.

— C'était tout, sauf aussi simple que ça. J'ai parlé avec Luyt, il a fait un travail exceptionnel.

— Je le loge, je l'habille, je le nourris depuis des mois, ce travail, il me le devait.

— N'oublie pas que l'argent avec lequel tu paies tes bontés n'est pas le tien, Alta, c'est l'argent de la communauté. N'oublie pas que tu n'es pas la communauté à toi tout seul.

Une seule personne était capable de parler sur ce ton à Altaïr. Véga.

— Je serai prête à partir dès que tu m'avertiras. Je vous attendrai passé la porte de Belisama.

Chapitre V

L'ombre du dragon

QUAND Louise avait appris de la bouche de l'enquêteur que le rapport du coroner concluait à une mort naturelle, et que pour ce qu'il en savait, Rigel avait déjà été enterré, elle avait poussé un soupir de soulagement et, sous le coup de l'enthousiasme, avait roulé jusqu'au collège pour annoncer la nouvelle à Hermès. Si la mort de Rigel n'avait pas été naturelle, cela lui aurait nécessairement fait douter du caractère accidentel de celle d'Aldébaran. Or, découvrir qu'Altaïr assassinait ses anciens collègues pour mieux régner était tout sauf réjouissant. Elle aurait craint pour la vie des enfants. Tout était donc pour le mieux.

— Maintenant, tu vas me faire le plaisir de penser à toi, Hermès de Véies. J'ai parlé à mon médecin de famille ; tu n'as aucune de raison d'endurer le mal. La douleur n'a pas de vertu expiatoire, elle ne fait qu'indiquer que l'opération n'a pas réussi et qu'il faut la reprendre.

— Tu as raison. Mais pour en revenir à la mort de Rigel, je ne vois pas comment le fait qu'elle soit accidentelle nous permet de conclure que celle d'Aldébaran l'était aussi. Rappelle-toi que dans son cas, il n'y a pas eu d'autopsie. Seulement un certificat de décès fait par un médecin de campagne.

— As-tu quelque chose contre les médecins de campagne, par hasard ?

— Ne te moque pas, je suis inquiet, Louise. J'ai rêvé d'Adhara l'autre nuit, elle était très en colère et depuis que j'ai fait ce rêve j'ai un mauvais pressentiment.

Louise mit cela sur le compte de son sentiment d'impuissance. Sans une nouvelle opération, Hermès ne pourrait pas retourner sur le mont Unda. Il pouvait toujours donner son avis à distance, mais c'était comme prêcher dans le désert de Judée. La dernière année lui avait bien prouvé la justesse du proverbe *aus den Augen, aus dem Sinn,* loin des yeux, loin du cœur.

Le chirurgien l'avait averti qu'une deuxième opération était risquée dans l'état où se trouvait son cœur. En vieillissant, ce sont des problèmes de cette nature qu'il faut régler et c'est très embêtant parce que peu de gens sont à l'aise avec la question de leur immortalité. Sans compter que si son cœur résistait à cette seconde intervention, il lui faudrait de longs mois de laborieuse réadaptation avant de pouvoir se déplacer normalement.

— Je peux aller voir Adhara pour toi, si tu veux.

C'est cette sollicitude qui le décida. Louise était merveilleuse. D'ailleurs, il se demandait ce qui l'avait poussé à maintenir tant de distance avec elle. Mais cette histoire ne la regardait pas. C'était lui qui était interpellé. Lui qui avait vécu là-bas, qui était l'ami de Shaula et qui, en conséquence, devait affronter le dragon s'il s'avérait qu'il y avait un dragon sur le mont Unda. Pour l'instant, c'était plutôt une rumeur, comme le mouvement des eaux d'un lac censé abriter un monstre.

— Sais-tu, Louise, finalement, je vais accepter l'opération. Je tente le coup !

— Est-ce que je t'ai déjà dit que tu étais mon héros ?

— Arrête de dire des bêtises, je crève de peur. Je le fais parce que je n'ai pas le choix.

Maintenant que la difficile question avait été tranchée, il sortit sa pipe et Louise perçut dans ses yeux le reflet du Hermès des bons jours, celui qui trouvait la vie si divertissante et semblait toujours en train de mijoter un bon coup.

— Es-tu certaine qu'elle t'a crue ?

Véga allait et venait, tenant à la main une lettre de Shaula qui s'inquiétait des rares communications d'Adhara et craignait qu'elle n'aille pas bien. Voyant que Maïte ne répondait pas, Véga jugea utile d'insister sur le danger d'une Adhara trop méfiante.

– Notre avenir matériel est assuré – là-dessus, chapeau Maï, j'avoue que tu as vraiment joué d'adresse –, mais la partie n'est pas gagnée pour autant. Tu es assez intelligente pour savoir ça. Et en ce moment, l'ombre au tableau, c'est Adha. Je m'y attendais, cette enfant n'a jamais eu un comportement normal. Elle a toujours été trop parfaite.

Maïte se savait cynique, mais elle avait encore des croûtes à manger pour atteindre les performances de Véga en la matière. Elle finit par parler, pour ne pas provoquer par son silence la colère de Véga qu'elle savait capable de violence :

– C'est une question de temps et malheureusement ce n'est pas en mon pouvoir de l'accélérer.

– Ce ne serait pas une question de confiance en toi, plutôt ?

– Écoute Véga, depuis le début, nous avons bien manœuvré, mais il faut aussi reconnaître que nous avons eu de la chance. Tu l'as dit toi-même, Adhara est une fille brillante. L'écarter parce qu'on est trop pressées d'agir, ça équivaut à vouer notre projet à l'échec. Bellatryx ressemble beaucoup à son père. Adhara, par contre…

– Si j'étais toi, je ne me ferais pas trop d'illusions. Tôt ou tard, il faudra l'éloigner.

– On verra. Maintenant, voilà où j'en suis. J'ai commencé par jouer sur la distance qui s'était creusée entre Shaula et Altaïr au fil des ans. Je lui ai dit, entre autres, que si ça avait si bien été entre ses parents, jamais Shaula n'aurait prolongé son voyage en Italie à ce point-là, que sa sœur soit à l'article de la mort ou pas. Elle aurait trouvé un moyen. Ou bien Altaïr se serait débrouillé pour aller la voir. D'ailleurs, je lui ai fait remarquer qu'il était assez étrange qu'elle soit mourante depuis autant de temps que ça, cette sœur.

Véga sourit en approuvant de la tête. Elle admirait Maïte pour sa présence d'esprit.

— Comment as-tu justifié ta « conduite » avec son père ?

— Je lui ai dit qu'Altaïr m'avait fait la cour, longtemps, que j'avais refusé ses avances, qu'il avait juré ses grands dieux qu'il n'y avait plus rien entre lui et Shaula et que c'était une question de temps avant qu'ils se séparent officiellement. Je lui ai aussi dit que lorsque j'avais objecté que ses enfants pouvaient ne pas être d'accord, il m'avait affirmé le contraire. J'ai juré à Adhara que nous n'avions rien fait avant le départ de Shaula et que je n'aurais pas accepté de toute façon. Elle a semblé me croire et je t'assure que sans me rendre encore son affection, elle est beaucoup moins hostile. Autre chose, je sens qu'en dépit de la colère qu'elle ressent envers son père, elle espère toujours qu'il rachète sa conduite. Qu'est-ce que Shaula raconte dans sa lettre ?

Véga secoua la feuille qu'elle avait gardée à la main.

— Shau trouve que son aînée ne parle pas beaucoup de ce qui se passe dans la communauté.

Adha lui écrit rarement et quand elle le fait, c'est pour lui parler de banalités, de Tryx qui grandit vite, de la vie en général. Elle ne lui a donné aucun détail sur les circonstances de la mort de Rig, se contentant de lui dire qu'il avait attrapé un virus. Je lui ai confirmé le fait évidemment et je l'ai rassurée au sujet d'Adha – et de Tryx aussi en passant puisqu'il ne lui écrit pas du tout. Shau ne tient pas vraiment à quitter l'Italie en ce moment, mais on ne sait jamais de quoi une mère inquiète est capable.

– Tout est réglé, dans ce cas. J'ai expliqué à Adhara qu'Altaïr est à un moment de sa vie où il a besoin de prouver sa valeur et que malgré ce qu'elle pouvait penser de ses agissements, elle n'a rien à craindre. Justement, qu'est-ce qu'on fait à propos de l'expédition à la chapelle du mont Noir ?

– Qu'est-ce que tu lui as dit ?

– Rien pour l'instant. Je présume qu'elle sait la même chose que les autres, c'est-à-dire que Bellatryx doit accompagner son père dans un lieu tenu secret pour une cérémonie initiatique.

– Elle ne doit pas se sentir mise de côté. Je vais parler à Altaïr pour qu'elle soit du rite de passage. Débrouille-toi pour lui expliquer que c'est une façon de compenser l'absence de Shaula pendant une période délicate de la vie de son frère. Adha a toujours été très protectrice envers lui, l'idée devrait lui plaire si tu la présentes bien. Je te fais confiance !

– Luc?

– Hmmm!

– Je pense que j'ai trouvé quelque chose.

– [...]

– Non, en fait, je suis sûre que j'ai trouvé quelque chose!

– [...]

– Tu m'écoutes, oui ou non?

Luc était absorbé dans sa lecture et il n'avait pas envie de quitter ce pays enchanté pour toute autre réalité moins grisante. Il se faisait donc tirer l'oreille par une Marie-Josée convaincue d'avoir fait une découverte majeure et qui ne voulait pas être toute seule à se réjouir.

– LUUUUUC!

– OUIIIIIIIIIIIIIII!

– Tu m'écoutes?

– Qu'est-ce qu'il y a de si urgent qui ne peut pas attendre deux minutes?

– Deux minutes, deux minutes, tu ne sais pas lire l'heure certain, ça fait trois heures que j'essaye de te parler!

– Eh bien! maintenant, je t'écoute! Parle ou je t'étripe!

– D'après moi, les chapelles ne sont pas synchroniques; je pense qu'elles ont été construites à des intervalles de temps différents les uns des autres.

– Ah, bon! Qu'est-ce qui te fait penser ça?

– Tu ne veux pas savoir dans quel ordre, d'abord ?

– Comme tu veux…

– La première à être construite aurait été celle du mont Noir, puis il y aurait eu celle du mont Unda. Celle du château de Céans serait la plus récente.

Cette fois, Marie-Josée avait toute l'attention de Luc.

– En premier, c'est la hiérarchie des mots gravés sur les dalles qui a attiré mon attention. La dalle qui se trouve ici porte le mot le plus ancien.

– Ben voyons ! Qui se sert de l'âge des mots pour dater les événements ? Ça ne tient pas debout !

– Idiot, c'est seulement ce qui m'a mis la puce à l'oreille. La chapelle qui est ici est forcément plus ancienne parce qu'elle était en beaucoup plus mauvais état que les deux autres… avant que de mystérieux ingénieurs, sortis on ne sait d'où, la réparent, ce qui tendrait à aller dans le sens de mon hypothèse. Et sois poli avec moi !

– Cette hiérarchie, c'est quoi ?

– Quand on les place selon leur ordre d'arrivée, les mots ont l'air d'avoir justement été choisis pour être déclinés dans cette séquence-là et pas dans une autre. En premier, il y a *cantar* qui veut dire « célébrer par des chants », ensuite *trabiculare* au sens de « porter une charge », peut-être un secret, et enfin le *vigilare* de notre chapelle, est une injonction qui commande de « rester éveillé, attentif ».

– Ça me fait penser à quelque chose.

Toute mauvaise humeur envolée, Luc se mit à feuilleter le traité d'architecture que Marie-Josée l'avait contraint à abandonner.

– Ce n'est peut-être pas si fou que ça, ton histoire. Faudrait voir, mais si chaque chapelle correspond à une période différente, on pourrait peut-être trouver un détail propre à l'époque de construction.

– Quelle équipe formidable on fait tous les deux, tu ne trouves pas ?

– Ouais, on s'en tire pas mal.

Juliette était à moitié morte de faim et je ne valais guère mieux. Notre première station, une fois au village, fut donc le casse-croûte. En calculant juste, on pouvait s'offrir deux liqueurs et une grosse poutine sans trop empiéter sur l'argent des piles et des bougies, de quoi tenir jusqu'à notre retour au camp de base où, avec de la chance, Martin et Ignis seraient arrivés avec les provisions. Nous nous sommes aussi payé quatre cigarettes dont le souvenir m'a longtemps accompagnée avant que je rende les armes des années plus tard aux escouades antitabac avec un infini regret. Nous avons fait nos achats au dépanneur puis, le ventre plein, nous sommes parties frapper à la porte des Chapdelaine, mais ni Augustin, que j'espérais de toute façon éviter, ni Alice, que nous espérions voir, n'étaient à la maison.

Chapitre VI

Grain de sable

Tout allait si bien, évidemment ça ne pouvait pas durer, car à quoi sert-il de vivre si ce n'est pas pour affronter d'infinies complications et donner ainsi un sens à sa vie ?

Ignis et Martin ne s'attendaient pas à celle-là. Ils avaient fait vite, Martin renonçant même à explorer certaines pistes qui lui auraient peut-être permis de retrouver Sylve, pour être plus vite de retour sur le mont Noir. À peine avaient-ils foulé le pas de la porte du château que Laurent s'est précipité sur eux.

– Où étiez-vous passés, Seigneur ? Et pourquoi vous n'avez pas dit à Richard où vous alliez ?

Les deux garçons se sont regardés : un coup de tonnerre venait d'exploser dans leur ciel apparemment sans nuages.

– Savez-vous où est Joal ? Et Juliette ? Avez-vous vu Luc ? Est-ce que Marie-Josée est avec lui ?

– Voyons, calme-toi un peu ! Ça prend un passeport pour circuler, maintenant ? Il y a la Gestapo au château ?

Richard apparut en haut des marches.

– À toi de répondre d'abord, Ignis ?

– Ah ! Richard ! Laurent était en train de nous dire que tu t'inquiétais pour nous ?

– Pourquoi vous aurait-il dit une chose pareille ? Six campeurs disparaissent sans laisser d'adresse. Quoi de plus normal ! Voyons les choses du bon côté, ça fait moins de bouches à nourrir.

– On n'a pas fait ça pour t'inquiéter.

– Fait quoi, Martin ?

– Eh bien !… aller au mont Noir !

– Avec Joal, Juliette, Luc et Marie-Josée, je suppose ?

– Euh… oui ! Ça pose un problème ?

– Ça devrait ? Vous êtes tous si autonomes, j'apprendrais que l'un de vous est parti visiter l'Inde que je ne m'en ferais pas outre mesure. Les autres sont là-bas en ce moment ?

Peu à peu, Lola, Stéphanie, Samuel et Nicolas, puis Charlotte, Marc et enfin tous les autres s'étaient approchés. Tout à coup, par ricochet, ils se faisaient du mauvais sang.

– Luc et Marie-Josée sont là-bas.

Martin enchaîna pour ne pas énerver tout le monde davantage :

– Joal et Juliette sont allées au village, mais on a convenu de nous retrouver à la chapelle ce soir.

– J'ai des nouvelles pour toi, c'est ici que vous allez vous retrouver ce soir.

– Allons, Richard, maintenant que tu sais qu'on n'est pas en danger, laisse-nous y retourner. On te promet de ne plus partir sans te le dire.

– J'y compte bien !

– On n'a pas commis de crime, merde !

– Louis, Samuel, j'aimerais que vous alliez chercher Luc et Marie-Josée au mont Noir. Maïna et Charlotte, j'aimerais que vous descendiez au village avertir Joal et Juliette de rentrer immédiatement au château. Quant à vous deux, je ne veux pas que vous sortiez d'ici. On se reparlera de tout ça quand les autres seront rentrés. Est-ce que je me suis bien fait comprendre ?

– Un rite de passage ?

– Oui. C'est une idée d'Altaïr pour se rapprocher de Bellatryx. Depuis que Shaula est partie, il a été beaucoup laissé à lui-même et ce n'est pas bon. Tu as sans doute remarqué qu'il a changé ?

Maïte aurait bien voulu arracher une confidence à Adhara, elle se serait même contentée d'un assentiment silencieux, mais la jeune fille ne bronchait pas.

– Tryx est au courant ?

– Oui, et il est très content. Pour un garçon de quinze ans, son père, c'est important. Mais une attention comme celle-là, le rite de passage je veux dire, c'est très précieux.

– Eh bien ! Tant mieux pour lui !

– Ce serait important que tu y sois.

71

— Bellatryx me parle à peine.

— C'est normal. C'est typique des adolescents de rejeter les personnes en autorité… et les grandes sœurs, mais à d'autres moments, ils en ont besoin. Ce serait ta façon de montrer que tu t'es aperçue qu'il avait grandi.

— Qui d'autre sera là ?

— Véga, Sirius et moi.

— […]

— La présence de Sirius te pose un problème ?

— Non. Les étudiants ne seront pas là ?

— D'après Véga, l'impact est plus fort quand la cérémonie se passe dans un tout petit groupe de gens très proches.

Maïte ne pouvait pas se permettre d'insister davantage. Elle resta silencieuse, croisant les doigts. Au bout d'un moment qui lui parut une éternité, Adhara demanda enfin :

— Quand partez-vous ?

Maïte sut que c'était gagné.

Deux groupes mirent le cap sur le mont Noir ce jour-là, à partir de montagnes et pour des raisons différentes. Ils empruntaient aussi des routes distinctes. Altaïr avait choisi de faire le chemin entre le pied du mont Unda et celui du mont Noir en bateau. Cette option leur sauverait beaucoup de temps. Ensuite, ils prendraient un sentier que leur avait indiqué Luyten.

Louis, Samuel, Maïna et Charlotte partirent ensemble du château. À mi-chemin dans la montagne se trouvait un embranchement. Il fallait prendre à droite pour se diriger vers le village – c'est là que Charlotte et Maïna quitteraient les garçons –, alors qu'en descendant toujours tout droit, ceux-ci atteindraient le lac. C'était plus court d'utiliser une chaloupe, mais comme ils n'en avaient pas, Louis et Samuel longeraient la rive jusqu'au pied du mont Noir et grimperaient ensuite en mettant leurs pas dans la piste qu'avaient suivie leurs amis.

Il n'y avait pas mille façons de circuler au cœur des montagnes. Maïna et Charlotte ont atteint le village sans nous rencontrer parce que sur le chemin entre le château et le village, Juliette et moi avons pris la direction du mont Noir. L'idée d'aller rejoindre Ignis et Martin au château pour leur prêter main-forte nous avait bien « un peu » effleuré l'esprit, mais la journée avançait vite et nous, beaucoup moins. Quand nous sommes arrivées à la chapelle, Samuel et grand Louis y étaient déjà. La discussion avait sûrement été virile – connaissant Luc, il ne s'est certainement pas rendu sans batailler –, mais l'atmosphère qui régnait nous a incitées à adopter un profil bas. Marie-Josée avait roulé les sacs de couchage et mis nos affaires pêle-mêle dans nos sacs à dos. Samuel s'est contenté de nous dire que Richard n'était pas très heureux qu'on soit partis sans dire un mot. Le seul fait qu'il l'ait dit sur ce ton-là était suffisant pour que je comprenne : on avait fait une grosse gaffe.

Parfois, il suffit d'un grain de sable pour que le destin change. Ici, le grain de sable a été le silence. Si nos préparatifs de départ avaient été juste un peu plus bruyants, nous n'aurions pas entendu les pas étouffés par l'épaisseur des aiguilles et les craquements de branches qui accompagnaient leur marche. Au lieu d'être des observateurs invisibles du petit groupe qui arrivait, c'est nous qui aurions été surpris par eux. Et ma longue expérience de la vie m'a enseigné qu'il est toujours préférable d'être les observateurs que les observés.

Bellatryx était parmi eux. C'était la première fois que je le revoyais depuis l'été précédent et si j'avais eu le moindre doute sur l'effet qu'il me faisait encore, il venait d'être démenti. Bellatryx marchait devant aux côtés d'Adhara, plus troublant que dans mes souvenirs. Maïte venait ensuite, suivie d'Altaïr. Derrière lui se trouvaient deux personnes que je ne connaissais pas à l'époque. Une femme qui ressemblait à une prêtresse – j'apprendrais plus tard qu'il s'agissait de Véga – et un homme qui avait l'air du lama dans Tintin et le temple du soleil et qui n'était autre que l'amoureux éconduit d'Adhara, Sirius. Chacun portait un sac à l'épaule, mais c'est l'homme lama qui était le plus lourdement chargé. Ils sont entrés dans la chapelle sans se douter de notre présence et nous, sans nous consulter, nous sommes restés là, silencieux, dévorés par la curiosité. Après quelques minutes d'attente, Véga la prêtresse est ressortie de la chapelle en compagnie d'Adhara et de Maïte. Toutes deux se sont affairées à préparer un feu là où nous avions fait le nôtre la veille. Facile, elles n'avaient qu'à utiliser le bois que nous avions cueilli et abandonné à proximité. Pendant ce temps, Véga a créé un chemin de pierre qui, partant de la chapelle aboutissait devant le feu. Les deux dernières pierres étaient flanquées de hauts bâtons au bout desquels ses doigts de magicienne filaient des tortis de paille. Toute la scène résonne encore dans ma tête d'un accent étrangement poétique. Chaque geste semblait appartenir à une chorégraphie secrète. Véga a allumé les torches et Bellatryx est sorti à ce moment-là de la chapelle, emmailloté d'un pagne. J'étais extrêmement gênée pour lui. Se retrouver presque nu devant les femmes de sa communauté, ça ne devait pas être évident. J'éprouvais un double malaise à être là sans qu'il le sache, mais je ne pouvais me résigner à détourner les yeux de cette scène plus trou-blante que tout ce qui m'avait été donné de voir jusque-là.

Les inquiétudes de Maïna, qui craignait d'avoir à faire la route avec miss Univers en personne, s'étaient évanouies. Les tentatives de Charlotte pour reprendre l'idylle avec Laurent s'étant avérées vaines et Ignis ayant persisté à jouer le bel indifférent, elle se retrouvait en vacances de séduction. Flattée que Richard la préfère à d'autres qui étaient des choix plus évidents, elle le savait bien, elle avait décidé de lui prouver qu'elle était digne de la confiance qu'il lui faisait. Chaque fois qu'elle avait été sur le point de se laisser aller à rechigner, elle s'était reprise, en essayant d'oublier la fatigue et l'inconfort de la marche par des histoires drôles qui avaient fini par convaincre Maïna que Charlotte n'avait pas juste un profil de madone, mais un très bon sens de l'humour.

Nous n'étions plus au village quand elles sont arrivées. Faisant contre mauvaise fortune bon cœur, elles se sont payé une méga collation et, suprême délice, une pile de journaux à potins. Avant de partir, Maïna a lu leur avenir au fond des coupes de crème glacée : le retour se ferait sans pépins, comme de la crème douce, et les côtes fondraient sous leurs pas. Au final, elles nous retrouveraient enfermées par erreur dans les caves du château et l'affaire serait… chocolat. Folle jeunesse !

Véga avait enduit les pieds de Bellatryx d'une épaisse substance transparente tandis que Maïte déconstruisait le feu avec un bâton. Elle le faisait avec grands soins, réduisant les chardons à la taille de petits cailloux. Adhara était retournée dans la chapelle d'où elle est revenue accompagnée de son père. Tous les deux portaient une tunique de cérémonie et leur visage avait été peint comme pour une pantomime. Ils se sont placés du côté du feu opposé aux torches, prêts à accueillir, de l'autre côté de l'épreuve, celui qui passait ce soir-là des rives de l'enfance à celles de la maturité.

Ils allaient le faire marcher sur des charbons ardents ! C'était complètement sadique ! Je ne pouvais pas laisser faire ça ! Samuel a pressenti le mouvement indigné que je m'apprêtais à faire et m'a forcée à m'accroupir en pressant mon épaule avec autorité. Il a ensuite gardé sa main en place pour m'inciter à rester tranquille.

Sirius le lama s'était avancé jusqu'à Bellatryx, lequel s'est retourné pour recevoir au front la marque d'un minuscule sceau posé au bout de ce qui semblait être une longue tige de métal chauffée à blanc. J'ai vu ses yeux cligner sous la douleur avant qu'il entre d'un pas résolu dans le cercle où rougeoyaient les braises. C'était terrible et envoûtant. Il a marché tout droit, sans défaillir, et en quelques secondes c'était fini. Adhara l'a revêtu d'une tunique semblable à la sienne, Altaïr lui a fait l'accolade et tous se sont retirés dans la chapelle pour préparer leur retour.

C'était presque l'aube quand nous sommes arrivés en vue du camp. La pénible marche nocturne dans les montagnes a été mon initiation à moi. Mon rite de passage parallèle. J'aurais donné beaucoup pour que Bellatryx sache que je l'avais fait. Ce n'était pas une chose dont je pouvais me vanter, mais je l'aimais toujours. J'avais presque oublié que le jugement dernier nous attendait au château et qu'au premier crime que nous avions commis aux yeux de Richard, celui de partir sans permission, s'ajoutait maintenant une seconde offense : cette nuit passée à la belle étoile.

Chapitre VII

Les entreprises du château

– ATTENTION à vos têtes ! Tassez-vous !

Marc avait crié à la volée en voyant le marteau glisser des mains de grand Louis et descendre à toute vitesse la pente du toit, entraînant dans sa chute un lourd paquet de bardeaux et, comme un malheur n'arrive jamais seul, heurtant une boîte de clous qui se sont mis à pleuvoir sur nous. Le pauvre Louis, figé comme une patère, ne savait pas quoi faire et restait là, bras ballants à attendre que la cascade de catastrophes finisse. Jusqu'ici, sa gaucherie n'avait pas posé trop de problèmes parce que grand Louis, qui était un excellent flâneur, s'était cantonné dans cette activité. C'était notre Grand Duduche à nous. Il avait bon cœur et rendait souvent service, mais s'arrangeait pour éviter tout ce qui demandait un minimum de dextérité, jusqu'à ce jour de juin où Richard nous a tous réunis dans la grande salle du château.

C'était le lendemain de notre retour du mont Noir. On se doutait que notre directeur n'était pas d'humeur à rire, mais on connaissait notre larron et on espérait que quelques éclats de voix de son côté et, du nôtre, la promesse de ne pas recommencer suffiraient pour obtenir une absolution inconditionnelle.

Étrangement, Richard n'avait pas sa tête des mauvais jours, ce qui aurait dû nous mettre la puce à l'oreille. Il avait plutôt l'air joyeux. Il avait conçu un plan, nous dit-il de sa voix la plus suave. Un plan qui allait transformer nos vacances. Ça regardait mal parce que nous les aimions comme elles étaient, nos vacances, et que tout chambardement risquait moins de les améliorer que l'inverse. Richard avait été très occupé à magasiner du matériel depuis le début de l'été et il ne fait pas de doute que l'épée de Damoclès se serait abattue sur nous tôt ou tard, désobéissance civile ou pas.

– Tu ne pourrais pas faire attention, espèce de fou à pattes bleues !

– Ça peut arriver à tout le monde ce genre de truc, Laurent. Laisse-le tranquille.

– Toi, le grand organisateur en chef à la noix de macadam, te mêle pas de ça. Tu sais qu'il est gauche comme dix et tu le fais monter sur le toit avec Marc. Des plans pour tuer quelqu'un !

Encouragé par le sourire de Samuel qui s'était détourné en laissant Laurent ruminer ses insultes, grand Louis avait fini par bouger de quelques enjambées, quittant sa position précaire sur le toit pour une autre tout aussi précaire dans l'échelle. Il était comme empêtré dans ses membres. Charlotte avait reçu quelques clous sur la tête et elle les balayait avec de grands gestes pour que Louis s'aperçoive bien de ce qu'il avait fait en touchant terre et qu'il s'excuse à genoux, c'était bien le moins.

Je ne pourrais pas décrire toutes les scènes, mais des comme celle-là, il y en a eu mille au cours des travaux que Richard avait prévus. Il trouvait que la rénovation constituait une activité formatrice qui cadrait parfaitement avec un camp de vacances. Or, comme il s'était bien gardé de produire des documents qui auraient minimalement expliqué ses objectifs éducatifs, il pouvait inventer le mandat de son choix, faire de nous ses esclaves, personne ne viendrait lui faire un procès pour ça, surtout pas nos familles.

L'originalité de la situation, ce n'était pas qu'il nous ait assignés à résidence pour rénover – presque rebâtir – les petits pavillons-dortoirs, c'était surtout que, fidèle à sa manière, il s'était refusé à tout interventionnisme dans la distribution des rôles. Il trouvait beaucoup plus formateur de nous laisser la liberté totale de mettre le bordel et de refaire ensuite de l'ordre, mais à notre manière. Il nous surveillait du coin de l'œil, avec sa tête de musaraigne des forêts d'Afrique, très zen.

Après d'interminables disputes sur la façon de nous y prendre pour faire ce qui nous était demandé sans y passer l'éternité, quelqu'un a suggéré de créer des corps de métiers et de les doter de responsabilités précises.

Le premier groupe, celui des architectes, avait pour responsabilité d'élaborer le plan d'ensemble. Dans l'espoir de retourner plus vite à la chapelle, Luc s'est lancé à corps perdu dans le travail. De l'aube à la nuit, il faisait des croquis en s'inspirant de ceux trouvés dans des livres d'architecture que Marie-Josée et Ignis – secondé de Pio – dénichaient dans la bibliothèque. Il refilait ensuite ses esquisses à Catherine et à Maïna pour qu'elles en fassent un plan à l'échelle. Simon servait de coursier, facilitant la tâche des chercheurs en herbe sans avoir à se compromettre dans leurs travaux.

Le deuxième groupe avait été chargé de l'organisation du travail, de la formation des équipes, des délais et des échéanciers. Marc, qui était habitué à concevoir des projets de menuiserie, et Pouf, des projets de bouffe, planchèrent ensemble là-dessus. Charlotte, qui avait tiré une grande fierté de sa première mission de l'été, tenait à tout prix à se rendre utile. Elle proposa à Lola et à Stéphanie de nous interroger, tous, pour établir un profil des goûts et des compétences des futurs ouvriers que nous serions, une activité utile qui lui permettait en même temps d'exercer sa séduction de façon détournée. Petit Paul, Estelle et Judith les secondaient au mieux de leur connaissance, c'est-à-dire avec plus de bonne volonté que d'efficacité, mais ça avait toujours été clair pour nous, pas question de laisser les petits à la traîne.

Enfin, il y avait le groupe responsable de la logistique qui devait voir à ce que les équipes se présentent sur les lieux de travail à l'heure dite, mangent à leur faim, que les outils et les matériaux ne viennent pas à manquer. C'était un boulot tout désigné pour Samuel le calme, qui ne s'énerverait pas pour aussi peu que la perte d'un marteau ou l'explosion d'une crise de nerfs. Non contraint à faire des efforts physiques qui le rebutaient, mon frère jumeau allait mettre le meilleur de lui-même dans ce travail en nous utilisant selon nos aptitudes, moi, Juliette, Nicolas ou Laurent. Même grand Louis, même Alain et Daniel, les inséparables, qui ne brillaient pas par leurs compétences et leur débrouillardise, allaient accomplir leur part de travail sous la direction attentive de Samuel.

Peut-être est-ce le fait que je vieillissais qui explique que j'ai découvert Samuel digne d'admiration cet été-là. J'étais peut-être enfin capable de l'accepter autrement que comme un frère pareil à moi. Nous avions quatorze ans, l'enfance s'évaporait comme une brume qui se lève. Je ne sais pas, mais à mes yeux, il n'y en avait pas un seul d'entre nous aussi magnifiquement doué pour les rapports humains que mon frère jumeau.

Tout le temps qu'ont duré les travaux, nous nous sommes chicanés, nous avons ri, gâché du matériel, joué de ruse pour éviter de faire les corvées qui nous rebutaient, il y a eu des blessures mineures, du troc – OK, je vais faire ceci, si tu fais cela –, Zorro a chipé des tas d'objets et provoqué des incidents de travail et diplomatiques à la pelle. Au final, nos réparations avaient une vague ressemblance avec les réalisations de Numérobis, l'architecte d'*Astérix et Cléopâtre*. Mais au travers de ce vaste chantier, Samuel, heureux comme un poisson dans l'eau, avait concilié les antagonismes et réussi à rallier tout le monde.

On aurait dit que Richard avait prévu ces choses-là, qu'il savait jusqu'où aller, tout le temps. Il avait même laissé Martin, qui ne voulait faire partie d'aucun groupe, choisir seul ce qu'il ferait.

Après être resté dans son coin à nous regarder faire, Martin s'est négocié quelques outils et un peu de bois auprès de Samuel et s'est mis en frais de fabriquer des boîtes. On le regardait faire à la dérobée, on aurait dit des boîtes d'épingles à linge. Mais le plus curieux était encore à venir. Martin s'est ensuite mis à bricoler une interminable échelle de bois pour aller jucher ses boîtes au sommet des plus hautes épinettes, et les a toutes orientées plein sud. Comme il arborait son air mystérieux, on n'osait pas lui demander à quoi rimait son manège, mais on aurait payé cher pour être dans le secret des dieux. Là où c'est franchement devenu bizarre, c'est quand Martin a commencé à bâtir une mince tour de bois, assez sommaire, sans porte ni fenêtre et de toute façon pas assez grande pour qu'on y entre. Une fois qu'elle a eu dépassé de deux ou trois têtes les pavillons-dortoirs, il y a ajouté, en montant chaque fois dans son échelle, une sorte de clocher percé de jours en forme de lanterne. C'était une structure sommaire, mais charmante dans ce cadre inattendu. N'y manquait qu'une cloche. Devant l'air de contentement de Martin, nous avons pourtant dû conclure qu'on n'y était pas, qu'il n'y aurait pas de cloche.

Le jour où il a terminé la structure, Martin nous a convoqués au pied du machin et s'adressant à Samuel, en l'honneur de qui il l'avait fabriqué, lui a annoncé qu'il s'agissait d'un nichoir pour sa dame blanche. Évidemment, il ne pouvait garantir qu'elle allait venir s'y installer, mais si elle le faisait, l'abondance des petits rongeurs allait sans doute la retenir ici et, par la même occasion, nous débarrasser des souris établies de longue date dans les pavillons et qui n'attendaient qu'un retour au calme pour réemménager.

Lola n'était pas trop enthousiaste.

– Ton hibou, est-ce qu'il mange les ratons laveurs ?

– À ta place, je ne m'inquiéterais pas. Zorro n'est pas un raton laveur, c'est un gros chat de maison, tu n'avais pas remarqué ?

– Idiot !

Martin riait de sa farce autant que de l'accueil qu'on faisait à son œuvre.

Samuel était ému. Il a donné une tape dans le dos de Martin et s'est détourné très vite, faisant mine d'examiner la tour avec grand soin.

Maintenant que le secret de l'étrange construction était connu, restait à éclaircir celui des boîtes d'épingles à linge.

– Les boîtes que tu as clouées là-haut, ça sert à quoi ?

– C'est pour la chouette de Samuel.

– Allons, donc !

Laurent le toisait, incrédule.

– Je te le dis !

– Je ne te crois pas ! Si c'était des cabanes d'oiseaux – encore qu'il faudrait que les chouettes mangent des oiseaux –, il aurait fallu qu'ils puissent y entrer. Mais sans ouverture, avoue que c'est difficile !

– Et si l'ouverture n'était pas où tu penses ?

– Ça ne serait pas des cabanes à oiseaux dans ce cas.

– C'est vrai ! Ça n'en est pas.

– C'est quoi d'abord ?

– Des boîtes à chauves-souris.

– Des boîtes à chauves-souris ! Dis-moi que je rêve !

– Non.

– Tu veux attirer des chauves-souris sur nos têtes ?

– Pourquoi pas ? Il y en a déjà d'ailleurs. Je veux juste les concentrer ici pour inciter la chouette de Samuel à s'établir ici. On va y gagner en plus. L'effraie des clochers aime les chauves-souris et les chauves-souris aiment les insectes, elles les mangent à la tonne, si tu veux savoir.

— Ah, oui ! Combien de tonnes, au juste ?

— Jusqu'à 600 bestioles à l'heure par chauve-souris.

Impressionné, Laurent s'est tu et Samuel et Martin se sont un peu éloignés pour s'asseoir côte à côte.

— Penses-tu encore à Sylve ?

— Oui.

— As-tu peur de ne pas la retrouver ?

— Pas de danger.

— Ah, non ?

— Je l'ai vue hier.

— Tu me fais marcher !

— Non, je te jure. J'étais dans l'échelle pour fixer la lanterne de la tour quand je l'ai vue. Elle n'était pas toute seule.

— Ah ?

— Il y avait un jeune avec elle.

— Elle a eu un petit ?

— Oui. C'est pour ça qu'elle n'était pas revenue.

— Martin ?

— Ouais ?

— Merci, pour la tour, vieux !

— Pas de quoi !

Chapitre VIII

Au confluent des deux mondes

– ENCORE un peu de vin, Aries ?
La jeune fille fut tentée d'accepter, le vertige que l'alcool lui procurait la remplissait d'indulgence envers les autres et ce sentiment la reposait de sa conscience pointue, mais elle déclina l'offre parce qu'elle commençait à avoir mal au cœur. Australe se moqua gentiment.

– On sait bien, ne devient pas parfait qui boit comme un tonneau ! Mais tu pourrais faire une exception, un soir comme ce soir !

Australe avait raison, ce soir-là n'était pas comme les autres. Le jardin des Mythes avait été décoré par les anciens. Des tables placées au gré de la végétation étaient habillées de nappes blanches sur lesquelles on avait posé des bougeoirs d'argent. Les allées étaient éclairées par des guirlandes de lanternes et près des bancs, des huiles odorantes brûlaient dans des vasques de pierre. Il y avait du vin en abondance et un buffet qu'Antarès avait longuement préparé. Tous avaient mis leur plus belle tunique pour fêter l'entrée dans la communauté des treize jeunes qui avaient choisi de rester. Altaïr avait fait un discours pendant lequel Bellatryx s'était tenu à ses côtés, fier de son nouveau statut. En apparence, rien n'avait changé chez lui si ce n'est une minuscule marque ronde au front dont on ne pouvait distinguer le détail à moins de s'en approcher d'une façon très intime.

– J'ai trouvé qu'Adhara avait l'air triste.

– Qu'est-ce qu'on s'en fout, hein, Gemini ?

Gemini rougit et fit exprès d'éviter le regard de Carina qu'il ne voulait pas contrarier. C'était assez difficile comme ça de l'amadouer.

Carina insista :

– Tu diras bien ce que tu voudras, Draco, Adhara est une bonne prof et ça ne me plaît pas qu'elle soit triste. Tu n'as pas trouvé qu'elle avait l'air triste, toi, Gemini ?

– Hmmm !

Carina, sourcils froncés, rétorqua au borborygme de son soupirant :

– J'ai compris ! Sujet dépourvu d'intérêt. Tu dois te demander quand on va passer aux choses sérieuses et s'embrasser dans un coin ? Tu peux toujours courir. Tu es tellement influençable, mon pauvre Gemini, j'aurais l'impression d'embrasser Draco. Et ça, pas question !

Elle fit une grimace de dégoût.

– Je ne suis pas Draco, tu sauras. Veux-tu que je te le prouve maintenant ?

– Quand tu te seras fait pousser une colonne vertébrale, peut-être.

Les garçons partirent en tanguant vers le buffet. Véga assise sous une tonnelle voisine avait suivi la scène avec amusement. Elle soupira :

— Il n'y a qu'à vingt ans qu'on peut se permettre d'être aussi cruelle.

Altaïr n'appréciait guère ce genre d'humour. Il répliqua, agacé :

— Je n'aime pas ces histoires entre les jeunes. Ça les détourne des choses importantes. Il va falloir moins d'activités mixtes. Comment as-tu trouvé la cérémonie ?

— Parfaite, mon cher. Juste assez hiératique.

— Pourrais-tu parler pour qu'on te comprenne ?

— Hiératique, ce n'est pas obscur. En tout cas, ça ne devrait pas l'être pour le dirigeant d'une communauté spirituelle. Ça veut dire « qui concerne ce qui est sacré ».

— Ne prends pas tes airs supérieurs avec moi. As-tu vu Maïte, après la cérémonie ?

— Elle est avec Adha.

— Ça s'arrange entre elles ?

— Il y a peu de choses qui résistent à Maï, je te suggère de t'en souvenir. Elles sont allées porter un plateau de victuailles à Capel, qui était trop fatiguée pour rester à la fête. Cette pauvre vieille n'aurait pas dû revenir, elle ne repartira plus maintenant et elle est bien capable de nous mourir dans les bras.

— Et après ? Qu'elle fasse ce qu'elle veut, à son âge, c'est normal de mourir.

— Trois décès de suite, ça commence à faire beaucoup pour une petite communauté comme la nôtre, Alta…

— On en reparlera si elle meurt, veux-tu ! Sirius et Castor sont-ils prêts ?

— Absolument. Indi enseignera aux filles, et eux aux garçons. Tryx recevra en plus quelques cours particuliers. Pour Adha, j'ai quelque chose à te proposer.

— Je t'écoute, mais arrête de donner des diminutifs à tout le monde. C'est parfaitement ridicule, surtout à ton âge !

Véga passa outre la double injure.

— J'ai pensé emmener ta fille en Italie. Ça me permettrait de voir dans quelles dispositions d'esprit se trouve Shau.

— Intéressant.

— Adha reverrait sa mère et serait loin d'ici pour l'été, ça évitera qu'elle aille trop souvent se fourrer sur la montagne voisine avec les campeurs.

— Ils sont encore là cette année, ceux-là ?

— Évidemment ! La montagne appartient au directeur du camp. Si tu veux mon avis, ils risquent d'être là encore un bon bout de temps. Que penses-tu de ma proposition ?

— Oui. C'est bon.

— Tchin-tchin !

— Sans façon. J'ai assez bu et j'ai encore à faire.

Altaïr se leva et se dirigea vers son pavillon. La journée avait été chargée. Son projet était enfin sur les rails, et il avait de grandes ambitions, mais planter les graines d'un mouvement qui, un jour, allait essaimer partout dans le monde n'était pas si simple. Avant de dormir, il voulait coucher certaines idées sur papier. Sirius l'attendait devant la porte de son pavillon. Il avait un peu trop bu.

— Il faut que je te parle, Altaïr.

— Pas ce soir, je suis fatigué.

— Non, ce soir ! As-tu reparlé à Adhara ?

— De quoi ?

— Du mariage, voyons !

— Tu es trop impatient, ça va se faire, mais il faut laisser le temps arranger les choses et laisser Adhara mûrir encore un peu.

— Je veux une date. Tu m'as promis !

— Écoute, Véga m'a proposé d'emmener Adhara en Italie cet été. Je vais écrire à Shaula et lui demander d'user de son influence pour accélérer les choses.

Sirius se sentit mieux tout à coup. Il regarda Altaïr avec reconnaissance.

— Tu comprends, elle est tellement... belle... s'il fallait que...

— Oui, oui, je sais Sirius. Tu devrais rentrer et dormir. Le vin ne te fait pas.

— Je... je suis pas d'accord...

— Allez, bonne nuit !

Altaïr réussit à se glisser entre Sirius et la porte, l'ouvrit en vitesse et la referma de même. Une fois à l'intérieur, il la verrouilla et alla s'asseoir devant le secrétaire que Shaula lui avait offert, en laissant les lumières éteintes. Quand enfin, il fut certain que Sirius n'était plus là, il alluma la lampe.

⇌

Ce voyage en Italie fit à Adhara l'effet d'une pluie dans le lit asséché d'une rivière. Malgré les conclusions du coroner, malgré l'enterrement, elle continuait à penser que la mort de Rigel n'était pas si naturelle que ça. Dans la foulée, elle avait reçu une lettre de l'enquêteur, l'avisant qu'il n'y aurait pas d'enquête sur la mort d'Aldébaran, faute d'éléments pertinents. Et puis voilà qu'au moment où elle ne savait plus à quel saint se vouer, elle allait revoir Shaula ! C'était inespéré ! Ça faisait si longtemps maintenant qu'elle était seule, qu'elle se sentait seule. Simplement poser sa tête sur l'épaule de sa mère lui rendrait ses forces.

⇌

— Laisse-moi tranquille !
— Calme-toi, voyons. Je n'ai pas l'intention de te faire de mal.
— Arrête, je te dis !
— Tu vas voir, c'est bon.
Aries était prise entre sa colère contre Draco qui s'était arrogé le droit de la toucher sans qu'elle le veuille et le trouble ressenti au moment où sa main s'était glissée sous la tunique

94

sur la rondeur de son sein. À ce moment-là, elle ne se croyait pas réellement en danger. L'ivresse de Draco, sa maladresse peut-être, lui faisait croire qu'il bluffait. Mais sentant que l'emprise se précisait, devenait plus brutale, la peur s'était emparée d'Aries. Elle s'était mise à se débattre avec l'énergie du désespoir et au moment où elle ouvrait la bouche pour crier, comme dans ses cauchemars de petite fille, aucun son ne sortit de sa bouche.

Chapitre IX

Du soleil au cœur

– Encore un peu de gâteau?
– Oui, avec joie!

Alice resservit Juliette, s'essuya les mains sur son tablier et s'assit à la table avec nous.

– On peut dire que c'est tout un pan de ma vie que vous venez de réveiller là, les filles! C'est tellement loin, c'est comme si c'était la vie de quelqu'un d'autre.

Marie-Josée était trop heureuse d'avoir découvert cette source pour la laisser s'écarter du sujet.

– Donc, vous connaissiez l'existence des chapelles?

– Oui, mon frère m'en avait parlé et, un jour, Isidore m'y a amenée.

– Isidore. C'est bien du frère Isidore que vous parlez?

– Oui. Et de mon frère Augustin.

– Est-ce qu'il en sait autant que vous sur les chapelles?

– Augustin? Il en sait bien plus que moi.

Voilà qui devenait intéressant.

– Ah oui ?

– Vous êtes sûres que ça vous intéresse de connaître toutes ces vieilles choses ?

– Absolument !

– D'accord. Dans ce cas, je vais vous raconter ce que je sais. Par ici, on pense que la chapelle du mont Noir a été érigée par des missionnaires, mais on n'en est pas sûr parce qu'elle était complètement tombée dans l'oubli quand le petit frère François l'a découverte au hasard d'une de ses excursions en forêt. Ça s'est su au village, des jeunes y sont allés, mais comme le curé ne prisait guère le projet de camp de vacances de ces va-nu-pieds de dominicains – il devait avoir peur de la concurrence –, il nous a plusieurs fois mis en garde. J'avais quinze ans, aussi bien dire que les mises en garde du curé étaient une sorte d'encouragement plutôt que l'inverse. Augustin, qui m'avait précédée sur la pente savonneuse de la désobéissance, m'a parlé de la chapelle ; j'ai décidé d'aller voir par moi-même et je me suis perdue.

Juliette regardait Alice d'un air incrédule.

– Vous vous êtes perdue dans *vos* montagnes ?

– Je vous parle des années vingt. À cette époque-là, les filles ne couraient pas les grands chemins. En tout cas, moi je n'étais pas une habituée de la forêt. Et puis, ça n'a pas été si fâcheux puisque ça m'a permis de rencontrer mon premier amour.

— Le frère Isidore ! C'était lui le très bel homme, n'est-ce pas ?

Alice a levé les yeux vers moi, une lueur amusée dans les pupilles.

— Dangereuse Joal, je vois que tu n'as rien oublié de ce que je t'ai raconté. En effet, c'était lui.

— Un frère, ce n'est pas censé faire vœux de chasteté, comme les prêtres ?

— Je ne sais pas. Tout ce que je savais, c'est qu'Isidore n'avait pas le droit de tomber amoureux, mais moi, rien ne me l'interdisait.

— Vous avez…

— Oui, Marie-Josée ?

— Euh ! Vous savez ce que je veux dire…

— Non, je ne vois pas… mais ça ne fait rien. Donc, pour en revenir à nos chapelles, Isidore m'a offert d'aller me la montrer la semaine suivante et j'ai accepté.

— Vous a-t-il parlé des autres chapelles ?

— Il n'y en avait pas d'autres à cette époque.

— Je le savais !

— La deuxième chapelle, celle du mont Unda a été construite l'été où Isidore a rouvert le camp. Il avait vu cet endroit sur le mont où la communauté s'est installée plus tard et il s'est promis en quittant le Camp du lac aux Sept Monts d'or que s'il revenait un jour, il érigerait une chapelle à cet endroit.

— C'était loin du château pourtant, non ?

— La chapelle votive n'a pas de fonctions liturgiques, alors elle n'a pas besoin d'être à portée de la main. Son seul but est de rendre grâce à Dieu. Ce n'est que deux ans plus tard qu'Isidore a eu l'idée de la troisième chapelle – qui, elle, est à proximité du camp – et de tout ce qui s'en est suivi.

Nous en étions là du récit d'Alice quand le docteur est entré en titubant. Elle s'est levée, l'a emmené dans une autre pièce pendant que nous nous demandions quoi faire. À son retour, on s'était levées toutes les trois, espérant qu'Alice nous fasse signe de nous rasseoir. Mais elle n'a pas cherché à nous retenir. Elle nous a simplement accompagnées jusqu'à la porte comme si de rien n'était et nous a saluées gentiment.

Comme il n'y avait rien d'autre à faire, on a pris la direction du bureau de poste, la mine basse. Dire qu'on était à deux pas de découvrir des informations qui pouvaient être cruciales pour les recherches de Luc et qu'il avait fallu partir sans avoir la moindre petite réponse à se mettre sous la dent, c'était vraiment frustrant.

Les choses s'étaient passablement arrangées avec Richard. Il avait voulu calmer le jeu et maintenant que c'était fait, il était prêt à nous rendre une partie de la liberté confisquée. Martin avait tâté le terrain le premier en recommençant à courir les chemins à la recherche de Sylve et de son petit, puis Catherine s'était remise à la cueillette d'herbes médicinales et, de fil en aiguille, chacun avait repris son territoire et ses aises. La question du retour au mont Noir s'était avérée plus délicate à négocier, mais nous avions finalement obtenu une permission de quelques jours. Nous devions justement partir le lendemain matin.

— Je me demande bien c'est quoi…

— Je ne sais pas, mais ça doit avoir un lien avec le mont Noir puisque Richard a dit qu'il fallait qu'il reçoive ce paquet avant qu'on y aille.

— Regarde le nom de l'expéditeur, en haut à gauche.

— Il n'y a pas de nom, juste une adresse postale. Ça vient de Toronto.

La cueillette au bureau de poste était rarement aussi excitante.

Marie-Josée signa le reçu que lui tendait le maître de poste d'un air dédaigneux, tandis que Juliette farfouillait dans les enveloppes du camp, à la recherche d'une lettre qui lui aurait été adressée. Elle ne recevait jamais rien, mais c'est difficile de tuer l'espoir. Pour la consoler, sachant qu'il y avait peu de chance que Marie ou Michel ait pris la peine de m'écrire, je lui ai demandé de vérifier pour moi.

— Eh ! Regardez, une lettre d'Italie pour Catherine ! Ça vient de A. Gozzoli. Avez-vous une idée de qui ça peut être ?

— Sa tante ?

— Sa tante ne s'appelle pas A. Gozzoli, voyons !

— Oui, tu as raison.

Nos inoffensives indiscrétions semblaient indisposer le maître de poste au plus haut point. Je chuchotai :

– Vous avez vu la tête de l'employé ? Sortons d'ici, on jasera dehors.

– Vieux croûton !

– Juliette ! Amène-toi !

– C'est notre courrier, je ne vois pas de quoi il se mêle, ce troglodyte !

– Bon ! Ça va mieux, là ? Tu es soulagée ?

❦

La lettre d'Italie avait créé autant d'excitation chez moi que le mystérieux colis de Richard parmi les garçons. Pendant qu'ils se disputaient les walkies-talkies – deux lourds émetteurs-récepteurs dotés de plusieurs boutons et d'un livret d'instruction de la taille d'un bottin téléphonique qui avaient coûté une fortune et qui ne fonctionneraient jamais à plus de cinquante pieds de distance –, je fixai Catherine dans l'espoir qu'elle me la laisse lire quand elle aurait fini. C'était bien mal connaître Catherine, plutôt discrète quand il s'agissait de ses affaires personnelles. Pour se débarrasser de moi, elle a consenti à me dire qu'Adhara (que j'avais fini par identifier comme étant l'auteur de la missive) passait l'été à Viareggio avec sa mère, que celle-ci ne savait toujours pas quand elle rentrerait au pays et que Bellatryx n'était pas du voyage.

– Elle va bien ?

Samuel n'avait pas pu s'empêcher de poser la question, après avoir tout fait pour ne pas

102

donner l'impression qu'il écoutait ce que Catherine disait.

– Oui. Elle était contente de revoir sa mère et elle dit que la villa est très belle.

Il y avait beaucoup plus que ça dans la longue lettre de dix pages et même si je n'en suis pas fière aujourd'hui, je l'avoue, j'ai volé la lettre de Catherine pour la lire et je l'ai remise à sa place ensuite. Après tout, elle n'avait qu'à ne pas être aussi avare de nouvelles si elle ne voulait pas que je fasse une chose pareille. Beaucoup de crimes pourraient être évités si les gens étaient plus conciliants.

Installée loin de chez elle pour la première fois de sa vie, Adhara disposait enfin de la distance nécessaire pour mettre les choses en perspective. Or, cette perspective ne lui semblait pas meilleure vue de loin que de près. Et pour ne rien arranger, elle avait trouvé Shaula dans un drôle d'état. Elle qui était du genre énergique et enthousiaste était devenue taciturne. Elle vouait ses journées à Fabiola, refusant de les accompagner, elle et Véga, plus loin qu'à Viareggio. Depuis le temps qu'elle était en Italie, elle n'avait rien vu du pays, ne connaissait pas les voisins, ne parlait pas plus de dix mots d'italien et surtout, elle ne voulait laisser à personne d'autre le soin de veiller sur Fabiola dont la maladie était exaspérante à force de stagner. Véga se démenait pour rendre leur séjour agréable malgré tout, mais Adhara aurait mille fois mieux aimé revenir dans la communauté voir ce qui s'y passait que de manger des glaces et de regarder les bateaux dans le golfe de Gênes. De toute façon, Véga avait prévu emmener Adhara visiter les grandes villes du pays, elle ne serait donc pas de retour avant la fin de l'été. Shaula lui avait dit qu'Hermès avait accepté de subir une nouvelle opération dans le courant de l'été. Ça ne nous disait pas s'il pensait revenir dans la communauté un jour, mais au moins on savait qu'il n'était pas mort. Quant à Bellatryx, Adhara ne mentionnait son nom qu'une fois, pour dire qu'elle s'inquiétait de l'influence d'Altaïr sur l'adolescent. Pourtant, elle avait l'air en bons termes avec son père le soir du rite de passage. Pourquoi y était-elle allée si les manigances d'Altaïr l'inquiétaient tant ? Et pourquoi est-ce qu'elle ne disait pas à Véga qu'elle préférait rentrer ?

***

Le jour où nous avions été si malencontreusement interrompues par son frère, Alice avait appris deux faits extrêmement troublants de la bouche de celui-ci.

Le premier, elle s'en doutait bien un peu. Augustin lui a avoué qu'il buvait parfois avant d'aller voir ses patients et que le jour de la mort d'Aldébaran, il n'avait pas toute sa tête. Il avait écrit la cause du décès en se fiant à ce qu'il savait de la santé du défunt parce qu'il n'était pas en état de faire un examen approfondi et qu'il

n'avait aucune raison de penser que cela porte-
rait jamais à conséquence. Cette première erreur
avait été suivie d'une seconde, plus grave.
Craignant que si la mort de Rigel se révélait
préméditée, les autorités exigent l'exhumation
du corps d'Aldébaran, il avait demandé au
coroner, un collègue et un ami personnel à qui il
avait maintes fois rendu service, de le couvrir en
ne poussant pas trop l'investigation.

Chapitre X

La toile de la secte

ALTAÏR sentait l'exaltation monter en lui. Il ne pouvait comparer ce sentiment à aucun autre. La perspective de diriger un mouvement qui, partant du sommet d'un petit mont, se rendrait jusqu'aux plus hautes montagnes de ce monde, l'habitait et le remuait comme rien ne l'avait fait à ce jour. C'était comme s'il n'y avait plus de vide en dedans, plus d'ombre, comme une parfaite liaison de tout ce qui le constituait. Le rite de passage lui avait donné des ailes. Il voulait mettre les bouchées doubles, couler les bases avant le retour de Véga dont il n'aimait pas sentir l'ascendant. C'était un rappel désagréable de l'emprise de sa propre femme qui était fort à propos occupée ailleurs.

Altaïr avait la conviction que la véritable spiritualité était étrangère aux femmes qui étaient, à ses yeux, des créatures trop sentimentales et trop superficielles pour en comprendre le sens véritable. Ce n'est pas pour autant qu'il allait se priver de leur aide – celle de Maïte et de Véga lui serait encore précieuse dans les temps à venir –, mais il ne voulait leur laisser aucune place d'importance dans son Église. Non, ça ne serait pas une Église. C'était une notion trop associée aux pouvoirs religieux traditionnels. Il y penserait plus tard. Quant aux femmes, s'il voulait une preuve supplémentaire des problèmes qu'elles ne manquaient jamais de causer, il en avait encore eu une avec les accusations qu'Aries avait portées contre Draco.

Elle n'était pas venue se plaindre à lui d'ailleurs ; il avait appris l'histoire par Maïte qui avait eu vent de quelque chose par Gemini. Qu'est-ce qu'elles croyaient, ces jeunes biches, qu'elles pouvaient boire et s'offrir, puis se refuser ? S'il n'y avait eu que des garçons aussi, le problème ne se serait pas posé. Avec les hommes, on avançait en terrain connu, sur du franc, du solide. Heureusement, les trois étudiantes qui avaient choisi de rester n'étaient pas têtues comme sa propre fille. Aries avait reculé très vite. Si elle tenait à rester, elle n'avait pas trop le choix. Plus il y réfléchissait, plus Altaïr rêvait d'une communauté de genre masculin.

– Tu devrais arrêter d'y penser.

C'était la première fois qu'Australe avait une place quelque part qui n'était pas à quelqu'un d'autre et elle ne voulait pas la quitter. Mais elle ne voulait pas non plus qu'Aries parte. Carina avait l'intention de rester quoi qu'il arrive, mais rester seule de fille avec Carina n'était pas précisément ce qu'Australe souhaitait. Voyant qu'Aries ne répondait pas, elle lui répéta ce qu'elle s'était tuée à lui dire ces derniers jours :

— Draco a eu sa leçon, je suis certaine que tu n'as plus à avoir peur.

— Et si tu te trompes ? Marc-Aurèle est arrivé par hasard et il s'en est mêlé parce qu'il ne pouvait pas tellement faire autrement.

— Quand Adhara va apprendre ce qui s'est passé, les garçons vont avoir affaire à se tenir tranquilles, tu peux lui faire confiance là-dessus.

— Je te signale qu'elle n'est pas là et qu'on ne sait même pas quand elle va revenir.

— Elle sera là à la fin de l'été, Maïte me l'a dit. Et d'ici là, je vais te protéger, moi.

Aries avait plus envie de rester que de partir, plus envie de cette vie que de l'autre, plus envie de croire Australe que de ne pas la croire.

— Au fond, tu sais bien que je vais rester.

— Là je te reconnais !

— « Vous êtes enfants de la même nébuleuse »… tu te rappelles ?

En disant cela, ses yeux cessaient d'être tristes.

— Tu parles que je me rappelle ! Les fêtes, le jour où on a porté nos tuniques de cérémonie, où on nous a donné nos noms. Je n'ai jamais aimé mon prénom ; je sais maintenant que j'attendais de recevoir le véritable, ici, l'été dernier. Alors, tu es sûre de vouloir rester ?

– Oui, si tu me jures qu'on va veiller l'une sur l'autre. Toujours.

– Je le jure sur ce que j'ai de plus précieux.

Elle extirpa de son corsage la petite médaille que sa mère lui avait donnée à sa première communion.

– C'est bon ?

– C'est bon !

– Je ne serais pas restée sans toi, Aries.

– Et moi sans toi. Mais aussi bien te le dire, j'aurais eu du mal à partir. Il y a quelque chose de fort ici, je ne sais pas comment l'expliquer, je le sens, là, à l'intérieur.

Chez les garçons, la version qui circulait ressemblait plutôt à une tentative de séduction avortée qu'à une agression. Sur promesse solennelle à Marc-Aurèle qu'il ne recommencerait pas, Draco avait obtenu qu'il ne dise pas aux autres ce qui s'était réellement passé. Après quelques farces grossières tombées à plat, l'histoire fut envoyée aux oubliettes.

Ils avaient mille choses à faire. Étudier les grandes religions avec Sirius et Castor, s'initier au tir à l'arc avec Antarès, participer aux corvées de la communauté, incluant l'approvisionnement et l'entretien du jardin. C'étaient des temps heureux pour Antarès qui renouait avec la vie, les jeunes, l'entraînement physique et qui ne se privait pas de gâter ses garçons quand il était aux cuisines.

Altaïr, qui se sentait peu concerné par le sort des filles, n'avait donné que des consignes générales à Maïte, qui avait pris l'initiative d'élaborer son propre programme éducatif. Si Altaïr croyait que la formation des filles était sans importance, il allait voir ce qu'il allait voir. L'étrange Indi donnerait les cours, relayée de temps à autre par Deneb. Mimosa-tête-en-l'air s'occuperait de gymnastique et de danse et elle-même verrait aux cours de natation au lac.

J'ai beaucoup réfléchi aux circonstances qui ont conduit à la formation de la secte qui, au fond, a été créée presque sous nos yeux. Ce qui m'intriguait le plus c'est que, pendant qu'au château nous étions si farouchement opposés à toute entrave à notre liberté, les jeunes du mont Unda, pourtant plus âgés que nous, plus éduqués aussi par la force des choses, acceptaient sans protester de renoncer à la leur. Qu'est-ce qui faisait qu'ils acceptaient de s'en remettre à d'autres règles, appliquées par des gens qui n'étaient pas de leur milieu?

Et c'est là, je crois, que résidait la réponse. Ils avaient choisi de joindre la communauté, ils avaient donc été libres, au moins le temps de ce choix. Et ils l'avaient fait en dehors de leur milieu et de ce qu'on attendait d'eux. Ils avaient fait acte d'indépendance.

Mais ce n'était pas tout. Une autre partie de la réponse venait de l'intérieur; il fallait avoir vu Altaïr agir pour le comprendre. Peut-être l'a-t-il fait par instinct, peut-être par calcul, ce mystère restera à jamais irrésolu, mais Altaïr a réussi à convaincre les garçons qu'ils étaient des êtres d'exception, voués à un grand avenir. Il observait leurs succès, leurs progrès, leurs reculs, et jusqu'à leurs hésitations et leurs audaces avec une grande attention.

Toutes ces années passées à ne rien faire d'apparemment utile, Altaïr avait engrangé des informations sur la nature humaine, ses mécanismes de défense, les ressorts de sa fidélité et les motifs de ses trahisons. Il avait en même temps entretenu une grande soif de reconnaissance et accumulé une énergie qui ne demandait qu'à se dépenser avant qu'il soit trop tard. Tout ça aurait fort bien pu ne jamais servir. Il eût suffi d'un enchaînement de circonstances légèrement différent pour qu'Altaïr vieillisse sans être passé aux actes. Ça ne l'empêchait pas de rester profondément imbu de sa personne, mais son charisme, combiné à la sollicitude distante qu'il maintenait à dessein, opérait sur les jeunes.

Adhara aussi traitait les étudiant, qui étaient tous plus âgés qu'elle, avec considération et leur témoignait du respect, consciente de l'ascendant qu'elle exerçait sur eux en tant que professeur. Elle appelait Marc-Aurèle l'enfant des mers de la tranquillité parce qu'il vivait sans se heurter aux choses. Il passait simplement à côté, serein, un rien moqueur. Il était, plus que Bellatryx même, le préféré d'Altaïr parmi les onze garçons.

Et il y avait les enfants du quatuor, Draco, Gemini, Octans et Pictor. Ils étaient tous les quatre un peu lurons, bravaches à leurs heures, Draco le premier. Il fonçait, se posait des questions ensuite, mais était d'une loyauté à toute épreuve. Gemini était moins impulsif, il agissait plutôt par imitation, gardant ses considérations pour lui, mais mettait l'amitié au-dessus de tout, comme Draco. Pictor faisait partie du groupe parce qu'il avait constamment besoin d'exercer son charme sur quelqu'un, chose qu'il réussissait à merveille. Octans, grand et costaud, d'une intelligence au-dessus de la moyenne, leur servait de protecteur.

C'est ainsi, je crois, que la toile de la secte a pu se tisser : au chaud d'un lieu rassurant, éclairé par le charisme d'un Altaïr à son zénith, encouragé par la bienveillance des professeurs philosophes et par-dessus tout ça, l'invisible mais rassurante sécurité financière. À l'âge où il faut faire des choix difficiles pour gagner sa vie, la possibilité d'être d'un groupe qui n'a pas ces soucis-là ne pouvait être considérée comme une donnée négligeable.

Chapitre XI

Sous les pierres

CE JOUR-LÀ, jamais je ne l'oublierai. Tant que je vivrai, jamais je ne pourrai oublier sa grâce, la chaleur de son soleil, le temps qui semblait à notre merci.

Tôt le matin, Martin avait finalement retrouvé Sylve et son faon Paluah. En soi, cet événement aurait suffi pour qu'on fasse la fête, car depuis le début de la semaine, Martin arpentait les environs et revenait chaque fois plus pessimiste. Samuel s'était joint à lui, puis Lola, Nicolas et Laurent. Maïna, qui l'avait lu dans le marc du thé, ne cessait de répéter que Sylve et son petit allaient bien, mais à force, cela commençait à être difficile à croire.

De les voir arriver tous les trois, Martin devant, Sylve et Paluah dans son sillage, a fait descendre sur moi une sorte de paix. Évidemment, ça ne réglait pas tout, ça ne réglait pas mon physique d'araignée, l'indifférence de Bellatryx, la question de ce que je ferais plus tard dans la vie, mais je me sentais apaisée. Maïna aussi sûrement, car d'avoir prévu que

Sylve et Paluah étaient sains et saufs renouvelait la confiance que nous avions dans son talent divinatoire. Et un devin n'existe pas sans la confiance accordée.

Le deuxième événement heureux n'allait pas tarder à se produire. C'est comme ça que j'ai su qu'il n'y a pas que les malheurs qui n'arrivent jamais seuls.

Tous ceux du château qui n'étaient pas déjà au mont Noir étaient arrivés la veille pour passer cette dernière journée avec nous. Richard avait été on ne peut plus clair, ce séjour d'une semaine était le dernier. Ensuite, on pourrait y venir, mais il faudrait impérativement rentrer chaque soir au camp, ce qui réduisait le temps de recherche à presque rien.

L'heure tournait et au terme de ces jours qu'il avait à peine vu passer, Luc n'avait rien trouvé de nouveau. Malgré tout, il continuait à examiner la chambre souterraine pendant qu'en surface, nous préparions le retour. La grande tente avait été roulée, le feu éteint. Pouf nous préparait des sandwiches avec ce qui restait de nourriture.

Midi sonnait quand Luc a émergé de sous la terre en clignant des yeux comme une taupe éblouie. Il s'est placé devant nous et s'est mis à battre le rappel. Il a crié si fort que Catherine, Martin et Samuel, qui étaient plus loin en forêt, sont accourus en vitesse. On s'est attroupés, Luc a ajusté ses lunettes et nous a dit d'une voix importante :

– Regardez ! Les chapelles ont bien une histoire, j'en ai la preuve ici !

Tout en parlant, il avait levé au-dessus de sa tête un carreau sur lequel on pouvait voir une scène sculptée dans la pierre. Il l'a ensuite descendu à la hauteur de nos yeux, en le tenant avec précaution.

– Et vous savez quoi ? Il y en a d'autres.

Nous étions muets comme des carpes. Décidément, ce n'était pas de chance de découvrir pareil trésor juste au moment où il fallait qu'on rentre au château. C'est ce que je lui ai dit.

– Tu n'y penses pas ? Je ne peux pas rentrer au château, pas maintenant. C'est impossible.

Personne ne disait rien, la surprise était trop grande, alors Pouf nous a ramenés sur terre :

– Les sandwiches sont prêts. Si on parlait de ça en mangeant ?

– Manger ? Manger ! Mangez si vous voulez bande de patates, moi je retourne là-bas.

Non Luc, reste ! Oublie les sandwiches si tu veux, mais il faut qu'on discute.

Samuel usait de son autorité récemment acquise pour tenter de nous épargner de nouveaux ennuis. Marie-Josée lui vint en renfort.

– Samuel a raison, Luc, il faut qu'on parle. Ne t'inquiète pas, on va trouver un moyen pour continuer les recherches.

Nous étions descendus à la file indienne jusqu'à la chambre souterraine. Pour nous, ce lieu presque complètement vide ne pouvait rien nous apprendre. Il n'y avait rien ici que quelques bancs et une table au piètement de bois et au plateau fait de carreaux d'ardoise.

Quelque temps avant, assis au bout de cette table éclairée par le faisceau croisé de trois lampes de poche, Luc réfléchissait en grattant machinalement le dessus de la table avec la pointe de son couteau quand du coulis séché s'était détaché autour d'une des pierres. Ne s'attendant à rien de particulier, il avait continué à gratter le coulis jusqu'à ce qu'il puisse soulever la pierre. En la prenant dans ses mains, il avait senti une texture sous ses doigts. Il avait retourné la pierre et avait vu le motif sculpté sur sa face interne.

Nous étions tous descendus pour voir la fameuse table, mais c'est à Marc seul qu'est revenue la tâche de desceller les pierres restantes. Le plateau de la table en comptait huit.

— Est-ce qu'on les apporte dehors ?

— Voyons, Juliette, réfléchis un peu ! Elles sont beaucoup trop fragiles ! On risquerait de les casser en mille morceaux !

— Bon, bon ! Inutile de m'insulter, j'ai compris ! Qu'est-ce que tu veux qu'on fasse avec tes pierres précieuses dans ce cas ?

— Rien du tout. Je vais les étudier sur place. Il va me falloir…

— Si j'étais toi, j'oublierais ça tout de suite.

– Ce n'est pas à toi que je parle, Samuel. C'est à Ignis et à Martin.

– Je croyais qu'on s'était mis d'accord ? On te filait un coup de main, et ensuite on repartait TOUS au château. Tous, ça t'inclut.

– Je ne pars pas. Tu ne vois pas qu'on est tombés sur quelque chose de fabuleux ? Et qu'on pourrait se le faire voler avant d'avoir compris ce que ça représente ?

– Je ne suis pas aveugle ! Mais autre chose que je sais, c'est que Richard a été bon joueur et que si tu ne respectes pas la parole donnée, on risque de tous avoir des problèmes.

– C'est absurde ! C'est comme si tu disais à l'égyptologue Howard Carter qui vient à peine de découvrir le tombeau de Toutânkhamon que ses parents lui font dire de rentrer en Angleterre pour souper !

– En effet, c'est à peine exagéré comme comparaison…

Ignis vint au secours de Samuel :

– Samuel a raison, Luc, on n'est pas en Égypte ici et la parole donnée, ça ne se reprend pas. D'ailleurs, qui veux-tu qui vienne voler les pierres ?

– Les gens de la communauté, par exemple ?

Martin objecta :

– Ils sont venus ici, ils ont refait les murs, le toit, ils ont même fait une cérémonie sans jamais se douter que cette salle existait, c'est toi-même qui nous en as fait la démonstration !

Luc venait de perdre ses deux appuis, mais il ne se décidait toujours pas à partir. On y serait encore si Stéphanie n'avait pas proposé son aide.

– Euh ! J'ai peut-être une solution.

Luc la regarda avec méfiance.

– Ça vaut ce que ça vaut, mais je pourrais revenir avec mon appareil photo et faire des clichés des pierres pour que tu puisses les étudier au château.

– Il n'y a pas assez de lumière ici, voyons !

– Je sais. J'y ai pensé. Mais, l'été dernier, Richard a rapporté deux projecteurs de scène alimentés par des batteries pour notre pièce de théâtre. Je les ai utilisés pour faire des photos au grenier et avec le flash, ça marche bien.

Luc n'était pas encore prêt à se rendre.

– Des photos… on va perdre plein de détails. Vous avez vu la finesse des détails, non ?

Samuel n'allait pas laisser passer cette chance de conclure les négos.

– On verra ! Stéphanie, ton idée est géniale. Penses-tu pouvoir faire les photos en une journée ?

– Oui, si vous m'aidez. Il va falloir apporter les projecteurs ici, les installer et placer les pierres sur quelque chose de contrastant. Si tout va bien, ça devrait être possible.

– D'accord. Revenir passer une journée, il n'y a pas de problème. Et c'est une première étape, Luc. On fait comme ça, et si tu as besoin de poursuivre ton examen sur place après avoir étudié les photos de Steph, on négocie une autre semaine avec Richard. C'est une offre difficile à refuser, non ?

– Ouais, disons.

***

– Si au moins ils avaient mis du texte pour qu'on comprenne !

Luc avait étalé les clichés que Stéphanie venait d'apporter sur la table. Il n'écoutait pas Marie-Josée, plongé dans l'observation des photos. Stéphanie non plus ne l'écoutait pas. Elle se tenait debout à côté de la table, inquiète du silence de Luc.

– Elles ne sont pas assez contrastées, c'est ça ?

– [...]

– Tu les trouves floues, peut-être ?

– [...]

De plus en plus inquiète, Stéphanie s'était avancée pour les reprendre.

– Qu'est-ce que tu fais là ?

– Ben, je... je les reprends. Je vais essayer de faire un autre tirage en travaillant le contraste.

– Pas question ! Tu n'iras nulle part avec MES photos !

– Je peux essayer de faire mieux, tu vas voir, il y a moyen de...

– Elles sont parfaites ! Je ne m'attendais pas à avoir autant de détails. Je m'en veux d'avoir douté de toi. Tu es géniale !

Stéphanie sourit, pas tout à fait rassurée. Un long travail d'analyse, de recherche et de déduction commençait, tandis que s'installait une nouvelle phase pour les habitants du château.

Nous restions dans les parages comme le souhaitait Richard, vaquant à nos affaires. Marc continuait les rénovations, Samuel apprivoisait sa chouette, Lola réparait les gaffes de Zorro, Pouf cuisinait, Charlotte se prélassait et ainsi de suite. Le soir venu, nous reformions le grand tout. Marie-Josée et Luc nous faisaient part de leurs hypothèses et nous en discutions pendant des heures autour du feu.

Nos premières discussions avaient porté sur l'époque à laquelle les pierres avaient pu être placées là. Nous savions, par Alice, que la chapelle du mont Noir avait été construite avant l'arrivée du frère Isidore, donc avant 1927, quelque part au XVIIIᵉ ou XIXᵉ siècle. Et nous avons cru pendant un moment que la chambre souterraine avait été faite lors de la construction, ce qui signifiait que les gravures pouvaient être antérieures à la découverte de la chapelle par le petit frère François. Nous en étions d'autant plus convaincus que, selon Luc, le mécanisme qui servait à accéder au sous-sol de la chapelle remontait au XVIIᵉ siècle d'après des gravures qu'il avait vues.

Ce à quoi nous n'avions pas pensé toutefois, c'était que l'invention du mécanisme pouvait être très ancienne sans que celui qui nous intéressait le soit aussi. C'est Marc qui nous a finalement sortis de l'impasse. Le jour où nous étions tous descendus dans la chambre souterraine, il s'était attardé à observer les pièces du mécanisme et avait constaté, sans y prêter attention sur le moment, qu'il s'agissait de pièces qui ressemblaient à la quincaillerie sur l'établi de son grand-père. Il n'y avait rien là de très médiéval. C'était au contraire des pièces usinées qui avaient une quarantaine d'années, pas plus.

Cela voulait dire que la chambre souterraine était plus récente que ce qu'on avait d'abord cru. Elle avait été faite alors que le frère Isidore dirigeait le camp, il en avait même probablement eu connaissance, s'il n'en était pas l'initiateur. Les chances pour qu'il y ait un rapport entre lui et les pierres étaient plus grandes que jamais. Quand cette probabilité nous est finalement apparue, Marie-Josée, Juliette et moi nous sommes regardées : il était temps pour nous d'aller faire un tour au village.

⚜

— J'ai ma petite idée sur ce qui a inspiré les scènes qu'on trouve sur les pierres.

Ayant lancé sa bombe, Marie-Josée continua à marcher. Elle attendait. L'une de nous trois allait sûrement finir par la supplier de parler. Ce fut moi. Juliette n'était pas moins curieuse, juste plus orgueilleuse et Catherine était ailleurs, sans doute distraite par un parfum ou le miroitement d'une goutte d'eau.

— Allez, arrête de te faire prier, raconte !

Marie-Josée s'éclaircit la voix et s'exécuta avec un plaisir visible :

— Est-ce que vous saviez qu'autrefois le mot légende ne voulait pas dire ce qu'il veut dire aujourd'hui ?

Cette fois, Juliette jugea qu'elle pouvait se compromettre légèrement pour accélérer le processus.

— Regarde, Marie-Josée, fais comme si on ne savait rien, on ne sera pas fâché, arrête de poser des questions et accouche !

— Bon d'accord. J'y vais. Mais que j'en voie une m'interrompre…

— C'est ça, c'est ça. Cause toujours, tu m'intéresses.

— À l'origine, légende voulait dire « ce qui doit être lu » en latin. *Legenda* désignait le récit de la vie d'un saint. Or, en fouillant dans la bibliothèque du château, je suis tombée sur un livre intitulé *Legenda aurea*. Et devinez quoi ? Vous vous rappelez que le frère Isidore était dominicain. Eh bien ! celui qui a écrit cette légende dorée, Jacques de Varaggio, archevêque de Gênes, était dominicain lui aussi ! Je sais que le livre appartenait au frère Isidore à cause de la dédicace : *Au frère Isidore, faiseur de miracles. A. C.*

— A. C.! C'est sûrement Alice qui lui a donné !

— Ou son frère. Augustin aussi, ça commence par un A, Joal.

Juliette n'aimait pas les devinettes. Après m'avoir rabrouée, elle maugréa à l'adresse de Marie-Josée :

– C'est quoi le rapport avec l'archevêque puisque ce n'est pas lui qui a offert le livre au frère Isidore ?

– Ça aurait été difficile, il est mort au Moyen-Âge ! Jacques de Varaggio s'appelait comme ça parce que c'est le nom du village où il est né – en 1230, je précise – près du golfe de Gênes…

En entendant le nom du village, Catherine est revenue parmi nous subitement.

– Eh ! c'est le village où habite la tante d'Adhara ! Ce ne serait pas plutôt Viareggio d'ailleurs ?

– Non, c'était bien Varaggio. Aujourd'hui ça ne s'appelle plus comme ça. C'est devenu Varazze. Mais il y a un Viareggio tout près, de l'autre côté de Gênes.

– Quand même ! Drôle de coïncidence !

Juliette se moqua :

– Maïna le dit tout le temps : il n'y a pas de hasard…

– Bon, bref, la Légende dorée de Jacques de Varaggio raconte l'histoire de toutes les fêtes du calendrier catholique. Ça ressemble à un livre de mythologie grecque. C'est plein d'histoires miraculeuses avec une foule d'illustrations.

Nous avions ralenti le pas, attentives, espérant une conclusion digne de notre patience. Catherine prit les devants :

– Les gravures des pierres reproduiraient les dessins du livre ?

– J'ai vérifié, tu penses bien ! Mais ce ne sont pas les mêmes. Si c'est le frère Isidore qui a commandé les pierres, il a pu choisir des saints de par ici, non ?

Des saints québécois, on ne savait pas si ça se pouvait. On a cessé de parler et on s'est dépêchées. De toute façon, si on voulait être au village avant midi, il fallait arrêter de traîner. Nous avions prévu aller chez Alice en arrivant pendant que Catherine ferait les commissions.

La cuisine baignait dans l'odeur tiède des tartes qu'Alice avait sorties du four peu avant notre arrivée. Elle était contente qu'on soit revenues.

– Tout ça me rappelle une période tellement heureuse de ma vie ! Vous êtes comme un élixir de jeunesse. Vous le saviez ? Non, évidemment. À votre âge, devenir vieux ça ne veut rien dire tant c'est loin. Et je ne vais pas jouer les rabat-joie en vous disant que c'est demain, ce n'est pas mon genre.

Les yeux d'Alice pétillaient. Elle n'avait pas du tout l'air embarrassé par son âge.

– Vous avez raison, les filles. Il n'y avait pas de chambre souterraine dans la première chapelle, ça, j'en suis sûre. Et ça se peut qu'Isidore se soit inspiré de la Légende dorée pour faire exécuter les gravures. Sans doute qu'Augustin le sait, mais…

Marie-Josée n'avait pas envie d'attendre que le hasard, qui n'existe pas, s'exécute. Trop long. Elle demanda de but en blanc :

— … on peut le voir, s'il vous plaît ?

— Ce que je m'apprêtais à dire, c'est qu'il ne voudra pas nécessairement vous en parler.

— Comment ça ?

— Ce sont de vieilles histoires…

— S'il vous plaît, Alice !

— D'accord, mais soyez discrètes. Augustin était un grand ami d'Isidore, il était souvent invité à sa table. Pendant des années, il a soigné les jeunes du camp. Il a assisté à la construction des deux chapelles et discuté théologie à en perdre haleine au cours de ces étés-là. Quand Isidore a subitement fermé le camp en 1960, Augustin l'a appris une fois que c'était fait et il en a été profondément blessé.

— À vous non plus, il ne l'avait pas dit ?

— Notre histoire était finie depuis belle lurette à ce moment-là.

Juliette avait hâte de partir maintenant. Elle résuma, croyant avancer notre départ :

— Bref, le frère Isidore ne vous a jamais dit pourquoi il avait décidé de construire des chapelles au fond des bois.

— Il n'avait pas besoin de me le dire, je le savais.

Et voilà que nous étions reparties pour un nouveau tour de manège. Alice offrit une autre part de dessert à Juliette, trop heureuse de nous garder encore un peu pour le prix d'une pointe de tarte.

— C'est à cause de ses pouvoirs ?

— Vous êtes au courant de ça ?

– Oui, c'était dans le cahier qui nous a mis sur la piste des chapelles.

– Il avait un don de guérisseur.

Marie-Josée ne put s'empêcher de remarquer :

– Dans ce cas, pourquoi est-ce qu'il avait besoin d'un médecin pour ses campeurs ?

– Il ne se servait de ce don que très rarement. Ça lui avait apporté pas mal d'ennuis dans sa communauté.

– Et pas mal d'avantages pour construire le camp, non ?

– Oui. Isidore avait des vues très personnelles sur la religion et le fait d'exercer son ministère ici lui a donné une latitude qu'il n'aurait pas eue ailleurs. Je crois qu'il n'a pas fermé le camp de son plein gré et que c'est la raison pour laquelle il n'a pas prévenu Augustin. Mais tout ça n'est que supposition de ma part. Quand j'ai cessé de le voir, on était en 1929, j'avais dix-sept ans et la chapelle du mont Unda n'était même pas encore un projet.

– Je me demandais, comment avez-vous fait pour arrêter de l'aimer comme ça, du jour au lendemain ?

– Je n'ai pas arrêté comme ça, Joal. Ç'a été beaucoup plus douloureux.

Au soir de cette journée, de retour au château, je me suis pelotonnée sous les couvertures, le nez dans l'oreiller, mon corps blotti dans les profondeurs caverneuses du vieux matelas. Depuis que j'avais rencontré Bellatryx, j'avais pris l'habitude quand j'allais me coucher de recomposer les meilleurs moments de notre histoire. Il y en avait très peu, à peine deux ou trois, mais je ne me lassais pas de les rejouer, de revivre les émotions ressenties, de leur ajouter du sens, d'en modifier la direction. J'avais au moins ce pouvoir-là.

Chapitre XII

Le voyage en Ligurie

« [...] la coïncidence est troublante. Si tu es encore là-bas pour quelques jours quand tu recevras ma lettre, peut-être pourrais-tu t'informer sur l'archevêque Varaggio et sa légende dorée ? [...] »

L'autobus filait le long de la côte ligurienne et Adhara se sentait la tête légère comme un flocon. De retour d'une tournée éclair des principales villes d'Italie avec Véga, elle avait trouvé la lettre de Catherine sur la console de l'entrée de la villa.

Quelque temps auparavant, Véga s'était levée décrétant que le moment était venu pour Adhara de découvrir le pays de ses ancêtres. Elle avait bouclé ses valises et donné l'ordre à Adhara de faire de même. Quelques heures plus tard, elles étaient à bord d'un train pour Milan. Véga avait prévu un arrêt à Vérone, puis Venise, Bologne et Florence. De là, peut-être l'île d'Elbe, ensuite sûrement Rome et Naples. De toute façon, il n'était pas question de discuter les destinations avec Adhara. Quand elle voyageait, Véga avait des manières de reine en exil. Aucun bagagiste n'était assez dégourdi et aucun chauffeur de taxi n'était assez honnête. C'étaient tous des voleurs à la petite semaine qui prenaient les touristes pour des analphabètes. L'Italie première manière découverte par Adhara a beaucoup souffert de la présence de Véga, qui semblait constamment pressée de se rendre quelque part et tout aussi pressée d'en revenir.

Le retour à Viareggio avait soulagé Adhara. Elle relut un passage de la lettre qu'elle connaissait presque par cœur.

« [...] Je ne sais pas si tu es au courant pour Hermès, j'ai appelé au collège récemment et M. Châteaulin m'a dit qu'il attendait une date pour une nouvelle opération.

« On n'a vu personne de la communauté depuis des semaines. C'est un été complètement différent de l'an dernier, mais qui ne manque pas d'intérêt. Je regrette seulement que tu ne sois pas sur ta montagne.

« Samuel va bien, il est en bonne voie d'apprivoiser la chouette de la chapelle qui s'est installée parmi nous. Il l'a appelée Zitella. Tu vas rire, ça veut dire vieille fille en italien. [...] »

Adhara sourit. Ça ressemblait assez à l'humour samuellien, un nom comme ça. Il ne lui avait pas écrit, mais même s'il avait eu son adresse, les gars n'écrivent pas beaucoup en général et Bellatryx ne l'avait pas fait non plus. Elle regarda par la fenêtre : Gênes se profilait à l'horizon, accrochée au dos de la montagne comme un enfant aux jupes de sa mère. Elle se sentait émue de voir quelque chose que des voyageurs de d'autres époques, d'autres lieux et d'autres cultures avaient vu avant elle. Elle était prête à succomber.

Elle s'est d'abord rendue à la cathédrale de San Lorenzo pour établir ses repères, car elle aurait sans doute à revenir à quelques reprises arpenter la ville. Elle avait intérêt à avoir le cœur en bon état, mais après tout ce n'était pas les escaliers de Gênes qui allaient faire peur à une chèvre des montagnes comme elle.

***

Les jours passaient et Adhara était maintenant en pays de connaissance dans les rues de Gênes. Elle avait beaucoup arpenté ses ruelles, connaissait ses curiosités, ses places, avait goûté à la plupart de ses glaces et s'était assise sur quantité de bancs. Après tant de beauté, il en fallait beaucoup pour que cette cour intérieure où elle venait d'entrer, parcourue de galeries desquelles tombait une végétation féconde, la tienne ainsi sous le charme. Au centre, il y avait une fontaine et, dans l'herbe rare, une famille de chats qui prenaient des poses au soleil. Elle grimpa les marches lestement, sans souci de son cœur, et se mit à détailler les portes derrière lesquelles se trouvaient autant de chambreurs. La numéro huit était celle du dominicain dont on lui avait parlé. Il avait consacré sa vie à étudier la Légende ; si elle ne tirait rien de lui, elle ne tirerait rien de personne. Elle savait qu'il l'attendait.

Avant de frapper, elle ajusta sa tunique, lissa ses cheveux et ramena sa tresse sur l'épaule pour vérifier que des mèches ne s'en étaient pas échappées. Elle voulait faire bonne impression. Dans un mouvement machinal qui lui venait quand elle était nerveuse, elle pressa ses dents d'en haut sur sa lèvre inférieure, puis frappa trois coups discrets à la porte.

Le frère Cercatore ouvrit sans faire de bruit et invita Adhara à entrer. La chambre était délabrée, à la limite de la salubrité, il y avait des lézardes sur les murs et, cordés dans l'espace exigu, quelques meubles, un lit, une très belle armoire ancienne, un pupitre de travail et deux chaises de paille.

— Alors, comme ça, vous êtes italienne ?

— Par mes grands-parents maternels. Ils étaient originaires de Florence.

— Parlez-vous italien ?

— Non, je viens du Québec.

— L'un n'empêche pas l'autre.

Adhara rougit.

— Je sais, mais non, je n'ai pas appris l'italien.

— Vous devriez, c'est une très belle langue.

— Oui, vous avez raison, un jour sûrement. Vous ne portez pas la soutane ?

— Chez les dominicains, c'est une robe et je ne la porte pas toujours. Mais je vois que vous,

vous portez la tunique. Appartiendriez-vous à un ordre religieux, par hasard ?

Il y avait une gentillesse spontanée dans la voix du frère Cercatore, avec une touche joyeuse qui lui rappelait Hermès, comme si la vie était foncièrement amusante.

– Ne restons pas ici alors qu'il y a du soleil dehors. Vous venez ? Nous parlerons en marchant, il y a un parc tout près d'ici.

Le frère Cercatore était pour moitié un être de chair, fin observateur de ce qui l'entourait, parleur agréable qui s'exprimait facilement en choisissant les mots justes, et un intellectuel habitué aux contrées arides de la pensée rationnelle. Il aurait fait un athée convaincant s'il n'avait préféré l'espoir. Adhara se sentait en confiance avec lui et je ne crois pas me tromper en disant que c'est cette rencontre qui a été à l'origine de son choix d'aller vivre là-bas plus tard. Mais j'anticipe. Une fois la curiosité du frère Cercatore envers sa jeune visiteuse satisfaite, il entra dans le vif du sujet.

– Alors comme ça, la Légende dorée est parvenue jusqu'à vos montagnes ?

– Oui. Mes amis ont trouvé un livre qui en traite dans la bibliothèque d'un camp de vacances voisin de chez moi. Il appartenait au fondateur du camp, un dominicain comme vous.

– Peut-être l'ai-je connu s'il a étudié en Europe, comment s'appelle-t-il ?

– Ça m'étonnerait que vous le connaissiez. Il est mort il y a longtemps. Il s'appelait Isidore.

– En effet, son nom ne me rappelle rien.
Que voulez-vous savoir au juste, *piccola* ?

– Mes amis ont trouvé des ardoises cachées
dans une chambre secrète dans une chapelle de
la montagne. D'un côté, elles sont lisses, mais
de l'autre, la pierre a été sculptée. Et les dessins
ressemblent à ceux de la Légende dorée.

– C'est-à-dire ?

– Ce ne sont pas les mêmes. Disons qu'ils
en sont comme… inspirés ?

– Je vois.

– Qu'est-ce que vous en pensez ?

– Je ne suis pas surpris. Laissez-moi vous
expliquer ce qu'est la Légende dorée, vous allez
mieux comprendre. Dans l'Église catholique, le
calendrier est parsemé de fêtes. C'est une Église
très festive que la nôtre vous savez, riche en
histoires merveilleuses. Déjà au XIIIᵉ siècle il y
en avait tant que le frère Jacques, soucieux
d'être compris des fidèles et qui était un excellent vulgarisateur, a décidé de rédiger un récit
de la vie des saints en s'appuyant sur des documents d'époque et en comparant plusieurs
sources. Sa légende est devenue un best-seller,
elle a été traduite en plusieurs langues et impri-
mée presque aussi souvent que la Bible.

Adhara n'en revenait pas.

– C'est bizarre, je suis catholique et je n'en
ai jamais entendu parler.

– C'est le contraire qui aurait été surprenant. Pour comprendre, vous devez savoir
qu'après avoir connu un époustouflant succès,

la Légende a été descendue en flammes et sa réhabilitation est lente et encore partielle. Je suis de ceux qui travaillent à la défendre. Sans doute votre frère Isidore était-il comme moi, un admirateur discret.

— Et pour les pierres, vous en pensez quoi ?

— C'est l'autre point d'intérêt de la Légende et la raison pour laquelle je pourrais vivre encore cent ans sans m'ennuyer. Avez-vous été visiter une cathédrale depuis votre arrivée en Italie ? Ou peut-être en avez-vous vu si vous êtes passée par la France ?

Adhara se remémora son périple italien et fit silencieusement une énumération studieuse des cathédrales entrevues : la cathédrale hérisson de Milan, celle de Vérone aux piliers de marbre rouge, la cathédrale aux chevaux volés de Venise, la basilique inachevée de San Petronio à Bologne, la cathédrale aux fresques de Florence, la basilique de Saint-Pierre qui n'est pas une cathédrale et enfin la cathédrale de Naples, survivante de sept siècles de tremblements de terre.

— J'en ai vu quelques-unes… assez rapidement je dois dire.

Le frère Cercatore perçut sans doute le malaise et se garda d'insister :

— Je comprends, il y a tant de choses à voir. Ce sur quoi je voulais attirer votre attention en vous parlant des cathédrales, c'est que l'un des ingrédients qui ont le plus nourri les artisans de ces monuments magnifiques, à part la Bible bien entendu, est précisément la Légende dorée. C'est la vie des saints qui a été mise en images par les artisans des cathédrales, les tailleurs de pierre, les peintres-verriers, les maçons, sculpteurs, émailleurs, miniaturistes. Au Moyen-Âge, le chemin qui menait à Dieu a ainsi été balisé de scènes racontant les aventures des saints. Il existe je ne sais pas combien d'éditions de la Légende dorée, toutes agrémentées d'images originales. J'en arrive ainsi à vos pierres, *piccola*, qui sont probablement un témoignage rendu par le frère Isidore à quelques-uns des saints de la Légende. Le fait qu'elles aient été dissimulées ainsi me fait croire que les ardoises que vos amis ont trouvées ont sans doute servi à faire des gravures. Le frère Isidore les aura dissimulé afin de les protéger des iconoclastes. Et le temps a passé… comme il passe maintenant pour nous aussi. Si vous n'avez pas d'autres questions, je vais devoir vous quitter.

– Déjà ?

Il lui sourit et partit sans rien ajouter. Il était déjà loin quand Adhara se rappela les trois mots d'italien qu'elle savait. Elle lui cria :

– Hé ! *fratello Cercatore* !

– Oui, *piccola* ?

– *Grazie tante* !

Chapitre XIII

Jour d'odyssée

LA VIE STUDIEUSE du mont Unda laissait peu de place aux moments intenses comme ceux que les garçons avaient vécus dans la forêt des pluies à l'époque de la chasse aux coyotes. Mais les montagnes étaient toujours aussi attrayantes, et Draco – dont l'impatience déteignait sur Bellatryx – commençait à avoir du mal à rester tranquille. Dès qu'ils avaient une minute à eux, ils se remémoraient avec force exagérations l'ultime bataille qu'ils avaient livrée contre nous, se félicitant que tout n'ait pas été dit puisqu'il restait une revanche à prendre. Des deux côtés, on avait pansé nos bosses et les vieux avaient conclu un pacte. Mais aucun des acteurs de la bataille n'avait eu son mot à dire.

À force de brasser les souvenirs, le désir de remettre ça se mit à grandir dans le cœur des garçons, amplifié par leur sentiment d'appartenir à une communauté choisie, brillante. Il fut décidé que le samedi serait une journée parfaite pour un voyage de reconnaissance dans la forêt des pluies.

Avant que le soleil se lève sur la montagne, les garçons se glissèrent dans la salle des armes où étaient rangés leurs arcs et leurs flèches. Ils n'envisageaient pas de s'en servir, du moins pas ce jour-là, mais de les avoir avec eux leur donnait confiance et ajoutait du sérieux à l'expédition. Ils ne se baladeraient pas les mains libres comme des fillettes, ils auraient leur arme à l'épaule et seraient prêts à intervenir en cas de nécessité.

Toute la communauté dormait encore quand ils franchirent la porte de Belisama.

Rien n'avait changé là-bas et ce qui était plutôt embêtant c'est qu'il n'y avait pas trace d'occupation récente. La forêt des pluies semblait avoir été abandonnée à elle-même, profitant de cette paix pour s'épaissir et tisser ses mousses. La perspective de rentrer sans avoir trouvé une seule trace était décevante, mais l'idée de pousser l'excursion plus près du territoire des campeurs ne les enchantait pas.

— D'abord, on ne veut pas les attaquer aujourd'hui, alors pourquoi aller là-bas ?

— Orion a raison. On est ici en reconnaissance, on n'est pas venus pour se battre !

— Je pense comme toi, Mensa. Quand on les retrouvera, il faut qu'on soit prêts et que ça se passe en terrain connu…

— N'oublions pas qu'ils sont plus nombreux que nous maintenant, il va falloir être plus rusés.

— J'ai trouvé ! Je sais où ça va se passer.

Bellatryx regardait les autres d'un air inspiré.

– Alors, c'est où ?

– À la chapelle du mont Noir.

La proposition atterrit, parfaite comme de la neige un soir de réveillon. Les jeunes n'avaient cessé de se poser des questions sur ce lieu mystérieux auquel ils n'avaient pas eu accès, la proposition de Bellatryx tombait donc en terrain on ne peut plus fertile.

Ils étaient trop nombreux pour utiliser les chaloupes, mais ça leur était égal de marcher. L'énergie accumulée ces dernières semaines ne demandait qu'à être dépensée et Bellatryx était un bon guide.

⚜

– J'ai marché sur des charbons ardents ici, juste au milieu du cercle de pierre. Et c'est là que j'ai reçu le sceau. Voulez-vous voir l'intérieur de la chapelle ? Venez, suivez-moi.

Marc-Aurèle resta assis près du feu, faire un pas de plus était au-dessus de ses forces. Il fixait la forêt, la vue légèrement embrouillée par la fatigue, quand il crut distinguer entre les branches une forme chimérique à huit pattes qui s'avançait vers lui. C'était Sylve, suivie de Paluah. Les deux chevreuils s'approchèrent et Marc-Aurèle entendit une voix, au loin.

– Attendez-moi, les chevreuils ! Vous allez trop vite, je ne suis pas capable de vous suivre ! Qu'est-ce que vous avez, aujourd'hui, bon sang !

141

Mais avant que le propriétaire de la voix arrive en terrain découvert, les deux chevreuils avaient détalé et Marc-Aurèle sut que le garçon qui avait parlé ne viendrait pas, alerté par les bêtes. Il lui semblait avoir déjà entendu cette voix. Il se leva en vitesse et entra dans la chapelle.

– Bellatryx ! Il y a quelqu'un qui se promène dans le secteur !

– Ça me surprendrait ! Personne ne connaît cet endroit à part les membres de la communauté avec qui je suis déjà venu.

– Je te dis que j'ai entendu une voix. Ça pourrait être un des campeurs.

– Le camp est loin d'ici pourtant.

– Peut-être, mais ils ont pu découvrir l'endroit par hasard s'ils se promènent beaucoup en montagne.

– Ce serait une drôle de coïncidence.

Marc-Aurèle cherchait toujours à mettre un visage sur la voix. Soudain, il sut.

– Ça y est, je sais c'est qui ! C'était la voix du garçon contre qui je me suis battu dans la forêt des pluies, l'été passé. Il ne s'est pas approché parce que les chevreuils l'ont averti qu'il y avait du monde.

– Eh bien ! Si les campeurs connaissent la place, c'est parfait, c'est ici qu'on va les recevoir. Bon, on s'en va. Surtout, rappelez-vous qu'on n'est jamais venus ici aujourd'hui. Je compte sur vous.

Ce souhait de discrétion ne pouvait malheureusement pas les mettre à l'abri des aléas de la vie. Et il y en avait justement un au lac. Maïte avait planifié un entraînement de natation pour les filles. Elles étaient toutes les trois de bonnes nageuses, mais Carina, qui était plus leste, fut la première à toucher terre et à apercevoir Bellatryx qui marchait devant les autres.

— Ohé ! On est ici !

C'était difficile de faire comme s'ils ne l'avaient pas vue. Mais le secret de leur expédition allait maintenant être à la merci de la discrétion des filles, ce qui n'était pas loin d'être la pire chose qui pouvait arriver.

— Qu'est-ce que vous faites là ? Vous étiez partis chasser le dîner ?

— Très drôle, Carina. N'empêche que nos arcs seraient plus utiles que vos maillots de bain si on devait chasser le dîner.

— Cause toujours ! Dans une chaloupe percée au milieu du lac, ton arc ne ferait pas le poids contre mon maillot.

— Ça suffit, Carina ! Et toi aussi, Draco ! Attendez ici, les filles. Et toi Bellatryx, viens par ici s'il te plaît !

Maïte entraîna le jeune homme à l'écart.

— Oui ? Qu'est-ce qu'il y a ?

— D'où arrivez-vous comme ça ?

— De la montagne. C'est samedi, on a bien le droit !

— Bien sûr. Les arcs, c'est pour faire peur aux oiseaux ?

— On ne s'en est pas servi, je te le jure. On se promenait tout bonnement, ce n'est pas plus grave que ça.

– Vous arrivez de la chapelle du mont Noir. Je veux savoir ce que vous êtes allés faire là-bas.

– Pas du tout !

– Tu ne sais pas mentir, Bellatryx.

Ses oreilles s'empourprèrent. Il était de plus en plus mal à l'aise.

– Et même si c'était vrai, qu'est-ce que ça aurait de si terrible ?

– Altaïr t'avait demandé de garder le secret.

– S'il te plaît, Maïte, ne lui en parle pas. On n'a rien fait de si effrayant. C'est vrai, je leur ai montré la chapelle, mais c'est tout. On est repartis tout de suite, je le jure.

– Tu avais promis pourtant.

– Ils auraient fini par savoir où c'était, non ?

– Oui. Mais c'est Altaïr qui voulait décider du moment. Bon. Je ne dirai rien et je demanderai aux filles de faire de même. Ce sera notre secret. Mais jure-moi de ne pas y retourner sans permission.

– Je le jure. On peut partir ?

– Ça va.

Elle retourna près des filles sans plus s'occuper de Bellatryx.

– Venez, on va faire encore quelques longueurs.

– Où est-ce qu'ils sont allés ?

– Essayer leurs arcs. On va garder ça pour nous si vous voulez bien parce qu'ils se feraient passer un savon si jamais Antarès l'apprenait.

– Quels idiots !

— D'accord avec toi, Australe. Allons, la première arrivée à la bouée.

⊱⊰

Aries n'avait pas livré le fond de sa pensée à Australe de peur qu'elle se fatigue de l'entendre parler de ça. Mais elle n'en pensait pas moins que Draco n'avait pas eu ce qu'il méritait et que c'était injuste. Elle n'avait qu'à y penser pour sentir la colère se lever, qu'à le voir pour que son corps se crispe.

Et voilà que sans avoir eu à chercher, elle tenait un moyen de lui faire payer ce qu'il lui avait fait. Elle n'irait pas trouver Antarès, il était beaucoup trop doux à son goût. Si ça se trouvait, le gentil philosophe-pâtissier se contenterait de priver les garçons de dessert. Non, le mieux, ce serait de parler directement à Altaïr, qui ne badinait pas avec l'utilisation des arcs. Suffirait qu'elle laisse entendre que l'idée venait de Draco et, pourquoi se gêner, elle pourrait aller un petit peu plus loin en prétendant qu'il avait fait mine de la viser pendant que les autres ne les regardaient pas.

Mais parler à Altaïr était plus facile à dire qu'à faire. C'était bien connu dans la communauté, il gardait une certaine distance avec les étudiants, pour ne rien dire de celle qu'il maintenait à l'endroit des étudiantes.

Il fallut donc qu'Aries attende le moment opportun qui se présenta le lendemain alors qu'Altaïr se promenait dans le jardin des

Mythes. Elle rassembla tout son courage, ouvrit le livre qu'elle tenait à la main et marcha vers lui tête baissée. Son cœur battait à mille tours minute, elle avait les joues et les oreilles en feu, mais ça ne ferait qu'ajouter à l'accent de vérité quand elle s'excuserait de l'avoir bousculé. Elle fit mieux qu'elle espérait ; au moment où elle était sur le point de télescoper Altaïr, elle se tordit le pied et se retrouva par terre, confuse.

Altaïr jeta un regard aux alentours. Il espérait que quelqu'un ait vu la scène et vienne porter secours à la jeune fille, mais il n'y avait pas âme qui vive en vue. Il se pencha et l'embarras lui tint lieu de compassion.

– Vous avez mal ?

– Un peu.

– Êtes-vous capable de vous lever ?

– Je… je crois.

Tout ce temps, il n'avait fait aucun mouvement pour l'aider. Voyant qu'elle n'y arriverait pas autrement, il lui tendit le bras avec raideur. Aries s'appuya dessus, mais sa première tentative échoua ; à peine avait-elle posé le pied à terre qu'il s'était dérobé.

– Restez ici, je vais aller chercher de l'aide.

Elle aurait fait tout ça pour rien ? Pas question. Elle s'agrippa au bras d'Altaïr pour l'empêcher de partir et lui dit en s'efforçant d'avoir l'air naturel :

– Ça n'est pas nécessaire, ce n'est rien du tout. Aidez-moi à me rendre au banc, ensuite ça va aller tout seul.

Elle était si légère qu'Altaïr aurait pu la prendre dans ses bras sans aucune difficulté, mais il la laissa clopiner jusqu'au banc, appuyée sur son bras.

— Vous êtes sûre de ne pas vouloir que quelqu'un vienne vous aider ?

— J'ai seulement besoin de reprendre mon souffle.

— Bon ! Dans ce cas, je vous laisse.

— Décidément, je ne suis pas chanceuse ces temps-ci !

Croyant qu'elle allait faire allusion au fâcheux épisode avec Draco le soir de la fête dans le jardin des Mythes, Altaïr resta silencieux.

— Manquer de se tuer deux fois en deux jours, ce n'est pas de chance, vous n'êtes pas de mon avis ?

Altaïr finit par ouvrir la bouche :

— Vous tombez souvent comme ça ?

— Non. Hier, c'était autre chose.

— Ah bon !

— On s'entraîne au lac avec Maïte comme vous le savez sûrement.

— Euh… oui, bien sûr. Mais je croyais Maïte très bonne nageuse.

— Elle l'est ! Je n'ai pas failli me noyer, vous savez. Non, c'est autre chose. On a vu les garçons quand on était à l'entraînement. Ils arrivaient d'une séance de tir à l'arc.

— Quoi ?

— Ils étaient allés pratiquer leurs tirs dans la montagne ! Ils arrivaient de l'ouest.

– Vous voulez dire du mont Noir ? Vous êtes sûre ?

– Oui. Mais s'il vous plaît, ne leur dites pas que je vous l'ai dit, ils vont m'en vouloir à mort !

– Comptez sur moi.

– Draco m'en veut depuis le soir de la fête. J'imagine que vous êtes au courant de ce qui s'est passé ?

– Oui… oui… Je sais. D'ailleurs, Marc-Aurèle lui a parlé, ça ne se reproduira plus, j'ai sa parole.

De toute évidence, Altaïr n'avait jamais eu l'intention de se mêler de ce conflit, si même il croyait que c'était réellement arrivé.

– Il l'a sûrement fait à la blague, mais pendant que les autres ne nous regardaient pas, il a tendu son arc en pointant une flèche vers moi.

– QUOI ?

– Ça s'est passé très vite, personne ne l'a vu. Maïte parlait à Bellatryx, les autres regardaient ailleurs.

– Quel idiot !

– Vous ne lui direz rien, n'est-ce pas ? Sinon, je ne suis pas mieux que morte !

– Comptez sur moi, ça n'arrivera plus.

– Qu'allez-vous faire ?

– Laissez-moi y penser et ne parlez à personne de notre conversation. Mais n'ayez crainte ça ne se reproduira plus.

– D'accord.

— Ça va aller, votre cheville ?

Aries posa le pied par terre et répondit, pressée de voir Altaïr s'en aller :

— Ça ne fait presque plus mal.

— Tant mieux.

Altaïr s'éloigna. Elle était soulagée que tout ait bien marché et en même temps, elle avait honte. Mentir pour obtenir justice, c'était nouveau pour elle, et elle n'était pas très fière de son coup.

Intermède

Le pêle-mêle des fils

LAISSE-MOI m'arrêter un instant, lecteur. J'ai besoin de me reposer. Me voilà assise dans le solarium où Joseph recevait ses patients. Je me suis fait un coin à moi pour écrire. Je me trouve à des milliers d'années des événements, j'espère qu'à mon âge, on me pardonnera cette exagération.

Devant moi, à part ma fidèle théière, il y a des fils par centaine. Fils fins et faufils, fils longs, fils de laine, fils à boutons, fils d'or, de soie, de trame, des événements, du temps, de la mémoire. Je te rassure, lecteur inquiet, il y a aussi un fil d'arrivée, mais d'ici à ce que je le retrouve, il va encore falloir suivre bien des pistes, parce que c'est une histoire vraie que je te conte et qu'au fait, rien n'est plus en désordre que la réalité. On croit qu'une chose va de là à là, qu'elle a cette forme, qu'elle est de cette couleur. On croit comprendre ce que veut dire un regard. On se trompe. On attend des compliments que les gens estiment qu'on ne mérite pas et on se sent coupable de choses que personne ne songerait à nous reprocher. On s'attache à qui ne nous aime pas et on brille à notre insu au firmament de quelqu'un qui ne nous l'avouera jamais.

Comment vais-je faire alors pour démêler les fils ? C'est simple, les fils ne mentent pas. Je vais les suivre, on verra bien.

Chapitre XIV

Le temps du réveil

LE MOMENT était idéal pour ce genre de repas, c'est-à-dire du genre qu'il aimait et que son médecin lui avait recommandé d'éviter désormais. Hermès avait l'impression de sortir d'un long sommeil, d'être une espèce de belle au bois dormant – un peu ronde – qui aurait préféré l'assoupissement aux traumatismes de la vie. Maintenant qu'il avait accepté la seconde opération, il mesurait mieux l'hébétude dans laquelle il s'était laissé couler. Et il en avait honte. Shaula aussi était loin, mais elle, elle avait l'excuse d'une tâche à accomplir et elle était plus lucide, croyait-il. Ce n'était pas lui, cet être diminué, planqué dans un collège loin de sa chère montagne. Ce n'était pas lui non plus qui promettait de veiller sur les enfants et s'arrangeait pour ne rien savoir des dangers qu'ils encouraient. Il se demandait si beaucoup d'hommes un jour avaient comme lui fait l'expérience d'échapper à eux-mêmes et pour un temps cessé d'être qui ils croyaient. Mais tout ça allait changer et pas plus tard que ce soir.

Mᵐᵉ Châteaulin rôdait, brûlant de s'immiscer dans les préparatifs auxquels Hermès lui avait formellement interdit de participer. C'était « son » festin. Il en avait décidé chaque détail, choisi avec soin les sauces interdites, la gradation verte des laitues, l'harmonie des viandes, le croûté des baguettes et le fameux beurre de chèvre dont le bruit courait chez les Châteaulin qu'il n'existait pas. Pour se rappeler les jours de montagne, il avait aussi prévu du lait aux amandes pour le café. Eh oui ! Il y aurait du café ce soir, et tant pis si ça écourtichait la nuit !

– Vous êtes sûr, Hermès, que ces verres conviennent au vin choisi ?

– Allez-vous-en, Léonie, vous êtes une invitée comme les autres, ce soir. Vous boirez donc le vin dans le verre que j'ai décidé de mettre ou bien vous vous en passerez !

– À quelle heure vos invités arrivent-ils ?

– Vers sept heures.

Léonie leva les yeux au ciel. « Vers sept heures », ce n'était pas une heure ça, c'était une approximation. Hermès fit celui qui n'avait pas vu les yeux de Léonie faire l'aller-retour de la terre au ciel.

– Vous avez juste le temps de vous faire belle. Rien ne va brûler, faites-moi confiance.

– Les cuillères à dessert sont du mauvais côté…

– Allez-vous-en !

Hermès se déplaça néanmoins dans son fauteuil roulant pour mettre les cuillères de l'autre côté et Léonie, qui l'observait derrière la porte, esquissa un sourire. Il les avait mises au bon endroit la première fois, et maintenant, elles seraient toutes à l'envers. Tant pis pour lui, il avait couru après. Six heures vingt. Juste le temps qu'il lui fallait pour aller mettre sa robe.

C'était le début du mois d'août, la soirée était claire avec un soupçon de fraîcheur. Hermès avait satisfait les moindres désirs de ses hôtes en satisfaisant les siens. Une fine odeur de parfums féminins flottait dans l'air. Afin de consommer sa faute jusqu'au bout, Hermès bourra sa pipe et là, dans un état de quasi-béatitude, il se mit en frais d'expliquer pourquoi il avait préparé ce festin.

— On se connaît depuis si longtemps, Léonard, j'ai l'impression que tu devines déjà ce que je me suis donné un mal de fou à ne pas dire ce soir.

Mais Léonard ne voulait pas tomber dans les spéculations. C'était la soirée d'Hermès et c'était à lui d'expliquer les raisons du festin. D'ailleurs, il avait été si exquis, ce festin, qu'il se serait très bien digéré sans autre message que lui-même. Mais Léonard savait que quelque chose d'important était sur le point de se dire. Comme sa mère, il redoutait que ce soit l'annonce du départ de son ami. Hermès avait beau s'être considérablement éteint sous l'effet de la douleur, s'il devait partir, sa nature attachante laisserait une faille dans leur vie. Il tira sur sa pipe, prêt au pire.

— Tu as raison Léonard, c'est à moi de parler.

Louise n'était visiblement au courant de rien et encore moins, cela va sans dire, l'enquêteur qui attendait une explication depuis qu'il avait reçu l'invitation une semaine auparavant. C'est vers lui qu'Hermès se tourna. Et, à l'étonnement de tous, il se mit à raconter l'histoire de la communauté jusqu'à la mort d'Aldébaran et à son propre exil au collège. Le récit dura longtemps, et même Louise, qui connaissait pourtant Hermès depuis de nombreuses années, apprit des détails qu'elle ignorait.

— Excusez-moi, inspecteur, mais je ne voyais pas d'autres moyens que de vous expliquer ce qu'a été notre vie pour que vous puissiez regarder la situation sous son vrai jour.

L'inspecteur se taisait.

— Maintenant, c'est à vous de trouver si des gens de la communauté auraient pu assassiner Aldébaran sur qui, je vous le rappelle, aucune autopsie n'a été pratiquée.

— Je vois.

— Je sais que la montagne, la vie que nous menons, les noms que nous portons, tout ça doit vous paraître extrêmement insolite, à la limite du bon sens, mais…

L'inspecteur retourna une fois de plus en pensée dans la montagne avant de poser les yeux sur Hermès et de dire la chose la plus inattendue qui soit :

— C'est à mon tour de vous faire un aveu, Monsieur de Véies. Votre montagne ne m'est pas inconnue, votre communauté non plus, j'y suis déjà allé.

— Ah !

— On peut dire que vous êtes des gens persuasifs dans la communauté. Mlle Gozzoli m'avait déjà convaincu de me pencher sur la mort de votre confrère. Apparemment, elle ne vous l'a pas dit, mais je suis allé là-bas l'été dernier, en dehors des heures de travail, pour me rendre compte. Je me suis rendu sur la tombe de Jean-Pierre L'Heureux, accompagné par un certain Altaïr. Bien sûr, à l'époque je ne disposais pas de toute l'information que vous venez de me donner et je n'ai vu à ce moment aucune raison d'intervenir.

— Et ensuite, la cause naturelle de la mort de Rigel ayant été établie, ça ne justifiait pas l'ouverture d'une enquête, c'est bien ça ?

L'enquêteur soupira :

— En effet, mais je suis content que vous m'ayez invité ce soir. Je me trouvais devant une décision à prendre et je ne sais pas si j'aurais pris la même sans les informations que vous venez de me transmettre.

— J'en conclus que vous avez du nouveau.

— Ce n'est pas grand-chose encore, mais ça pourrait changer. J'ai récemment appris que deux affaires dans lesquelles les autopsies avaient été faites par le coroner qui a aussi autopsié le professeur Rigel ont été reprises et que les conclusions qui avaient été faites par le médecin légiste se sont avérées dans un cas inexactes, dans l'autre incomplètes.

– Et il exerce encore ?

– Vous savez, l'Administration vit dans sa bulle. Au train où cheminent les dossiers, ça n'a rien d'exceptionnel.

Mme Châteaulin, qui s'était retenue de parler, jugeant impoli de s'immiscer dans les affaires internes d'un autre pays que le sien, osa une protestation :

– Mais c'est inacceptable ! Il faut que vous fassiez quelque chose !

– Oui. Je crois aussi que ça s'impose.

***

Véga ne pouvait rêver meilleure conjoncture des astres et si rien ne venait troubler leur alignement, elle resterait à la villa jusqu'à la fin du mois de septembre. C'était presque comme si elle vivait seule dans la propriété tant Fabio et Shaula se faisaient peu visibles, la première ne quittait jamais le lit, la seconde quittait très peu la chambre dans laquelle se trouvait le lit en question. Quant à Adhara, elle devait avouer que c'était un charme de voyager avec cette enfant. Elle l'avait suivie sans faire d'histoire pendant tout leur périple italien et depuis qu'elles étaient de retour à Viareggio, elles se croisaient de temps à autre, chacune vaquant à ses occupations sans ennuyer l'autre. Il faut dire que leurs activités étaient on ne peut plus différentes. Véga s'était constitué un réseau de connaissances parmi les riches plaisanciers de la côte, elle fréquentait les petites galeries d'art branchées, suivait les courses de chevaux, allait danser dans les discothèques. À mille lieues de cet univers, Adhara explorait la région à pied, en bus, visitait des monastères, se baignait dans la mer, mangeait sur le pouce dans de petits restos sans prétention et allait dans les bals populaires. Certaines fois, comme ce matin, elles échangeaient quelques nouvelles en déjeunant.

– Comment trouves-tu Gênes ? As-tu fait des rencontres intéressantes ?

Véga tapotait son croissant, impatiente de vérifier ce qu'elle voulait savoir : si Adhara consentirait à rester encore quelque temps en Italie.

– Je me promène beaucoup et je rencontre plein de gens intéressants. Gênes est une ville… géniale.

– Je me doutais bien que tu te plairais en Italie. Tu as cette facilité à apprécier ce qui est beau, l'Italie ne pouvait pas ne pas te convenir. Que dirais-tu de rester un peu plus longtemps que prévu ?

Adhara était prise au dépourvu. Elle se plaisait à Viareggio, c'était certain, mais elle voyait peu sa mère avec qui elle n'avait pas pu avoir une seule conversation intime encore, pour ne rien dire de sa tante qui semblait suspendue au-dessus du temps, oubliée des dieux et des hommes. Elle avait essayé de revoir le frère Cercatore, mais n'avait pas réussi. Il était la principale raison de son hésitation. Si elle pouvait le revoir, ne serait-ce qu'une fois, elle serait prête à partir ensuite. La situation sur le mont Unda, ce que faisait Altaïr, comment allait Bellatryx, tout ça la préoccupait.

– Je... je ne sais pas.

– Je pensais à quelques semaines de plus. Tu n'es pas obligée de me répondre maintenant. Ce serait bien de pouvoir profiter plus longtemps de ta liberté avant de reprendre l'enseignement, les obligations, le train-train de la montagne.

– On peut en reparler ? J'aimerais en discuter avec Shaula d'abord.

– Bien sûr.

Déjà Véga se levait, abandonnant son croissant à peine touché, ajustant son chapeau de paille seigle à larges bords. L'élégance avec laquelle elle portait la tunique sur le mont Unda n'était rien à côté de celle qu'elle arborait dans ces vêtements de ville italiens, signés par de grands couturiers.

Adhara attendit qu'elle ne soit plus en vue et se dépêcha d'enlever son couvert pour le remplacer par un autre et elle alla frapper à la porte de la chambre de sa tante Fabiola.

– Maman... maman... tu es là, maman ?

– Oui, Adhara, entre.

– J'aimerais qu'on déjeune ensemble sur la terrasse. Ça ne t'ennuie pas tante Fabio?

Sa tante ouvrit des yeux las.

– Non, non. Je t'attends ici, Bernadette, ne t'inquiète pas, je ne bougerai pas!

Elle referma les yeux en esquissant un sourire triste.

Adhara apporta un grand bol de café à sa mère, qui clignait des yeux sous l'effet du soleil déjà haut. Elle lui tendit le beurre et poussa la corbeille de pain dans sa direction:

– Veux-tu un croissant? Une madeleine?

Et devant son refus:

– Prends le temps de manger, maman. On ne s'est presque pas vues depuis mon arrivée. Et Fabio ne va pas s'envoler!

– Un café, c'est bien suffisant pour moi. C'est toi qui l'as fait? Il est bon!

– Comment va-t-elle, tante Fabio? Son état n'a pas l'air de s'améliorer.

– En effet. C'est comme si la maladie était dans une impasse. Elle ne progresse plus, mais elle ne fait pas marche arrière non plus.

– Est-ce que ça veut dire que tu vas rester ici définitivement?

– Non, bien sûr que non. Mais certainement encore un bout de temps. Je ne me vois pas abandonner Fabio à son sort alors qu'elle a déjà été abandonnée une fois. Tu ne le ferais pas non plus, ma grande, tu as trop bon cœur pour ça.

– On a besoin de toi, nous aussi.

– Je le sais bien. Mais toi et ton frère, vous avez Altaïr et le soutien de toute la communauté. Fabio n'a personne ici.

Toute la communauté ! Comme Shaula était loin de leur réalité ! Même si elle rentrait jamais à la maison, serait-elle capable de reprendre là où ils étaient rendus ? Ça semblait assez improbable.

– Où est passé mon oncle, ce *cher* comte Fabrizzio ?

– Le bon Dieu le sait, le diable s'en doute…

– Voyons, on ne peut pas s'évanouir comme ça dans la nature, ça ne se fait pas !

La colère d'Adhara grondait. Mais ce n'était pas tant contre le mari de Fabio qu'elle en avait. Elle s'apercevait que Shaula avait déjà fait son choix et que ce n'était pas elle qui avait été choisie.

– Calme-toi, Adhara. Ça ne sert à rien de te fâcher. Carlo est parti, je ne sais pas où et je n'ai pas les moyens de le savoir. C'est déjà assez difficile comme ça sans que tu en rajoutes.

Adhara prit une grande respiration et, malgré l'effort qu'il lui en coûtait, conclut la conversation avec grâce.

– Tu as raison. À propos, Véga proposait qu'on reste ici jusqu'à la fin septembre, est-ce que ça t'ennuie ?

– Pas du tout. Vous êtes ici chez vous. J'aimerais vraiment avoir plus de temps à te consacrer, ma grande, mais Fabio supporte mal de rester seule. J'y retourne. Merci pour le café, il était délicieux.

Rester ? Partir ? Si elle choisissait de prolonger son séjour, ce ne serait sûrement pas pour Shaula. Mais pour qui, au fait ? Arrivée à Gênes, elle alla rôder place de la cathédrale, hésitant à retourner chez le frère Cercatore de peur d'être déçue par son absence comme les dernières fois. Mais l'idée ne lui sortait pas de la tête. Elle finit évidemment par marcher jusqu'à la ravissante cour intérieure, par monter les marches et par frapper à la porte de la chambre numéro huit.

Le frère lui ouvrit avec un sourire. Il s'attendait à la revoir.

Le lundi matin, l'enquêteur fit venir les dossiers des affaires dans lesquelles le coroner fautif avait été impliqué. C'était la première chose à faire. Viendrait ensuite une demande d'exhumation du corps du professeur Rigel. Selon les résultats de la nouvelle autopsie, une seconde exhumation pourrait suivre pour que soit finalement faite l'autopsie de Jean-Pierre L'Heureux Aldébaran. Mais on n'en était pas encore là.

L'enquêteur lut les dossiers, puis décida de joindre le médecin qui avait été appelé sur les lieux pour faire les constats de décès d'Aldébaran et de Rigel, le docteur Chapdelaine.

L'enquêteur laissa le message à sa sœur Alice. Une heure plus tard, Augustin rentrait de sa tournée des malades.

— Un enquêteur de police a appelé pour toi. J'ai mis son numéro à côté du téléphone.

Le vieux docteur blêmit.

— Qu'est-ce qu'il voulait ?

— Les gens n'ont pas coutume de me raconter leurs maladies. Encore moins les enquêteurs leurs enquêtes !

— Je suis sûr que c'est à propos de la communauté.

— Rappelle-le, tu vas en avoir le cœur net.

— J'ai fait une erreur et je l'ai couverte par une autre. Ces choses-là finissent toujours par se savoir, forcément !

— Si tu es aussi inquiet, pourquoi n'appellerais-tu pas le coroner ? S'il se passe quelque chose, il est certainement au courant.

— Tu as raison.

Au bout de sept sonneries, le docteur Chapdelaine entendit un bref « allô ! ». Il reconnut la voix du coroner et sentit que ça n'allait pas fort.

— J'ai reçu l'appel d'un enquêteur aujourd'hui.

— Ah bon !

— Toi, est-ce que quelqu'un t'a appelé pour te parler de l'autopsie du professeur Rigel ?

— Non.

Le docteur eut l'impression qu'on lui retirait un manteau de plomb des épaules.

– Es-tu libre en ce moment ? Il faudrait qu'on parle.

– De quoi ?

– Eh bien ! De l'autopsie, pour faire concorder nos versions !

– Oublie ça. J'ai déjà deux poursuites sur les bras ! Si on déterre ton philosophe, ça n'en fera jamais qu'une troisième pour lequel je n'ai pas fourni les bonnes conclusions ! À ta demande, je te signale. Ne compte pas sur moi pour te couvrir !

Le docteur Chapdelaine reposa le combiné comme un automate. C'était donc ça ! Ce n'était pas la première fois qu'il accommodait quelqu'un ! Maintenant que d'autres cas avaient été découverts, ce n'était plus qu'une question de temps pour qu'on remonte jusqu'à lui. Une autopsie bâclée par un confrère à sa propre demande précédée d'un certificat de décès fait avec un coup dans le nez, il n'allait pas s'en tirer. Il n'avait probablement aucune chance d'être cru s'il plaidait la bonne foi et un malheureux concours de circonstances, même si c'était presque la vérité. La terre se sauvait sous ses pieds.

Chapitre XV

Petit pilier

LE DÎNER tirait à sa fin, la distribution du courrier allait commencer. Richard se dépêchait pour le faire avant qu'on s'éparpille aux quatre coins du château. Il avait sorti les enveloppes de sa poche et tenait un sac de lunes de miel à la main. C'était toujours les mêmes qui recevaient des nouvelles et toujours les mêmes qui étaient oubliés. Heureusement, il y avait les bonbons qui variaient au gré des semaines pour équilibrer le hasard.

Avant qu'il ait appelé le premier nom, Pio s'était avancé et il s'était mis à tirer sur sa manche.

– Donne-moi la lettre s'il te plaît.

– Quoi ?

– La lettre, donne.

– Quelle lettre ?

– La lettre pour Catherine.

Richard se pencha vers Pio et lui demanda d'un air amusé :

– Qui t'a dit que Catherine avait une lettre, toi ?

– Personne.

Richard déposa le sac de bonbons sur la table et se mit à examiner les adresses. Au milieu de la pile se trouvait une enveloppe décorée de petits rectangles rouges et bleus typiques du courrier international.

– Tiens, tu avais raison, Pio, celle-ci est pour Catherine.

Le jour de son arrivée, Pio ne représentait guère plus qu'un locataire additionnel au château. À cette différence près que nous avions tous tendance, petits et grands, à le protéger. Partout où on allait, quoi qu'on fasse, quelqu'un veillait sur Pio. Cela aurait pu s'expliquer par son âge, il n'avait que six ans, mais c'était autre chose. Délicat, réservé, cet enfant donnait envie qu'on s'occupe de lui.

Il a fallu pas mal de temps avant qu'Ignis accepte de nous dire pourquoi il l'avait amené avec lui ce deuxième été. Un soir, après que les petits se furent endormis, il nous en a parlé en nous faisant jurer de ne rien dire, jamais. Je crois qu'il ne m'en voudrait pas après toutes ces années de finalement passer outre à son interdiction.

Les parents d'Ignis venaient de Grèce. Son père Dimitri avait immigré à Montréal avec sa jeune épouse enceinte de leur premier enfant. Ignis n'a donc pas connu Kozani, la ville qui lui a donné son nom de famille. Il était le huitième enfant du couple et on le considérait généralement comme le point final de la tribu. En 1972, sa mère Antonia portait son mari Dimitri en terre, et l'année suivante, le petit Pio arrivait dans la maison.

Bien qu'Antonia ait fait comme si, Pio n'était pas le fils posthume de Dimitri. Il était l'enfant illégitime de la sœur aînée d'Ignis, Gabriella. Un bête accident de parcours pour la jeune femme qui avait autant besoin de Pio dans sa vie que d'un trou dans la tête. Antonia en a alors pris soin avec plus d'attention encore que pour ses propres enfants pour compenser, si c'était possible, le comportement indigne de sa fille, et comme Ignis était le seul enfant qui restait encore avec Antonia, ils avaient reconstitué une manière de famille tous les trois. Antonia avait été invitée au chalet d'une cousine avec Pio l'été précédent, sans Ignis, la charité familiale ayant ses limites.

Elle était revenue avec une sale grippe, avait fait plusieurs allers-retours à l'hôpital pendant l'année et comme son état continuait de se détériorer, Ignis avait décidé d'emmener Pio au camp. Richard, qui n'avait pas été prévenu, s'était contenté de dire que quand il y en a pour vingt-quatre, il y en a nécessairement un petit *pio* plus et il n'en avait plus été question.

Les premières fois que Pio a deviné des trucs, on a mis ça sur le compte du hasard. Jusqu'à ce que le calcul des probabilités nous en fasse douter. Pio avait un don. Cela s'était d'abord manifesté grâce à Zorro. Il avait coutume de s'emparer d'objets qu'il nous avait vu manipuler et qu'il allait planquer – volontairement ou par désintérêt, allez donc savoir ce qui se passe dans la tête d'un raton laveur –, dans des endroits impossibles.

Pio avait déjà retrouvé la brosse à cheveux de Charlotte, le ruban à mesurer de Marc, une poupée d'Estelle. Intrigués, on avait caché des objets sans que Pio ait la chance de nous voir. Mais son intuition ne fonctionnait pas sur commande, ce qui nous a certainement empêchés de nous en servir comme une sorte de détecteur humain, et ne l'a pas empêché, lui, de nous mystifier en découvrant des dizaines d'objets perdus au cours de nos étés au camp. Car bien sûr, Pio allait devenir comme nous tous un pilier du château de Céans.

***

Cette fois, voyant qu'elle contenait surtout des informations d'intérêt « public », Catherine avait accepté de nous faire partager sa lettre. Je l'ai encore. En voici l'essentiel.

« Chère Catherine,

« Je me dépêche de t'écrire parce que ce que j'ai à te dire est trop important pour que ça attende. J'aurais aimé te raconter tout ça en personne, mais comme je ne serai pas de retour avant la fin du mois de septembre [...]

« Je ne croyais plus revoir le frère Cercatore. Un matin, je suis retournée chez lui et alors que je pensais me cogner le nez sur sa porte, il était là.

« *Il a été très intrigué par ce que je lui ai dit et il a décidé de faire des recherches.*

– Qu'est-ce qui l'intriguait tant ?

– Chut ! Laurent, tais-toi et écoute !

« *Il avait été frappé par trois détails : le fait qu'il s'agisse de pierres enchâssées dans une table, qu'il y en ait huit et que les gravures se soient trouvées sur la face interne des pierres, dissimulées à la vue. Pour lui, ce n'était pas anodin comme façon de faire.*

« *Tu vas sûrement être aussi étonnée que moi, mais il est possible que votre frère Isidore ait fait partie d'un mouvement de liturgie parallèle destiné à revenir aux valeurs de sainteté de l'Église. Or, la Légende dorée, c'est justement la bible de la sainteté. C'est rempli d'histoires qui célèbrent le comportement héroïque des saints.*

– Quand je vous disais qu'on a mis la main sur l'équivalent d'un tombeau des rois !

« *Pour pouvoir pratiquer leur liturgie sans être persécutés par l'Église, qui n'aime pas qu'on ne suive pas ses directives à la lettre, les membres du mouvement ont beaucoup eu recours à ces tables de bois dont le plateau était fait d'ardoises sur lesquelles était sculptée une représentation des saints qu'on voulait honorer [...] »*

La lettre touchait à sa fin. Catherine leva la tête :

– Ça ne vous semble pas un peu bizarre, tout ça ?

– Peut-être, mais peut-être pas non plus. Ma mère a l'habitude de dire que les secrets finissent toujours par remonter à la surface. En voilà un qui était mûr, comme dirait mon père.

— Moi, je suis d'accord avec ta mère, Marie-Josée. D'ailleurs, il y a quelqu'un qui pourrait nous confirmer si ce que dit le frère est vrai.

— Qui ?

— Le docteur Chapdelaine.

— S'il voulait nous parler, ce qui n'est pas le cas, je te rappelle !

— C'est ce qu'Alice prétend, Juliette. Mais moi je crois qu'il me parlerait.

— Madâme a des pouvoirs de persuasion qu'on ne connaît pas ?

Juliette aimait bien me faire sortir de mes gonds.

— Je connais mieux le docteur que toi, tu sauras ! On a marché la montagne ensemble et on s'entend bien. Je ne risque rien à essayer.

— Et s'il est encore parti voir ses malades quand tu vas y aller ?

— Au moins, j'aurai essayé. Richard, est-ce que je peux aller au village, demain ?

— Justement, j'ai une lettre à envoyer, tu pourrais aller la poster pour moi.

— Avec plaisir. Je serai revenue pour souper, je te le promets.

Juliette me lança :

— Tu ne te débarrasseras pas de moi aussi facilement, Joal Mellon ! Il faut bien que quelqu'un veille sur toi ! Qu'est-ce que t'en penses, petit Pio ? Est-ce qu'il sera là le docteur ?

Je savais, au sang qui battait à mes tempes, que le vent allait se lever et qu'il y aurait un orage. Toutes les bêtes de la forêt avaient disparu, je n'entendais plus leur couinement, leur chuchotis, leur glissement, leur froissement d'ailes, le bruit de leurs pas. La montagne obscurcie devenait menaçante, j'avais peur. J'ai tout de même continué à marcher, comme s'il était encore plus effrayant d'être immobile. Les feuilles se sont mises à bruisser, les longues cimes des épinettes à se balancer en gémissant. C'est l'image la plus proche de ce que pourrait être pour moi le début de la fin du monde. Pio à mes côtés est venu glisser sa petite main dans la mienne. Je me suis sentie encore plus terrorisée d'avoir la responsabilité de l'enfant. Le vent mêlé de pluie s'est mis à nous fouetter le visage, le torse, les bras jusqu'à ce que nous nous arrêtions, à bout de forces. Nous nous sommes adossés contre une roche et c'est là que j'ai aperçu le docteur Chapdelaine. Pio l'a appelé, moi, j'en étais incapable, j'étais sans voix, mais avant qu'il puisse arriver jusqu'à nous, il y a eu un craquement terrible et un arbre s'est abattu sous nos yeux, brisant les jambes du docteur.

Il a hurlé. Je me suis approchée et je lui ai pris la main. Pio avait disparu. J'étais seule avec lui. Je le voyais grimacer de douleur, impuissante. Le secret des chapelles ? Bien sûr, le secret des chapelles. Il connaissait tout cela, mais il avait trop mal.

Je sentis une main secouer mon épaule, j'espérais que ce soit des secours, mais ce n'était que Juliette qui grimaçait au-dessus de ma tête.

– C'est l'heure, Joal.

En m'apercevant que c'était un cauchemar, j'ai eu envie d'y retourner pour changer la fin de l'histoire, mais je sentais mon épaule se faire secouer sans ménagement.

– Pas question que tu te rendormes. Sors de là !

– Ça sent l'orage…

– C'est le désert du Sahara dehors, ne cherche pas d'excuse, feignante !

***

Alice ne savait plus quoi dire à l'enquêteur. Il avait déjà appelé trois fois et elle avait atteint son quota de mensonges pour les prochaines années. Le docteur Chapdelaine promettait chaque fois de rappeler et ne le faisait pas. Il s'arrangeait pour être le moins possible à la maison, multipliant les visites auprès de ses patients, c'est en tout cas ce qu'il prétendait. Mais il n'allait pas s'en tirer comme ça. Ce matin-là, Alice avait décidé de vider la question, et comme toujours en pareil cas, elle avait fait des crêpes. Augustin adorait les crêpes.

– Je n'ai pas faim.

– Pas besoin d'avoir faim pour manger mes crêpes, c'est papa qui le disait toujours. Veux-tu du sirop d'érable ?

– Je suis pressé, Alice. Un patient à voir. Je regrette, on se reprendra une autre fois.

– Tu sais très bien que non. Assieds-toi, Augustin, il faut qu'on parle.

J'imagine que la discussion a été animée, mais je ne sais pas au juste. Elle m'a simplement dit qu'après déjeuner, le docteur a appelé l'inspecteur pour aller le rencontrer à Québec le jour même, voilà pourquoi il était absent.

J'avais du mal à retenir ma déception.

– Est-ce que je pourrais prendre rendez-vous, moi aussi ? J'ai bien l'impression que je ne le verrai jamais autrement !

– Je comprends votre déception, Joal. Le camp n'est pas si proche que ça du village, ces longues heures de marche, ce n'est pas évident.

Puis, au bout d'un moment, elle me dit :

– J'ai une idée.

Ses yeux brillaient, j'ai repris espoir.

– Pourquoi ne viendriez-vous pas souper demain ? Augustin sera peut-être ici et s'il n'y est pas, vous n'aurez qu'à rester à coucher. Le samedi matin est sacré pour mon frère… il ne sort jamais de ses pantoufles avant onze heures !

Elle riait, sans doute pour évacuer la tension.

– À quelle heure ?

– Disons quatre heures ? On parlera pendant que je préparerai le souper.

– J'y serai, promis !

L'heure du rendez-vous était passée. L'enquêteur attendit encore un peu avant d'appeler. Il était contrarié, mais il aurait dû s'en douter. Il s'attendait à ce que le docteur Chapdelaine invoque une urgence, s'excuse, reporte le rendez-vous au lieu de quoi ce fut sa sœur qui répondit.

– Je ne sais pas ce qui a pu se produire, inspecteur. Mon frère est effectivement parti pour Québec depuis plusieurs heures. Il est sûrement arrivé quelque chose.

Quelque chose mon œil, oui ! Alice n'avait pas de peine à deviner qu'Augustin n'avait pas eu le courage de se présenter au poste. Il devait traîner quelque part, dans quelque bar, malheureux comme les pierres. Elle attendit.

Vers six heures, n'ayant eu aucune nouvelle, elle prit sa voiture et visita les débits de boisson du coin. Personne ne l'avait vu. Elle attendit encore. Sans doute s'était-il rendu jusqu'à Québec avant de décider qu'un petit verre l'aiderait à affronter l'enquêteur. Si c'était le cas, dix petits verres plus tard, il pouvait lui être arrivé n'importe quoi.

Quand je suis arrivée, Alice avait complètement oublié notre rendez-vous. J'ai fait du mieux que j'ai pu pour la réconforter, c'est moi qui ai fait le souper que j'ai été seule à manger, Alice n'avait pas faim.

On a attendu des nouvelles ensemble. On s'est assises au salon et c'est là que j'ai repensé à mon rêve. Est-ce que ça se pouvait que ce soit un rêve prémonitoire ? Le docteur, les jambes brisées quelque part et moi qui le savais tout en disant des choses réconfortantes à Alice pour qu'elle ne s'inquiète pas ? Je n'étais donc qu'une sale hypocrite ? Alice a fini par s'endormir et j'ai veillé sur elle toute la nuit.

À huit heures du matin, elle avait à peine ouvert les yeux qu'elle appelait l'enquêteur pour lui demander s'il avait eu des nouvelles... ou s'il avait eu connaissance d'un accident qui aurait pu se produire au cours de la nuit. Aucun accident n'avait été rapporté durant la nuit. L'enquêteur était absent, il serait de retour lundi.

Chapitre XVI

La main de fer

LA PREMIÈRE IDÉE d'Altaïr avait été de rencontrer Draco et de lui passer un savon dont il se souviendrait encore le jour de ses noces. Il fallait qu'il comprenne qu'il n'était pas souhaitable de tuer un des membres de la communauté avec une flèche, même par accident et même si la victime était une fille. Ensuite, il remettrait les pendules à l'heure avec Bellatryx à propos des sorties improvisées en montagne. Mais avant d'avoir eu le temps de passer à l'acte, Altaïr avait croisé Sirius à qui il avait expliqué la situation.

— [...] Bref, ils ont besoin d'une bonne leçon, en particulier Draco.

— Hmmm.

— Quel enthousiasme ! Il n'y a pas d'autre moyen de faire régner la discipline.

— Comment comptes-tu t'y prendre ?

— Je ne sais pas encore.

— La main de fer dans un gant de velours ?

— Je ne suis pas très porté sur le gant de velours.

— Je sais.

— C'est bon pour les filles ça, avec les gars, il faut de la poigne.

— N'oublie pas que tu as promis à Aries de ne pas la dénoncer. Si tu t'en prends à Draco, il va savoir qu'elle a parlé. Pour continuer à être au courant de ce qui se passe, la première règle, c'est de ne jamais trahir sa source, jamais.

— Elle s'attend à ce que j'intervienne. Comment est-ce qu'elle s'imagine que je peux faire si je ne dis rien?

— Il y a toujours moyen de se débrouiller.

— Je ne vois pas.

— L'idée, c'est d'agir par personnes interposées.

— Je ne vois toujours pas.

— Comme c'est Antarès qui enseigne le tir à l'arc, demande-lui de faire porter la prochaine séance sur la sécurité. L'objectif du cours, montrer aux garçons les dommages que peut faire une flèche qui pénètre dans le corps. Mais pas n'importe lequel. Il faudra que ce soit Gaïa ou Patoul, un des chevreuils que les garçons aiment bien. Crois-moi, ils vont s'en souvenir.

— Tu penses ce que tu dis?

— Le coup n'a pas besoin d'être fatal. Mais il faut que l'animal soit blessé, c'est à cette condition qu'ils vont être impressionnés.

— Antarès va refuser.

— Pas si tu lui expliques pourquoi tu le fais. Et si les garçons doivent soigner la bête, ce sera encore mieux.

– Je vais y penser. Mais ça ne règle pas tout. Qu'ils soient allés en forêt avec leurs arcs et se soient comportés comme de petits cons, c'est une chose, mais je ne peux pas laisser passer le fait que Bellatryx les a entraînés au mont Noir alors qu'il savait très bien qu'il le faisait contre ma volonté.

– À ta place, j'éviterais d'en faire tout un plat. Il t'a seulement devancé.

– Il m'a défié tu veux dire, je ne peux pas faire comme s'il ne s'était rien passé.

– Non, mais tu n'es pas obligé d'en faire un drame national non plus.

– Ce n'est pas mon genre !

– Si j'étais toi, je parlerais à Bellatryx seul à seul. Pas besoin de l'apostropher devant les autres, ce serait contre-productif. Demande-lui de venir te voir et dis-lui que tu es au courant de leur visite à la chapelle. Il va s'attendre à ce que tu te mettes en colère, mais au lieu de l'engueuler, laisse-le parler. Ensuite, surprends-le, reste calme. Ça va le désarçonner.

– C'est bien ce que j'avais l'intention de faire.

– Tu pourrais lui dire que même si tu trouves ça nul, à son âge, tu aurais sans doute fait pareil.

– Et que mon père n'aurait pas laisser passer la chose.

– … mais que les temps changent.

Sirius se leva, mieux valait maintenant laisser Altaïr digérer ses propositions. Il ne se faisait pas d'illusions sur le tranchant de sa nature. Il avait dû faire des miracles pour calmer Luyten, encore sonné par la façon dont Altaïr l'avait traité à son retour du mont Noir. Sirius avait fait de gros efforts pour réparer les pots cassés parce que de la sérénité de Luyten dépendait celle de Centauri et de Groombridge. Et c'était sans compter le dernier feu qu'il avait eu à éteindre pour apaiser Indi.

La communauté existait depuis une dizaine d'années quand l'étrange Indi était arrivée sur le mont Unda. Elle était psychothérapeute et c'est à ce titre qu'elle était venue visiter la communauté. Coup de foudre pour ses philosophes, ses paysages, l'apparente simplicité des rapports des uns aux autres ; elle était restée.

Mais Altaïr ne l'avait jamais considérée comme une des leurs et depuis le départ de Shaula son indifférence s'était accentuée. Devant le total manque d'intérêt manifesté par Altaïr pour une discussion qu'Indi avait voulu avoir avec lui, elle en avait été tellement blessée qu'elle s'en était plainte à Sirius, menaçant de partir sur-le-champ si on la déconsidérait à ce point. Sirius était une fois de plus intervenu pour calmer le jeu.

En dehors de ces incidents, tout allait assez bien. Les nouvelles d'Italie étaient encourageantes puisque Shaula ne parlait pas de retour, ni prochain ni lointain et que Véga n'avait que des louanges à faire sur le compte d'Adhara. Et pour couronner le tout, il avait appris qu'Hermès serait réhospitalisé. Tout allait pour le mieux avant que Groombridge apporte le courrier.

La lettre venait du poste de police de Québec. On demandait à Altaïr de s'y rendre pour un entretien au sujet d'une enquête en cours, sans plus de détails. Tout ça avait un petit air désinvolte qui en dissimulait mal le côté péremptoire. Ça pouvait être n'importe quoi, mais Altaïr soupçonnait que la mort de Rigel avait quelque chose à voir là-dedans. La lettre avait été postée deux jours plus tôt ; en se rendant à Québec le lendemain, il n'aurait pas l'air de se défiler, mais d'un autre côté, il ne fallait pas non plus qu'il donne l'impression de se précipiter. Il laisserait passer une journée.

✷

Une surprise attendait Altaïr au poste. Un homme avenant, très différent du visiteur qu'il avait amené sur la tombe d'Aldébaran, mais qui était pourtant la même personne, se trouvait en face de lui, de l'autre côté du bureau. Il en fut tellement troublé que l'enquêteur se sentit obligé de faire assaut d'amabilités.

– Bonjour, monsieur Kontarsky. Merci d'avoir répondu à ma demande et d'être venu aussi vite.

– On ne s'est pas déjà vus quelque part ?

– Oui, l'été dernier. Je faisais un stage dans votre coin. Un après-midi je suis allé faire un tour dans la montagne et vous m'avez fait visiter

183

vos installations. C'est fou comme le monde est petit, n'est-ce pas ?

Altaïr gardait le silence. Au bout de quelques secondes, l'enquêteur reprit :

— Mais les circonstances présentes sont moins agréables. Nous faisons enquête sur le décès du professeur Rigel.

— Voyons ! Vous devez vous tromper ! Le professeur a déjà été enterré. Après avoir fait l'objet d'une autopsie d'ailleurs...

— Je sais, il faut malheureusement faire une seconde autopsie.

Altaïr se raidit.

— Le professeur était un collègue et ami de longue date. Nous avons suivi les conseils de notre médecin de famille pour que les choses soient faites dans les règles, le coroner a rendu son rapport et nous croyons que Rigel a le droit de reposer en paix maintenant.

— Je comprends, monsieur Kontarsky, si nous pouvions faire autrement, nous le ferions.

— Quelqu'un de la famille de Rigel a-t-il déposé une plainte ? Pourquoi voulez-vous refaire le travail tout à coup ?

— Rassurez-vous, ce n'est rien qui vous met en cause. C'est un peu gênant à admettre, mais le médecin légiste qui a fait l'autopsie a, disons, un peu bousillé le travail dans deux autres affaires dont il était responsable, ce qui invalide les résultats de l'autopsie effectuée sur le corps du professeur Rigel. À la limite, je dirais que c'est une question purement administrative.

Le visage d'Altaïr se détendit insensible-
ment, détail qui n'avait pas échappé à l'enquêteur. Altaïr rétorqua :

— Ça me rassure, inspecteur. Et puisqu'il
s'agit d'une question administrative, je plaide
pour que nous trouvions une réponse administrative sans avoir à déranger Rigel dans son
dernier repos. Après tout, l'autopsie demandée
par le docteur Chapdelaine n'était qu'une
simple formalité. Demandez-lui, vous verrez
bien.

— C'est ce que je voulais faire avant de vous
demander de venir ici, monsieur Kontarsky.
Malheureusement, le docteur Chapdelaine est
introuvable.

— Quoi ?

— Quand j'ai appris ce qui se passait avec les
dossiers du coroner qui a autopsié le professeur,
j'ai immédiatement communiqué avec le
docteur Chapdelaine.

— Et ?

L'enquêteur regardait Altaïr, se demandant
s'il était vraiment surpris. Ça en avait bien l'air,
mais comment savoir.

— Il n'est jamais venu à notre rendez-vous.
Sa sœur m'a confirmé qu'il est parti pour
Québec, le hic, c'est qu'il n'est pas arrivé jusqu'à mon bureau. Personne n'a eu de ses nouvelles depuis.

— Quand était-ce ?

— Il y a cinq jours.

— Avez-vous entrepris des recherches ?

— Personne n'a officiellement rapporté sa disparition, mais c'est assez bizarre. Et ce qui l'est encore plus, c'est qu'il a disparu au moment où le dossier du coroner faisait surface.

— C'est peut-être une coïncidence.

— Possible. Pour revenir à l'exhumation, nous aimerions beaucoup avoir votre collaboration, mais elle n'est pas indispensable.

Le regard d'Altaïr sentait l'orage.

— Si je n'ai pas le choix, qu'est-ce que je suis venu faire ici, au juste ?

— Signer les formulaires et m'indiquer le moment qui conviendrait le mieux. En général, nous faisons vite pour indisposer la famille le moins possible, mais d'habitude, les gens n'habitent pas à même le cimetière.

Altaïr ne releva pas le commentaire.

— J'aimerais que les étudiants ne soient pas là le jour de l'exhumation. Est-ce possible de prévoir la date maintenant ?

— Bien sûr. Donnez-moi vos préférences, je vais faire de mon mieux.

— Inspecteur ?

— Oui ?

— Qu'est-ce qu'on reproche au coroner exactement ?

— Négligence et dissimulation de preuves.

⁓

L'excitation était à son comble. De retour de Québec, Altaïr avait averti les étudiants de se préparer à faire un séjour au mont Noir pour les perséides. L'événement durerait une semaine, on monterait des tentes, les horaires seraient sensiblement adoucis, ce serait un peu la fête. Et ainsi, s'était dit Altaïr, l'inspecteur aurait le temps de faire son sale boulot de déterrage. Il s'était engagé à ce que ses hommes remettent les lieux en bon état après leur passage. Pour la remise en terre, la date était impossible à déterminer. Altaïr serait prévenu en temps opportun.

Avant de rentrer, il s'était arrêté à la maison du docteur Chapdelaine, espérant le trouver chez lui et ainsi donner tort à ce stupide inspecteur. La pensée magique n'est pas la propriété exclusive des enfants. Parfois, même quand on est grand, même quand on est vieux, on espère l'impossible, on se berce d'illusions avant de laisser gagner la réalité. Elle ne se fit pas attendre d'ailleurs : le docteur n'était pas revenu.

– Allez-vous déclarer sa disparition, Alice ? Vous savez que la police ne le cherche pas en ce moment ? Elle ne le fera que si vous le lui demandez.

– Je sais.

La réaction d'Alice était inhabituelle et Altaïr en avait assez de nager dans cette mer d'étrangeté.

– Pourquoi ne le faites-vous pas ? Vous n'êtes pas inquiète ? À moins que vous ayez une idée de l'endroit où il se trouve ?

Alice hésita, puis elle opta pour la franchise.

– Je peux bien vous le dire à vous, Altaïr, après tout, Augustin soigne votre communauté depuis que vous vivez ici. Ces temps derniers, il n'allait pas très bien et il buvait plus que de coutume, ce qui n'est évidemment pas une bonne idée. Je n'ai pas eu « officiellement » de ses nouvelles, c'est vrai, mais j'en ai eu par la bande. Quand ça ne va pas, Augustin se rend dans un centre de santé ; c'est là qu'il se trouve en ce moment. Quand il va aller mieux, il va rentrer. Ne vous en faites pas, ça va aller.

Altaïr explosa :

— Ce n'est pas pour lui que je m'en fais ! Saviez-vous que l'inspecteur veut faire déterrer le professeur Rigel ? Si ça se trouve, le penchant de votre frère pour la bouteille n'est pas étranger à ça. Et si ça se trouve aussi, on n'a pas fini d'avoir des histoires. Il va peut-être leur prendre l'idée de déterrer aussi Aldébaran, tant qu'à faire ! Depuis quand est-ce qu'il boit ?

Alice s'était levée, furieuse à son tour.

— Sortez d'ici.

— Pas avant que vous ayez répondu à une dernière question. Le docteur Chapdelaine s'est-il déjà rendu chez des malades alors qu'il n'était pas en état de le faire ?

— Partez !

— Vous savez que si c'est le cas, il peut être radié de son ordre.

— Est-ce une menace ?

— Non, c'est un avertissement. Si jamais vous le voyez, faites-lui donc le message.

Cette fois, Altaïr s'était levé et avait gagné la porte. Alice l'a suivi des yeux, tremblante de rage.

Chapitre XVII

Certains fantômes

U N DES GRANDS ÉVÉNEMENTS que les jeunes ont vécus dans la communauté a été cette semaine passée sur les hauteurs du mont Noir. Ce fut pour eux comme les premiers moments d'une histoire d'amour qui sont si intenses qu'à eux seuls ils la justifient et parfois même la résument. Des soleils qui dansent et refusent de cesser de briller longtemps après que leur feu s'est éteint parce que, pour le meilleur ou pour le pire, nous restons durablement fidèles à certains fantômes.

Cette semaine-là, Altaïr a brillé. Il voulait être persuasif. Il l'a été, défendant avec éloquence l'idée d'une communauté qui allait prendre peu à peu le dessus sur les autres, qui se distinguerait par ses valeurs morales, son intelligence, son sens de la justice, sa rigueur. Le mont Unda en serait le berceau. Et eux, qui étudiaient en ce moment, les apprentis philosophes, seraient un jour les porteurs du message. Ce n'était pas une secte dont il était question ici et ce n'était pas à un être improbable qu'on s'en remettait, mais à l'homme. Tout simplement. On ne se contenterait pas de moins.

Ainsi tourné, le discours d'Altaïr ne risquait pas d'effrayer les collègues plus âgés qui étaient présents et qui n'auraient jamais accepté de s'associer à une secte, mais du même souffle, l'ambiguïté des termes choisis enflammait l'imagination des jeunes qui se voyaient déjà en train de conquérir le monde par la simple grâce de leur appartenance à la communauté.

Altaïr lui-même devenait à ses propres yeux plus grand, et voyant qu'il était capable d'être convaincant, le devenait plus encore. C'est au cours de cette semaine des perséides que le mythe fondateur de la communauté des enfants de la nébuleuse a été créé.

Altaïr l'a situé à une époque assez lointaine pour que ceux et celles qui étaient présents lors de l'avènement de la communauté ne puissent pas le contredire. Il avait beau jeu de le faire, puisqu'il avait connu Shaula à l'adolescence. Ils n'étaient pas un couple dans ce temps-là, pas même un espoir de couple, mais personne ne le savait ni n'avait les moyens de le vérifier. Et comme Shaula était loin, cela lui laissait une grande plage de liberté pour construire le mythe.

Tout avait commencé, raconta-t-il, le jour de leur rencontre. C'était une soirée de printemps, l'air était tiède, les gens se promenaient légers comme des papillons. Ils s'étaient croisés au parc, dans le coin des balançoires, et ils s'étaient plu. Bernadette avait tout juste quinze ans, Carl allait en avoir dix-neuf. Ils se sont vus pendant quelques semaines, se sont embrassés en cachette, avant d'avouer à leurs parents qu'ils s'aimaient, que c'étaient pour toujours, et qu'ils voulaient se marier. Leurs familles n'étaient pas d'accord, évidemment. Les Gozzoli qui n'étaient au Québec que depuis deux géné rations n'envisageaient pas de marier leur fille à un *estraneo*, les Kontarsky, encore plus récemment arrivés, ne voulaient pas d'*ausländisch* dans leurs rangs. Aimer à cet âge, devoir se battre contre l'incompréhension de leur entourage ne pouvait déboucher pour ces deux êtres épris d'absolu que sur la fuite ou sur la mort.

Les étudiants voyaient émerger un autre Altaïr, plus proche d'eux, passionné, courageux. Ils buvaient ses paroles.

Très vite, les jeunes amants ont choisi de s'enfuir et mis leur pas dans ceux des gens du voyage, ce qui était bien normal pour ces enfants de la vieille Europe. Même s'ils l'igno-raient, cette route allait devenir leur parcours initiatique. Ensemble, ils ont sillonné les che-mins sur des dizaines de milliers de kilomètres, franchi de dangereux cols, traversé des rivières tumultueuses, croisé des milliers de regards avant de rencontrer un maître qui allait donner un sens à leur expérience et les révéler à eux-mêmes.

Le maître bienveillant n'était pas évoqué à la légère, on s'en doute, et Altaïr développait le sujet avec délice, choisissant bien ses termes, esquissant une à une les similitudes qu'il jugeait avantageuses chaque fois que les jeunes lui posaient des questions au sujet de cet être sage, lointain et fascinant.

Chaque nuit à l'heure des perséides, ils avaient droit à un autre pan du mythe. L'ascension d'une montagne dans la solitude et la privation est un thème récurrent dans l'histoire des messies de ce monde. Cette partie du récit allait occuper une nuit entière. Les jeunes voulaient tout savoir, s'associaient à lui dans l'épreuve, s'exaltaient.

Vint ensuite le moment de l'éveil. Carl et Bernadette n'avaient pas bravé leurs familles, parcouru tout ce chemin, gravi cette montagne, connu la peur, le froid, le doute en vain. Ils atteignaient à la connaissance. Il était temps de rentrer à la maison.

À ce moment de l'histoire, le mythe reprenait un visage familier, s'introduisait dans le courant de la vie. Arrivaient alors le retour des enfants prodigues, le passage à l'université, les études en sciences pures pour Bernadette, en sciences sociales pour Carl, avant celles de philosophie où ils avaient connu la plupart des membres de la communauté.

Les années passant, le souvenir du voyage s'était estompé, d'autres projets avaient occupé l'esprit du jeune couple et c'était prévu ainsi, expliquait Altaïr arrivé à ce passage, car au moment de l'éveil, le vieux maître leur avait dit :

« Rentrez chez vous maintenant. Un jour, sur une montagne comme celle-ci, vous saurez que le temps est venu. »

Bien sûr, tous les deux avaient oublié. La vie s'était installée, Adhara était née, puis Bellatryx. À cette évocation, ce dernier se rengorgeait, avait le sentiment de prendre de la valeur au fur et à mesure qu'était dévoilée l'histoire de ses origines. Jamais Shaula n'en avait fait mention. Comment avait-elle pu lui cacher des événements aussi importants ? Heureusement que son père veillait.

Tout au long du récit, Altaïr avait pris soin de s'accorder un léger avantage sur Shaula, en donnant toujours un peu plus de poids à ses réflexions, plus d'incidences à ses actions. À force, cela ne devenait même pas étrange que le moment venu, Shaula n'ait plus été là puisque lui y était. Du même souffle, il atténuait l'impact de ces années où il n'avait pas fait grand-chose, se contentant de laisser la vie faire son œuvre.

Le retour au mont Unda s'est fait dans l'allégresse. Pour certains des jeunes, l'expérience avait été quasi mystique, et pour tous elle resterait inoubliable. Altaïr était très content de lui. Il ne ressentait aucune inquiétude. À cette heure, les hommes venus chercher le corps de Rigel étaient repartis depuis longtemps avec son cadavre et avaient assurément tout remblayé. Capella y avait vu.

Altaïr avait demandé à Capella de veiller à ce que tout se passe bien pendant leur absence. Il comptait sur elle pour surveiller l'exhumation.

Heureuse de se rendre utile, ce qui ne lui arrivait plus si souvent depuis la retraite, Capella avait attendu l'arrivée des autorités avec une certaine fébrilité. Tôt le matin, elle s'était installée à la porte de Belisama, n'osant s'absenter ni pour aller boire, ni pour aller aux toilettes, ni pour aller manger de peur de ne pas être là pour les recevoir. En toute fin d'après-midi, voyant qu'ils ne viendraient finalement pas ce jour-là, elle était allée souper, puis avait filé au lit.

Le lendemain, elle était arrivée à la porte de Belisama avec un lunch et un gros bouquin. Mais, pas plus que la veille, elle n'aperçut l'ombre du commencement d'un enquêteur. De guerre lasse, le troisième jour, elle se contenta de vaquer à ses occupations, fit un peu de lecture, un peu de jardinage, alla nourrir les chevreuils à l'enclos et profita du soleil pour laver ses vêtements et les étendre dehors. Il ne restait que deux jours avant le retour d'Altaïr et des jeunes. Le quatrième jour, enfin, l'enquêteur arriva avec ses hommes. Ils avaient apporté une petite pelle mécanique. Le temps de se rendre sur les lieux – en massacrant une bonne longueur de terrain au passage –, de s'installer, de commencer le travail et de s'apercevoir que la pelle ne fonctionnait pas, on était rendus au milieu de l'après-midi.

Capella, qui était restée à bonne distance du site pour ne pas gêner le travail des hommes, osa s'approcher de l'enquêteur.

– Je croyais que vous deviez remettre les lieux en état avant vendredi. Est-ce bien ce qui était entendu, inspecteur?

L'enquêteur esquissa un sourire contrit:

– J'avais promis à M. Kontarsky de faire de mon mieux. Je me rends bien compte que mon mieux n'est pas à la hauteur. Quand attendez-vous les étudiants?

– Ils doivent arriver demain midi.

L'enquêteur promit qu'ils commenceraient à l'aube le lendemain et, avec un peu de chance, seraient partis avant l'heure du dîner.

Le lendemain, tout alla de mal en pis jusqu'à ce que le cercueil qui se balançait en déséquilibre au bout de la pelle aille finalement s'écraser au fond du trou quand une des sangles s'était rompue.

C'est sur ces entrefaites que la communauté avait fait son entrée dans un joyeux tohu-bohu de retour de vacances. Ce sympathique remue-ménage prit fin abruptement lorsque les étudiants, dont le pavillon se trouvait à proximité du petit cimetière, aperçurent les hommes de l'enquêteur. Bellatryx fut le premier sur les lieux. Ignorant qui étaient ces gens, paniqué par la présence de ce qui avait toutes les apparences de profanateurs de tombeaux, sans penser plus loin, il se jeta sur le premier venu en appelant à l'aide. Les autres garçons arrivèrent en renfort et une mêlée générale s'ensuivit.

Quand les adultes arrivèrent sur les lieux, les hommes de l'enquêteur étaient en situation précaire. Ce n'était pas l'envie qui manquait à Altaïr de leur faire payer leur inconséquence, mais il avait un rôle d'autorité à assumer.

– Ça suffit. Arrêtez immédiatement. Tu m'entends, Bellatryx ?

À mesure qu'il parlait, Antarès, Sirius, Luyten, Groombridge et Centauri s'interposaient entre les hommes de l'enquêteur et les jeunes assaillants. Altaïr profita du calme retrouvé pour jeter un coup d'œil au cercueil.

– Je crois que vous aurez des comptes à nous rendre, inspecteur ! Ceci n'est pas une exhumation, c'est une violation de sépulture.

Bellatryx répéta, incrédule :

– Inspecteur ?

Altaïr expliqua brièvement :

– L'enquête sur la mort de Rigel n'est pas tout à fait terminée. L'inspecteur ici présent a eu le mandat de faire exhumer son corps pour une nouvelle autopsie, mais je vois qu'on lui a accordé notre confiance un peu rapidement.

Et se tournant vers lui, il ajouta :

– J'exige que vous partiez immédiatement, vous et vos hommes.

– C'est vraiment regrettable. Si vous étiez arrivés une heure plus tard nous aurions déjà été partis.

— Ce sont vos excuses, inspecteur ?

— Non, bien sûr. Je vous demande sincèrement de nous excuser pour ce qui s'est passé.

— La meilleure chose serait que vous partiez d'ici maintenant.

— N'y comptez pas, Monsieur Kontarsky, nous ne partirons pas sans le corps. Personne d'autre que nous n'est autorisé à y toucher.

— Dans ce cas…

Altaïr demanda à Antarès et à Capella d'emmener les jeunes, gardant auprès de lui Sirius, Maïte, l'étrange Indi, Deneb, Mimosa-tête-en-l'air, Luyten, Groombridge et Centauri pour que l'opération se fasse sous leur garde. Il fallut une bonne heure à l'enquêteur et à ses hommes pour sortir le cadavre de sa fâcheuse position sans lui faire injure, l'installer dans un sac de plastique format géant dans le traîneau à chenille prévu pour son transport, rassembler les morceaux du cercueil éventré, bref ramasser tant bien que mal les pots cassés. Au coucher du soleil, quand finalement ils repartirent en laissant derrière eux le cimetière et le chemin y conduisant en piteux état, leurs neuf gardiens n'avaient pas bronché.

Chapitre XVIII

À pas de loup

— QU'EST-CE que tu fais ?

Charlotte ne m'avait pas réveillée, je ne dormais pas. Préoccupée par le sort du docteur Chapdelaine, je ne trouvais pas les vallées de mon matelas si attrayantes ce soir-là et, depuis un moment, je surveillais son manège.

— Chut ! Tu vas réveiller les autres !

— Tu sors ?

Je venais de m'apercevoir qu'elle était tout habillée sous sa robe de chambre.

— Pas le temps de t'expliquer. Dors !

Bien sûr, c'était exactement ce qu'il ne fallait pas me dire. J'ai glissé mes pieds dans mes pantoufles et je l'ai suivie jusqu'en bas. Un coup d'œil à l'horloge grand-père m'informa qu'il n'était pas encore minuit.

La journée s'était terminée sur une chicane entre Luc et Charlotte ; la cause n'était pas claire, mais je savais que Charlotte essayait de se rendre utile auprès de Luc et que celui-ci ne lui était pas reconnaissant de ses efforts. Je supposai donc que ce départ dans la nuit avait quelque chose à voir avec la dispute.

Je m'interposai entre elle et la porte.

– Je ne te laisserai sûrement pas partir comme ça en plein milieu de la nuit. Tu ne tiens pas à la vie ou quoi ?

– Ce n'est pas toi qui vas me dire quoi faire, Joal Mellon !

– Où est-ce que tu veux aller comme ça ?

– Ça te regarde ?

Déjà le ton de Charlotte piquait du nez ; elle se sentait un peu moins sûre d'elle.

– Luc a peut-être un caractère impossible, mais ce n'est pas une raison pour que tu ailles te suicider en pleine nuit !

Charlotte esquissa un sourire.

– Je n'allais pas me suicider, idiote. J'ai quelque chose de plus important à faire, tu sauras.

C'était mon deuxième été avec Charlotte et je m'apercevais que je ne lui avais pratiquement jamais fait attention. Une véritable attention je veux dire, comme celle qu'on accorde aux gens pour qui on veut compter. On aurait dit que je la voyais pour la première fois.

– Je peux peut-être t'aider ?

Elle me lorgnait, indécise, puis, sans que je sache pourquoi, elle décida que j'étais digne de sa confiance.

– Je vais au mont Noir.

– T'es folle ? Toute seule en pleine nuit ?

– Je vais lui montrer que je ne suis pas une potiche sans cervelle.

— Et comment vas-tu faire ça ?

— Je vais rapporter une de ses précieuses pier-res ici. Je suis sûre que personne d'autre ne ferait ça pour lui, après il va être obligé de me respecter.

Elle était bien décidée à prouver à Luc et aux autres, à elle-même au fait, qu'elle en valait la peine. Craignant de m'en vouloir si je la laissais partir toute seule, j'ai dit très vite :

— Je peux y aller avec toi ?

Charlotte a fait semblant de réfléchir avant de me répondre sur un ton qui cachait mal son soulagement :

— Je pense qu'on peut être deux.

— Le mieux, ce serait qu'on parte un peu avant le lever du soleil pour ne pas faire trop de chemin à la noirceur.

Heureuse d'avoir quelqu'un pour faire équipe avec elle, Charlotte a acquiescé sans faire d'histoires. Pour ne pas nous rendormir et ris-quer de passer tout droit, on est allées à la cui-sine se faire à déjeuner.

Et quand les yeux ont commencé à s'ouvrir au château, on était déjà en route depuis plu-sieurs heures.

— Penses-tu que Richard pourrait nous faire une crise ?

Charlotte avait beau être plus âgée que moi, elle avait un côté puéril qui m'étonnait.

— Tu t'inquiètes pour ça, sérieusement ?

— Ça vous est déjà arrivé…

— On avait été partis pas mal plus longtemps. Ce qu'il faut savoir, c'est que Richard n'a pas de problème avec l'heure à laquelle on part, c'est l'heure d'arrivée qui l'énerve. Et on va être revenues bien avant qu'il commence à s'énerver.

— Ouais, tu as raison. C'est idiot.

C'est là que Juliette a traversé mon esprit. J'avais bien plus à redouter d'elle. Quand elle saurait, elle m'en voudrait à mort de ne pas l'avoir réveillée. Je me suis aussitôt mise en mode défensif. Je lui dirais que j'avais dû partir très vite, en catastrophe même, elle n'avait pas besoin de savoir que ça faisait mon affaire qu'elle ne soit pas là parce que, parfois, elle empiétait sur mon espace vital. Je n'allais certainement pas avouer une chose pareille à ma meilleure amie.

À l'heure où nous entamions la descente, Bellatryx assis sur son lit se grattait la tête en réfléchissant à ce qu'il allait faire de sa journée. La veille, tout le monde avait travaillé à effacer les traces de ces brise-fer de la police. Bellatryx avait rouspété, mais il avait participé et en fin de journée, Altaïr leur avait donné congé pour le lendemain.

Bellatryx avait envie de retourner au mont Noir. Il se leva et alla secouer Marc-Aurèle pour l'informer du programme. Pas question de mêler Draco ou Gemini à ça, ils devaient être seuls à savoir où ils allaient.

— Pourquoi tu me réveilles ? On a congé, laisse-moi dormir !

— Debout ! On s'en va au mont Noir et tu n'as pas trois heures pour te préparer.

— On n'a pas le droit d'y aller, fin de la discussion.

— Personne n'est obligé de le savoir.

— Il n'y a rien à faire là-bas. En plus, le temps d'arriver, c'est déjà l'heure de repartir. Alors qu'ici, on peut, je sais pas moi, jouer au petit bonhomme pendu, lire, dormir, aller se baigner...

— Bonne idée ! Amène ton costume de bain et une serviette, on va prendre la chaloupe. Moi je file ramasser des provisions pour la route.

— En quelle langue il faut que je te dise non, Tryx ?

— Tu connais le serbo-croate ? Non ? Alors, tu n'as pas trop le choix, on se rejoint devant la porte de Belisama dans, disons, trente minutes. Ne me fais pas attendre !

Marc-Aurèle serait volontiers retourné finir son rêve, mais c'était trop tard. Ce crétin de Bellatryx l'avait complètement réveillé. Et maintenant, s'il n'allait pas le rejoindre, cet abruti partirait sans lui au risque de, il ne savait pas quoi, mais au risque de quelque chose sûrement. Sur ces entrefaites, Dorado entra, l'air pressé.

— Orion organise un tournoi de fléchettes après déjeuner. Ça te tente ?

— Sais-tu, je pense que je vais prendre ça mollo aujourd'hui. Qui participe ?

— Pas mal tous les gars. Ah oui ! sauf Bellatryx, il veut aller se baigner au lac... il cherche quelqu'un pour l'accompagner.

Marc-Aurèle bâilla.

– Où est-il ? Je pourrais peut-être y aller. Traîner au bord de l'eau, c'est un bon programme, ça.

– Il est aux cuisines. Bon, alors j'y vais, on se voit plus tard.

– C'est ça. Bonne chance !

Dorado n'avait pas aussitôt mis le pied hors de la chambre que Corvus s'amenait.

– Dehors, je m'habille !

– Quelle susceptibilité !

Et voyant Marc-Aurèle mettre son costume de bain, il annonça comme si c'était une bonne nouvelle :

– Je vais me baigner avec toi.

– Tu n'es pas inscrit au tournoi ?

– Un tournoi de fléchettes, franchement ! Je suis nul là-dedans. Je file me changer et on se rejoint à la porte de Belisama dans quinze minutes. D'ac ?

– Je suppose que ça ne sert à rien de…

Mais Corvus était déjà parti.

⤐⋯⤏

– Qu'est-ce qui t'a donné l'idée pour la pierre ?

– Luc n'arrêtait pas de m'envoyer paître, je voulais lui montrer qu'il n'était pas le seul nombril du monde… J'en suis un moi aussi !

– Pourquoi tu ne l'as pas juste envoyé péter dans les fleurs ?

Charlotte haussa les épaules. Elle communiquait par la séduction. Et comme, à sa connaissance, personne n'avait jamais séduit quelqu'un en l'envoyant péter dans les fleurs, elle n'envisageait tout simplement pas d'utiliser un moyen comme celui-là.

J'ai avalé ma dernière bouchée de sandwich, pressée qu'on ramasse cette fichue pierre et qu'on rentre.

– On y va ?

– Aide-moi à me lever, j'ai l'impression que mes jambes pèsent une tonne.

La chapelle baignait dans un délicieux clair-obscur. Aucune trace du passage de la communauté ne subsistait. Charlotte s'est approchée du bénitier, une grimace de dégoût aux lèvres. Elle a fermé les yeux et posé la main sur le disque gluant, a tiré dessus en vitesse et a ouvert les yeux. La dalle s'était docilement soulevée. Tout allait bien. On s'est dirigées vers elle, on l'a fait glisser de côté, puis Charlotte a retenu son souffle pour descendre et élargir l'espace à mon intention. Le faisceau de nos lampes de poche croisait de fines toiles d'araignées qui avaient l'air de flotter librement autour des poutres. J'ai ressenti un pincement au cœur et je n'ai pas pu m'empêcher de me demander ce qui m'avait prise de vouloir venir ici. Charlotte est partie devant, je l'ai suivie et très vite on s'est retrouvées dans la chambre souterraine. Les ardoises étaient à leur place.

– As-tu un canif sur toi, Joal ?

– Non. Toi non plus ?

– Merde ! Comment on va faire pour sortir une pierre de là sans l'abîmer ?

– Surtout, pas de panique. Mets-toi sous la table et essaye d'en soulever une en mettant tes mains comme ça. Vas-y délicatement. Moi je vais l'attraper par en haut et finir de la soulever.

Mais sans un instrument pointu pour nous aider, la pression exercée par Charlotte, qui n'était pas très costaude, ne suffisait pas à élever suffisamment la pierre pour que je puisse la saisir.

– Attends, on va essayer autre chose. Couche-toi par terre et pousse-la avec les pieds. Ça va te donner plus de force.

– Comme ça ?

– Oui, vas-y, pousse !

– Ça y est ? Tu peux l'attraper ?

– Pousse encore un peu pour que j'aie plus de prise.

– À t'entendre, on dirait que je suis en train d'accoucher !

– C'est ça, tais-toi et pousse.

– C'est bon maintenant ?

– Yessssssssssss !

La pierre ne pesait pas si lourd. Je l'ai posée sur la table et on l'a tournée pour voir de laquelle il s'agissait. C'était une de mes préférées : on voyait un arbre à trois troncs entrelacés au centre duquel semblait avoir été gravé un visage.

– Penses-tu qu'elle va entrer dans ton sac à dos ?

– Ça devrait. On va aller voir tout de suite, je l'ai laissé dehors.

Alors qu'on remontait, on a cru entendre du bruit à l'extérieur.

– Passe-moi la pierre et attends-moi ici, je vais aller voir ce qui se passe.

J'ai pris la pierre des mains de Charlotte et je l'ai déposée avec précaution sur le sol. Puis je me suis avancée à pas de loup jusqu'à la porte et j'ai promené mon regard sur les alentours sans rien apercevoir d'anormal. Je me suis aventurée dehors pour voir un peu plus loin. Toujours rien.

– C'est beau ! C'était sans doute une bestiole quelconque. Apporte la pierre, on va aller voir si elle entre dans ton sac.

C'était tout juste. Ça allait en forçant sur les coutures, mais il n'y avait plus de place pour rembourrer l'intérieur avec un chandail ou des feuilles comme on avait prévu.

– Il va falloir que tu fasses vraiment attention, Charlotte.

– N'aie pas peur, je vais avancer comme si je portais l'héritier de la couronne d'Angleterre.

– Lequel ?

– Est-ce que je sais moi !

※

– Tu vois quelque chose ? Elles sont parties ?

Marc-Aurèle balaya la place avec les longues-vues.

— Oui, mais on est mieux d'attendre encore un peu au cas où quelqu'un d'autre traînerait dans le coin. Une chance qu'elles avaient laissé leur sac à dos dehors sinon on se serait retrouvés nez à nez avec elles !

— Ça n'aurait pas été si grave.

— Je sais, mais mieux vaut être le plus discret possible, surtout qu'on n'est pas censés être ici, je te rappelle.

— Je connais une des deux filles. On a un compte à régler, tous les deux.

— Comment elle s'appelle ?

— Joal. Joal… Mellon.

— Mellon… Ça me dit quelque chose. L'autre, est-ce que tu connais son nom ?

— Non.

— Dommage.

— Elle t'a tapé dans l'œil ? C'est vrai qu'elle est belle.

Marc-Aurèle rougit et n'insista pas. Corvus n'avait rien vu de tout ça. Il était intrigué par autre chose.

— Qu'est-ce qu'elles ont mis dans leur sac à dos ?

— Ça avait l'air d'une tuile. Je n'ai pas très bien vu.

— Bon, on y va ou on se laisse pousser la barbe ?

Quand ils sont entrés dans la chapelle, sans doute la lumière était-elle un peu moins chaude, mais il faisait encore suffisamment clair pour qu'ils voient immédiatement l'énorme gaffe que j'avais commise. Dans mon désir de partir au plus vite, je n'avais pas replacé les dalles, bien en vue au milieu de la place.

J'allais m'en vouloir pour le reste de mes jours. Enfin, c'est à peu près la période de remords que j'imaginais quand je me suis rappelé la scène.

– Est-ce que vous voyez ce que je vois, les gars ?

Bellatryx jubilait. Il avait eu raison de venir.

– Quelque chose me disait qu'il fallait que je vienne ici aujourd'hui.

Marc-Aurèle était tout aussi excité.

– Je ne sais pas ce que les filles ont mis dans ce sac à dos, Corvus, mais j'ai l'impression qu'on ne va pas tarder à le savoir.

Ils n'avaient pas de lampe de poche sur eux, ce qui ne les a pas empêchés de s'aventurer au sous-sol, d'avancer à tâtons et de finir par repérer la porte – que j'avais laissée entrouverte – donnant sur la salle où se trouvait la table aux pierres. Chemin faisant, Corvus craquait des allumettes, une, puis deux, puis trois et tout le paquet. La dernière leur permit d'apercevoir brièvement l'ardoise manquante. Marc-Aurèle se tourna vers Corvus :

– Elles sont parties avec un morceau de table !

– Pourquoi elles auraient fait ça ?

Bellatryx répliqua :

– Tu veux dire : à part le fait que les filles en général sont folles ?

– Pas si folles que ça d'après moi. Mais ce n'est pas aujourd'hui qu'on va percer le mystère. Il fait noir comme chez le loup. Je ne sais pas pour vous, mais moi, je remonte.

Marc-Aurèle repartit en tâtant les murs, vite suivi par Corvus et Bellatryx. Une fois rendu dans la chapelle, habitué à remettre de l'ordre partout où il passait, Marc-Aurèle replaça les dalles dans leur cavité. Ce n'est qu'après qu'il s'aperçut de son erreur. Elles avaient repris leur place en épousant les dalles voisines à la perfection, semblant avoir repris leur place pour la prochaine éternité. Il faudrait se lever de bonne heure pour les faire sortir de là.

– Bravo ! Bravo, Marc-Aurèle, c'est vraiment intelligent ! On va faire comment pour y retourner maintenant ?

– Merde alors ! J'ai fait ça sans y penser.

– C'est vrai, à quoi bon réfléchir quand on peut faire autrement !

– N'en mets pas plus que le bon Dieu en demande, quand même ! Si quelqu'un les a déplacées une fois, il n'y a pas de raison qu'on ne puisse pas le faire encore. Il faut juste trouver le truc.

– Oui, évidemment ! Luyten a refait une partie des murs et du toit et il n'a jamais rien vu, et nous, on va chercher et on va trouver, c'est bien comme ça que tu dis ?

Corvus s'abstint de tout commentaire. Quand des meilleurs amis se chicanent, le pire, c'est de vouloir les réconcilier. Il préféra faire comme si tout était normal.

— C'est le temps de partir, les gars, si on veut arriver avant qu'il fasse noir.

⁂

J'ai eu le cœur en paix pendant l'essentiel de notre trajet de retour. Je pourrais même dire que je baignais dans l'allégresse. Il y avait cet amalgame de bonnes choses autour de moi, ma générosité envers Charlotte qui m'avait fait passer une journée gratifiante, la pierre que nous ramenions comme un trophée, et par-dessus tout ça, nous serions à table pour souper.

Tout allait merveilleusement bien. On n'avait plus que quelques kilomètres à faire quand quelque chose m'a brusquement traversé l'esprit. Je voyais les dalles à côté de la cavité et je savais que ce n'était pas le résultat de la fatigue, je ne les avais pas remises en place. J'ai senti une succion à l'intérieur de moi, comme si un aspirateur voulait m'avaler le cœur. J'ai passé et repassé l'image pour la prendre en défaut et plus je le faisais, plus l'évidence s'imposait à moi.

Mon premier réflexe a été de me demander s'il restait assez de clarté au jour pour que je retourne là-bas. Si ça avait été le cas, je n'aurais même pas calculé mes forces, je serais repartie en courant. Mais comme c'était humainement impossible, je me suis dit qu'en y retournant très très tôt le lendemain, je pourrais remettre les dalles à leur place avant que quelqu'un s'en aperçoive. Oui, c'est ça. C'est ce que j'allais faire. Tout n'était pas perdu. Les battements de mon cœur se sont calmés. Maintenant que j'avais une solution, je pouvais avouer ma gaffe à Charlotte.

– J'ai quelque chose à te dire.

– À t'entendre, on dirait la mort du président Kennedy !

– C'est grave, mais tu vas voir, j'ai la solution. On est parties vite de la chapelle, si tu te souviens bien. J'aurais dû retourner voir à l'intérieur, mais j'étais trop pressée de rentrer, j'imagine, parce que…

– Qu'est-ce que tu essaies de me dire ?

– Les dalles.

– Quoi, les dalles ?

– Je ne les ai pas remises à leur place.

Au moment où je pensais avoir trouvé la solution à ce qui pouvait nous arriver de pire, Charlotte s'est retournée, aussi affolée que je l'avais été quelques minutes plus tôt, et en posant le pied au sol sans regarder où elle marchait, elle a glissé sur une roche. J'ai vu son autre pied partir dans les airs, et je l'ai vue s'étaler de tout son long sur le dos avant d'entendre, une fraction de seconde plus tard, le bruit d'une pierre qui se brise.

Altaïr suivait les garçons et les filles des yeux en se disant qu'il avait encore une fois pris la bonne décision. Ce temps de repos que chacun avait pu s'accorder, après l'expérience exaltante des perséides et celle, plus troublante, du cimetière, serait à porter au compte des bénéfices. Demain, tout le monde reprendrait le travail plus soudé que jamais. Il avait même pu avoir une conversation avec Draco à propos du maniement des arcs, ce qui lui éviterait d'avoir recours au plan tordu de Sirius et de risquer d'indisposer Antarès.

Il sourit à Maïte qui était assise près de lui dans la pénombre, respira son parfum et sentit le désir monter en lui. Quand Bellatryx, accompagné de son inséparable Marc-Aurèle, passa non loin de là, Altaïr ne l'aperçut même pas, il était au-delà du temps, au pays des rondeurs soyeuses et des vallées charnelles profondes et mystérieuses.

Les garçons se présentèrent chez Luyten, plus intimidés que confiants. Après tout, c'est une chose de fanfaronner, de se déclarer maître du monde et c'en est une autre d'inscrire tout ça dans la réalité. Luyten n'avait pas directement affaire à eux au quotidien et ils le connaissaient peu. Mais ils avaient été impressionnés par les travaux qu'il avait accomplis dans la chapelle et qui leur avaient été expliqués en détail pendant leur séjour là-bas. Avant de frapper à la porte, Marc-Aurèle chuchota à l'oreille de Bellatryx :

— Penses-tu qu'il pourrait dire à ton père qu'on est allés là-bas ?

— J'ai ma petite idée sur la façon de présenter les choses. Laisse-moi faire, tu vas voir.

Luyten vint ouvrir, perdu dans une vieille robe de chambre trop grande pour lui. Il était lui-même passablement intimidé, ce qui lui donna un air rêche qui inquiéta un peu les garçons. Chacun essayait de donner le change.

— On aurait quelque chose à vous demander, Luyten.

— J'allais me coucher. Ça ne sera pas trop long, j'espère ?

— Non, non. Quelques minutes, pas plus.

— Bon, dans ce cas, entrez les garçons.

Il les fit asseoir à la table de cuisine et laissa la veilleuse faire office d'éclairage. De toute évidence, il ne voulait pas veiller tard.

Bellatryx raconta son histoire avec une aisance de Pinocchio :

— On a rencontré des campeurs cet après-midi au lac. Ils arrivaient du mont Noir.

— Ah oui !

— Ils nous ont dit qu'ils ont vu une chambre secrète sous la chapelle. À votre avis, est-ce que ça se peut ?

— Une chambre secrète. Jamais entendu parler.

— Oui, mais est-ce que ça se peut ?

— J'ai travaillé là-bas pendant des semaines, il me semble que s'il y avait un accès quelconque, je l'aurais vu. Quoique la question soit intéressante.

Marc-Aurèle reprit espoir. Peut-être que Luyten pourrait au moins leur fournir une piste.

– C'est une très vieille chapelle. J'ai eu assez à faire avec la reconstruction des sections effondrées, je ne pourrais pas dire que j'ai beaucoup examiné les parties qui ne demandaient pas de réparation. S'il y a un moyen dissimulé d'accéder au sous-sol, il doit forcément être dans la partie que nous n'avons pas touchée.

– Donc, ce n'est pas impossible ?

– Peut-être qu'Altaïr le sait. Je vais lui en parler…

– … Non, non ! Ce serait mieux de ne pas déranger mon père avec ça.

– Dans ce cas…

– On s'en va. Inutile de parler de notre visite à Altaïr. Merci, de nous avoir reçus, Luyten.

⁂

L'ardoise était cassée en plusieurs morceaux. Charlotte avait refusé de regarder à l'intérieur du sac à dos, elle restait par terre, hébétée. Mais ça devenait ridicule à la fin et j'ai pris le sac pour me faire une idée de l'ampleur des dégâts. En voyant la quantité de morceaux au fond du sac, ce qui pouvait me rester d'allégresse s'est enfui à toutes jambes. Je me suis accroupie et je me suis mise à pleurer à chaudes larmes. Plus je pleurais et plus j'avais de larmes. À force, j'ai fini par pleurer sur des tas d'autres choses. Il y avait ce concours que j'aurais tellement voulu gagner, l'absence de Michel et de Marie à ma pièce de théâtre, des invitations espérées qui n'étaient jamais venues, d'autres où j'étais allée alors que je n'aurais pas dû et qui avaient mal tourné, il n'y avait plus de digues à mes larmes, tous mes barrages étaient rompus.

Heureusement, il y a des limites à l'eau contenue dans le corps humain, on ne peut pas pleurer éternellement, et comme Charlotte n'était pas en état de me remonter le moral, j'ai fini par revenir du pays des larmes et par prendre les choses en main. D'abord, il fallait éviter d'empirer notre situation déjà précaire.

— Écoute-moi, Charlotte. Si on reste ici, non seulement ça ne va rien arranger, mais ça risque d'être pire. Le mieux, c'est de rentrer au château avec un air le plus normal possible. On laisse la pierre ici pour le moment. Demain, je retourne à la chapelle, je remets les dalles à leur place et après ça, on s'occupera du problème de la pierre. Une chose à la fois.

Charlotte leva la tête en reniflant. Ce n'était pas la joie, mais elle apprivoisait son drame.

— Est-ce qu'elle est aussi abîmée que j'imagine ?

— Tu n'as qu'à regarder toi-même.

— Non, j'aime mieux pas. Penses-tu que ça se répare ?

— Il y a beaucoup de morceaux, mais peut-être que oui.

— Pourquoi tu ne veux pas qu'on l'emmène tout de suite ?

– Parce que ce serait mieux de mettre les morceaux dans du papier journal pour qu'ils ne risquent pas de se briser encore plus et qu'on n'en a pas sur nous.

Comme j'avais l'air de savoir où je m'en allais, Charlotte a accepté de se mettre debout. En apercevant mon visage barbouillé, elle a sorti un mouchoir de papier chiffonné de sa poche et a fait disparaître tant bien que mal les traces de larmes sur mon visage, en le mouillant avec sa salive. Il était temps de partir si on ne voulait pas que les autres se demandent où on était passées.

– En y retournant demain, c'est sûr, personne n'aura eu le temps de voir que je n'avais pas remis les dalles à leur place. Personne, c'est sûr et certain.

Chapitre XIX

Parcelles de vérité

MAÏTE avait été surprise des avances d'Altaïr, mais elle ne le prenait pas de haut, fatiguée de moisir au purgatoire. Altaïr avait beau être ombrageux, tranchant, égoïste, c'était l'homme qui l'avait conduite ici et elle l'aimait. Balayant le souvenir de leurs récents différends sous le tapis, elle avait elle aussi laissé monter son désir.

Au matin, le nez dans le pli du coude d'Altaïr, le corps content, alors qu'elle se disait combien la vie peut être belle certaines heures, il avait récupéré son bras, la tête déjà loin de l'oreiller et des échanges amoureux.

Il était allé se préparer et était réapparu en complet-cravate.

— Tu t'en vas en ville ?

— Oui.

— C'est l'enquêteur ?

— Non.

— Alors quoi ?

Il fronça les sourcils, ce qui mit Maïte sur la piste.

— On va avoir besoin d'un avocat, c'est ça ?

— Oui. Je vais d'abord au poste de police pour savoir où ils en sont avec l'autopsie, mais quoi qu'il en soit la communauté va avoir besoin d'un bon juriste.

Disant cela, il s'était penché au-dessus d'elle et avait distraitement effleuré sa gorge avec l'index. Maïte avait fermé les yeux, attendant un baiser qui ne vint pas. Elle les garda fermés pour lui demander, amoureuse :

— On se voit ce soir ?

La question resta suspendue dans les airs, le temps qu'elle constate qu'Altaïr n'était plus là.

La seconde autopsie devait révéler que le professeur Rigel était mort des suites d'un empoisonnement. Le premier concerné par la mauvaise nouvelle était le coroner qui avait bâclé l'autopsie, quoique dans son cas, ses négligences antérieures aient déjà réglé le sort de sa réputation. En deuxième lieu venait le docteur Chapdelaine, montré du doigt comme celui qui s'était adressé audit coroner pour lui demander de ne pas faire de zèle.

Dans son cas, le scandale arrivait au terme d'un parcours sans faute qui le précipitait en bas d'un très haut socle sur lequel on l'avait placé parce qu'il était fils de médecin, qu'à eux deux, son père et lui avaient soigné les gens pendant presque cent ans au village, qu'il était très aimé de ses habitants et que non seulement il vivait parmi eux, mais qu'il était un des leurs.

Depuis sa disparition le matin où il devait rencontrer l'inspecteur, il se terrait au centre de soins privés où il s'était déjà retrouvé à quelques reprises, priant pour que l'autopsie ne prouve rien, pour qu'un Dieu bienveillant se penche sur son cas et lui épargne de finir sa carrière dans l'opprobre et le désaveu. Il n'avait tué personne, il n'avait aidé personne à tuer quelqu'un, mais au bout du compte Rigel et Aldébaran le dénonçaient comme s'ils en avaient été victimes. C'était insupportable. Et toutes les vies qu'il avait sauvées ne comptaient pour rien dans la balance.

Quand il apprit que le Dieu bienveillant ne l'avait pas écouté, la seule personne qu'il s'est senti la force de voir était Alice. Mais il n'en était plus si sûr à mesure que les aiguilles de l'horloge de la salle commune le rapprochaient d'elle.

Finalement, elle fut devant lui. Il avait beau remonter le temps, il n'arrivait pas à se souvenir d'avoir pleuré devant sa sœur. Même pas à la mort de leur père, qui était la chose qui pouvait lui arriver de pire au monde. En cas d'absolue nécessité, il pleurait tout seul, le moins longtemps possible, jamais devant les gens qu'il soignait, qu'il côtoyait, qu'il estimait. Mais malgré toute sa bonne volonté, il avait suffi qu'Alice paraisse, qu'elle pose les yeux sur lui pour que son désarroi lui remonte à la gorge et qu'il éclate en sanglots. Il pleurait, honteux de le faire et impuissant à arrêter. Elle s'est placée debout à ses côtés, a attiré sa tête contre sa hanche et lui a caressé les cheveux jusqu'à ce qu'il s'apaise, comme la petite sœur aimante qu'elle était.

Le docteur Chapdelaine a fini par se calmer et Alice s'est efforcée d'éviter toute allusion qui pourrait déclencher une nouvelle crise ; c'est comme ça qu'elle s'est retrouvée à parler de moi.

— Te souviens-tu de Joal, la jeune fille du camp qui t'a accompagné jusqu'à la maison ?

— Oui…

— Elle est revenue avec des amies. Elle cherchait des renseignements sur les chapelles…

En disant cela, Alice observait son frère, mais l'évocation des chapelles ne sembla pas le troubler. Elle poursuivit :

— Elles ont fait remonter plein de souvenirs en moi. L'époque de mon premier amour… Ça t'arrive de repenser à Isidore ?

— Non, à quoi bon ?

— S'il était ici devant toi, est-ce que tu lui en voudrais encore ?

— C'était des enfantillages, Alice. Ma vie est faite de tout autre chose depuis longtemps.

Et s'apercevant de ce qu'il disait, il corrigea :

— Enfin, elle l'était.

— Elle l'est encore. La tempête va se calmer et ta vie va reprendre comme avant, tu vas voir.

— C'est ça, tu peux toujours rêver.

— Les gens du village ne te condamneront pas sans preuve. L'enquête va se faire, et s'il y a eu un meurtre, c'est contre l'assassin que les gens vont se liguer, pas contre toi.

— Ça ne sera plus jamais comme avant, Alice. Peu importe qui est l'assassin, j'ai manqué à mon devoir. Ça va être dans les yeux des gens, comme une tache.

— Tu vois les choses pires qu'elles sont.

— Non, c'est toi qui minimises les conséquences.

Voyant qu'elle ne le convaincrait pas, Alice revint à ses tactiques de diversion.

— Qu'est-ce que je disais, déjà ? Ah oui ! Joal m'a dit qu'elle avait trouvé un cahier écrit par le frère François dans le grenier. Te souviens-tu de lui ?

— François... je me demandais comment on pouvait avoir si peu de défenses. Isidore en faisait ce qu'il voulait et il n'était pas toujours commode, Isidore. Ça me surprend qu'il ait laissé un carnet. J'ignorais qu'il écrivait. Qu'est-ce qu'il raconte ?

— D'après Joal, c'est un genre de chronique de la vie au camp. C'est dans ce cahier que les jeunes ont appris l'existence des chapelles.

— Les chapelles. Tout ça est si loin.

— Je leur ai dit que tu en savais beaucoup plus que moi à ce sujet. Est-ce que tu voudrais leur en parler ?

— Non.

— Tu pourrais y réfléchir, au moins ? Ça te changerait les idées.

Mais Augustin s'était retiré dans le silence. Alice fit quelques tentatives pour rétablir le contact et, voyant que c'était inutile, elle lui passa la main dans les cheveux et quitta le centre.

***

— C'est si important que ça pour vous ?

— Vous ne pouvez pas vous imaginer à quel point, Léonie. Un jour, je vous présenterai ma montagne, vous allez voir ce que je veux dire alors. Le mont Unda, le mont de l'eau qui coule, celui où j'ai connu les personnes les plus extraordinaires de ma carrière : Shaula, Aldébaran, Capella, Deneb... Où j'ai été le plus heureux, en somme.

Et, s'apercevant que ce qu'il venait de dire pouvait paraître indélicat pour Léonie et son fils, il se reprit :

— Autrefois, je veux dire. Parce que maintenant que je vis ici...

— Ce n'est pas nécessaire, Hermès. Je connais ces sentiments-là, j'ai laissé beaucoup de gens que j'aimais derrière moi en venant habiter ici. Pour en revenir à cette enquête, que va-t-il se passer maintenant à votre avis ?

— Eh bien ! le plus important pour commencer, c'est que l'enquête va mettre les membres de la communauté à l'abri ! Deux meurtres, dont un déjà sous les projecteurs, c'est un de trop pour les coupables. D'après moi, ils vont se tenir tranquilles.

– « Les » coupables ? Vous parlez comme si vous saviez ce qui s'est passé ! Qu'est-ce que c'est ?

Hermès omit de répondre directement :

– L'enquête sur la mort de Rigel devrait conduire à une enquête sur la mort d'Aldébaran et de là, au mobile.

– Qui est ?

– Quatre millions et demi de dollars.

***

Altaïr se trouvait devant l'avocat rêvé. Il avait la quarantaine assurée et l'esprit vif comme l'air du matin. Il n'avait plus l'âge des risques inutiles et pas encore celui des replis frileux. Il était parfait. Or, après la discussion qu'il avait eue au poste de police, Altaïr estimait que la communauté ne pouvait se contenter de moins que la perfection. L'inspecteur n'y était pas allé par quatre chemins, une ligne droite lui avait suffi pour apprendre à Altaïr que la mort de Rigel était maintenant considérée comme suspecte. Cela voulait dire beaucoup de dérangements, d'interrogatoires et de soucis à prévoir pour la communauté. Et cela voulait aussi dire qu'une deuxième exhumation n'était pas écartée.

– J'ai eu beau dire à l'enquêteur qu'il ne devrait pas mêler les deux dossiers, que la mort d'Aldébaran n'avait rien de suspect, je ne crois pas qu'il a écouté un seul mot de ce que je lui ai dit.

L'avocat secoua sa serviette de table avec élégance.

– Mais c'est excellent ! Vous savez, monsieur Kontarsky, il n'y a rien comme de mêler les dossiers pour perdre une affaire. Qu'ils les mêlent, voyons, rien ne nous fera plus plaisir.

– Vous pouvez m'appeler Altaïr.

– Ce serait une erreur. Tout le temps que durera le processus judiciaire, nous devrons nous rapprocher le plus possible de ce que les gens ordinaires considèrent comme normal. Ce qui veut dire, entre autres, vous appeler par votre véritable nom plutôt que par le nom d'étoile que vous utilisez dans la communauté… Et cela vaut pour tous. De cette façon, au lieu d'avoir l'air excentrique, la communauté donnera l'image d'une société sérieuse.

Altaïr était sous le charme. Il commanda le vin. Quand le serveur se fut éloigné, l'avocat reprit d'une voix discrète :

– Je veux rencontrer les témoins qui étaient présents lors de l'exhumation du professeur Rigel. Même si le comportement inqualifiable des autorités ne parvient pas à jeter le discrédit sur les conclusions de l'autopsie, ça va les mettre dans l'embarras et tout ce qui peut mettre le ministère public dans l'embarras joue en notre faveur.

Ce « nous » qu'employait l'avocat coulait comme du miel dans les oreilles d'Altaïr. Cela le rassurait plus même que la teneur de ses propos. Ils commandèrent le repas. L'avocat mangeait vite et avec appétit. Il donnait l'impression qu'il était pressé d'en finir avec la nourriture pour aller pourfendre ses adversaires.

⁂

Les dernières quarante-huit heures avaient été aussi éprouvantes que je m'y attendais. Après une excursion stressante au mont Noir où, à mon grand désarroi, j'avais trouvé les dalles à leur place, j'étais revenue en me demandant si je n'étais pas en train de devenir folle. Arrivée à l'endroit où nous avions laissé le sac à dos et la pierre la veille, j'osais à peine regarder à l'intérieur, espérant que je m'étais trompée, que j'avais imaginé ce bruit de pierre cassée et que le sac ne contenait que des croûtes et une vieille pomme. J'ai fermé les yeux, je les ai serrés très fort et quand je les ai ouverts, les morceaux de l'ardoise ne s'étaient ni envolés ni ressoudés.

Je les ai enveloppés un à un dans du papier journal et j'ai filé jusqu'au dortoir où Charlotte m'attendait en se rongeant les sangs. Elle n'avait pas mangé de la journée, elle était pâle comme une farine.

Je ne sais pas comment on a fait pour se taire jusqu'au lendemain et je ne sais pas non plus comment on a fait pour avouer, le silence et l'aveu nous étant tout aussi pénibles. Il faut croire qu'on avait l'air à ce point misérable que personne n'a osé en remettre quand la vérité est finalement sortie du sac au sens propre comme au sens figuré. Luc avait l'air d'un poisson étranglé par un bouchon, Marie-Josée regardait fixement les morceaux comme si elle pouvait les réunir par la seule force de sa volonté et Richard nous a tapées dans le dos pour nous consoler.

Et puis Lola nous a sauvées en lançant avec un excès de bonne humeur :

– Heureusement que Steph lui avait tiré le portrait à cette pierre avant qu'elle se casse en morceaux.

Sur quoi Laurent a enchaîné :

– Et que Charlotte ne pèse pas une tonne ! Tu vois, ça t'a servi de ne pas aimer les desserts. Douze morceaux, ce n'est pas comme s'il y en avait mille.

Puis Marc a dit quelque chose d'extra-ordinaire à mes oreilles :

– Au fond, tu as raison, Laurent, je pourrais peut-être faire quelque chose.

La masse de plomb sur mes épaules a commencé à s'alléger.

– Ah oui ?

– Oui, je crois. D'abord, il faut remettre les morceaux à leur place – pour ça, comme dit Lola, la photo va aider –, ensuite il faut que je trouve dans l'atelier une colle qui convient – ça, ça risque d'être plus long, il va falloir que je fasse des tests – et enfin je vais lui fabriquer un support de bois permanent parce que la pierre va rester fragile.

Luc n'avait encore rien dit. Il a attendu que Marc parte avec le sac, suivi par une bonne partie des campeurs, pour s'approcher de Charlotte.

— Écoute, c'est pas la fin du monde.

— Tu le penses pour vrai ?

— Ben, mettons que ce n'était pas l'idée du siècle non plus.

— Mettons !

— Mais que c'était gentil d'essayer…

— Ça m'apprendra à vouloir faire ma fine, si je m'étais mêlée de mes affaires, la pierre serait encore en un seul morceau.

— Oui, mais elle ne serait pas ici.

— Non, évidemment.

— Quand je l'ai vue tantôt, je me suis dit qu'une fois recollée, on pourrait essayer d'en tirer des épreuves sur papier.

Ça faisait longtemps que Luc ne s'était pas montré aussi gentil. Je me suis détournée, Samuel était derrière moi.

— Ça va aller ?

— Oui.

— On ne dirait pas. Arrête de t'en faire, c'est juste une pierre après tout et ça partait d'un bon mouvement…

— Ce n'est pas seulement ça le problème, Samuel.

— C'est quoi, alors ?

— J'ai peur d'avoir fait une plus grosse gaffe.

— Dis toujours, avec ton sens du drame, petite sœur, c'est sans doute rien du tout.

— Ça m'étonnerait !

– Dis toujours…

– Quand on est sorties de la chapelle, j'ai complètement oublié de remettre les dalles à leur place, du moins je l'aurais juré. C'est justement quand j'en ai parlé à Charlotte qu'elle a fait un faux pas, qu'elle s'est affalée sur le dos et que la pierre s'est cassée.

– D'abord, je ne vois pas pourquoi tu prends tout sur tes épaules, vous étiez deux pour penser à remettre les dalles en place, non ?

– Charlotte portait la pierre, c'était à moi de m'occuper du reste.

– Que tu dis, Jeanne d'Arc. Il faut toujours que tu prennes le monde sur tes épaules, on dirait.

– Si ce n'était que ça le problème, je ne t'en parlerais même pas !

– Qu'est-ce que c'est, alors ?

– Je suis retournée hier matin en me disant que personne n'aurait le temps de voir les dalles déplacées si je faisais assez vite.

– Tu veux dire que tu es retournée là-bas, hier ? T'es complètement folle, ma pauvre Joal. Tu aurais pu m'en parler au moins !

– C'est pas ça le pire.

Samuel a levé les yeux au ciel d'exaspération, mais il voyait bien que c'était difficile pour moi de lui parler, alors il n'a rien ajouté.

– Quand je suis arrivée, les dalles étaient à leur place.

– Bon, alors de quoi tu te plains ? Tu ne te rappelais pas les avoir remises à leur place, c'est tout. C'est aussi simple que ça.

— Justement non. Je me rappelle très bien ne PAS les avoir remises à leur place. Ça veut dire que quelqu'un d'autre est venu après notre départ. Ça veut même sans doute dire que quelqu'un nous observait, Charlotte et moi, et a été dans la chambre souterraine quand nous sommes parties.

— Es-tu allée voir si les autres pierres étaient encore là ?

— J'étais trop énervée. Sur le coup, j'ai pensé comme toi que c'était ma mémoire qui me jouait des tours. J'y ai réfléchi tout le long du chemin. Mais non. Je suis absolument certaine que non.

— Si ça peut te rassurer, je pourrais aller voir ça avec Nicolas et Martin, demain.

— Tu ferais ça ?

— Ça te rassurerait ?

— Au fond, pas vraiment. Si quelqu'un sait comment accéder à la chambre, il va pouvoir y retourner n'importe quand et partir avec les pierres. Peut-être pas avant que tu y sois allé, peut-être après.

— Avec des si, on va à Paris, Joal. Viens, on va aller voir comment Marc s'en tire avec la pierre, ça va te changer les idées.

Chapitre XX

L'exil des pierres

BELLATRYX sortait du jardin des Mythes quand il aperçut Altaïr quittant la communauté à bord de la jeep, une acquisition qui visait à rapprocher la montagne de la civilisation. Quand Altaïr partait ainsi habillé, c'était pour aller régler des affaires à Québec et il ne rentrait jamais avant la nuit.

Si ça avait été Sirius ou Antarès qui avait donné les cours ce jour-là, jamais Bellatryx ne se serait permis d'inventer une fable pareille, mais Castor était la confiance incarnée. Il avait pour son dire que les gens font toujours ce qu'il y a de meilleur pour eux et que c'est à cette aune qu'il faut mesurer leurs véritables progrès. Pour autant que ça serve ses fins, Bellatryx était d'accord. Il s'assit sur la galerie de la bâtisse en cèdre rouge et attendit que Marc-Aurèle et Corvus arrivent.

— N'entrez pas tout de suite, les gars. J'ai quelque chose à vous proposer.

— Genre…

— Genre… une journée de congé. Ça vous dirait ?

— Tu penses à une autre expédition au mont Noir ?

Marc-Aurèle n'aimait pas trop les combines, mais leur dernière excursion s'était déroulée sans anicroche et il se mourait de curiosité de découvrir ce qu'il y avait dans la chambre sous la chapelle.

— Oui. Je suis certain qu'on a assez de la journée pour trouver le truc qui permet d'accéder à la chambre souterraine.

Pragmatique, Corvus constata :

— On ne peut pas se faire porter malades tous les trois.

— C'est vrai. Castor a beau être bon prince, il y a des limites à sa complaisance. J'ai eu une idée qui va nous mettre à l'abri bien plus efficacement. J'ai vu Altaïr partir pour la ville tantôt.

— Et ?

— Et si je dis à Castor – qui n'a aucune idée des allées et venues de mon père – qu'il nous a demandé de l'accompagner et qu'on doit partir tout de suite, on aura la paix jusqu'à ce que la noirceur tombe. À nous de jouer pour faire assez vite. Connaissant Castor, il ne pensera même pas à vérifier.

— Comment on procède ?

— Pendant que je lui parle, toi Marc-Aurèle va à la réserve ramasser trois lampes de poche, des piles de rechange, et des bougies et des allumettes au cas où. Toi Corvus va chercher de la bouffe aux cuisines. Apportez vos couteaux de poche et votre cape, il fait plus froid en fin de journée ces temps-ci. On se retrouve à la porte de Belisama dans vingt minutes.

Bellatryx entra, persuadé d'être cru. Cinq minutes plus tard, il ressortait, sourire aux lèvres. Tout compte fait, la vie appartenait bien aux audacieux.

– Vous avez tout ce qu'il nous faut ?

Marc-Aurèle agita son sac à dos devant Bellatryx.

– On pourrait tenir pendant un mois avec tout l'éclairage que j'ai pris.

– Eh bien ! pour moi, vous saurez que ce n'est pas la quantité qui compte, c'est la qualité !

Corvus plongea la main dans son sac et en sortit une bouteille rubis.

– Bourgogne 1964. Je vous rassure tout de suite, j'en ai une autre.

Bellatryx grommela :

– On ne s'en va pas là-bas pour se saouler. Est-ce qu'il te restait de la place pour les sandwiches au moins ?

– Gouda, jambon, baguette, beurre de chèvre et... talam : chocolat.

– Dans ce cas, allons-y.

Corvus ne se vexa pas. Il était fier de son pique-nique et ça lui suffisait.

En arrivant au lac, les trois garçons s'aperçurent qu'il manquait une chaloupe dans le hangar à bateaux de la communauté. Ils supposèrent qu'elle avait été piquée par un campeur de la montagne voisine qui se croyait tout permis, aussi, arrivés à destination, voyant que la chaloupe était amarrée tout près de l'endroit où ils accostaient, ils décidèrent de la cacher plus loin pour empêcher le voleur de repartir avec. Bien bon pour ses fesses ! Puis ils se mirent à monter.

— Avez-vous pensé à la façon dont on va s'y prendre ?

Corvus répondit à Bellatryx, sourire en coin :

— Non, mais à tout hasard, j'ai apporté un pic et un marteau. S'il faut démolir le plancher pour aller dessous, on aura ce qu'il faut. Le vin, c'est juste pour nous donner du cœur au ventre.

Bellatryx haussa les épaules.

De temps en temps, un des trois lançait une phrase, un autre y répondait, le silence retombait et durait plus longtemps à mesure que la fatigue de la montée les gagnait. Enfin, ils entrèrent dans la zone des mélèzes, signe que la chapelle était toute proche.

Un bruit de métal heurtant la pierre incita Bellatryx à retenir son élan.

— J'entends quelque chose. Ça vient de la chapelle.

— C'est sûrement le voleur de chaloupe.

— Qu'est-ce qu'on fait ?

— Restez ici. Je vais aller voir et je vous ferai signe.

Bellatryx parcourut la distance à pas de chat. Il jeta un coup d'œil à l'intérieur et une fois revenu de sa surprise, il appela :

— Venez les gars ! On est en pays de connaissance. Pas de danger !

Luyten avait levé la tête.

— Tiens ! Tiens ! Vous n'êtes pas à vos cours ?

— Et vous Luyten, qu'est-ce que vous faites ici ?

— Vous m'avez posé une question, je suis venue voir si je pouvais trouver la réponse.

Bellatryx était on ne peut plus ravi de ce renfort inespéré, jusqu'à ce qu'il se dise que peut-être, Luyten parlerait de leur escapade à Altaïr. Un ange passa.

— Mon père n'est pas au courant de notre visite ici. Vous ne lui direz pas, n'est-ce pas ?

Marc-Aurèle et Corvus arrivèrent sur les entrefaites et Corvus s'exclama :

— C'était vous, la chaloupe ? On pensait que c'était un voleur, on l'a cachée plus loin dans les herbes. Le bruit tantôt, qu'est-ce que c'était ?

— Je sonde les pierres à la recherche d'un vide qui indiquerait la présence de quelque chose, une niche, une clé, que sais-je. Autre chose. J'ai regardé les dalles du plancher attentivement : à moins de les briser, ce que je ne trouve pas une si bonne idée, aucune n'a été conçue pour s'enlever facilement et donner accès au sous-sol.

Luyten attribua à chacun une section à inspecter et pouce par pouce, avec une minutie d'horloger, ils tâtèrent les murs de la chapelle.

Au bout de deux heures de ce manège, épuisés et assez mécontents des résultats de leur investigation, les garçons s'installèrent pour manger. Ils s'assirent au centre de la chapelle, disposèrent les provisions devant eux et invitèrent Luyten à venir les rejoindre. Mais Luyten refusait de s'avouer vaincu. Il reculait, dévisageait un mur, puis l'autre, se disant que si le particulier n'avait pas livré ses secrets, c'est qu'ils se trouvaient dans le tableau d'ensemble.

Le « pop » d'une bouteille de vin libérée de son bouchon ne le fit pas broncher. Sa patience était infinie. Assis devant le mur qui faisait face à la porte, il le fixa jusqu'à ce que sa réalité se transforme, comme quand on répète un mot tant de fois qu'il perd son aspect familier pour nous surprendre par son étrangeté. Et soudain, il sut. Ce bénitier, imbriqué si étroitement dans le mur de pierre, n'avait pas été conçu ainsi juste par économie d'espace. Un bénitier était en général un objet saillant, une coquille en ronde-bosse par exemple, ou à tout le moins à demi émergé du mur sur lequel il était fixé. Si ce bénitier-ci n'émergeait pas du mur, mais s'y blottissait au contraire, il y avait une bonne raison : c'est qu'il était relié à un mécanisme qu'on avait voulu inapparent et placé derrière le mur ou sous le plancher.

Luyten s'était levé. Il s'approcha du petit bénitier. Au fond, barbouillé d'algues vertes, se trouvait le disque de porphyre. Il plongea sa main, le toucha, appuya dessus, tenta de le faire tourner, sans qu'il se passe rien. Puis il tira. Les garçons, qui avaient bu quelques gorgées de vin et se réconfortaient dans le fromage, virent celui-ci léviter alors que la dalle se soulevait doucement.

– Eh ! Tu vois ce que je vois, Tryx ?

– Ouais, qu'est-ce que c'est ? Un tremblement de terre ?

Après s'être soulevée, la dalle en s'inclinant avait fait retomber le fromage. Corvus comprit avant les autres.

– Idiots ! C'est la dalle qui vient de s'ouvrir, la dalle ! Luyten a trouvé comment faire !

Le repas resta inachevé et la deuxième bouteille de bourgogne ne fut pas entamée. Luyten, qui n'était pas très expansif, ne put s'empêcher d'afficher un large sourire en regardant les garçons retirer la première dalle, puis la seconde et sauter dans le noir.

⁂

Luyten était parti le premier, recommandant aux garçons de ne pas s'attarder, car les nuits tombent vite en août.

– On ne peut pas laisser les pierres ici.

– Qu'est-ce qui presse tant que ça, Tryx ?

– Luyten n'est pas au courant, mais nous, si. On sait que la pierre qui manque était ici il y a deux jours et que ce sont les campeurs qui sont partis avec.

Corvus objecta :

– Ça ne veut pas dire qu'ils vont partir avec les autres. Peut-être qu'ils voulaient seulement en examiner une.

– Et quand ils l'auront examinée, ils voudront faire la même chose avec les autres. Je les connais, ils agissent comme si tout leur appartenait, c'était pareil l'an passé.

Bellatryx avait encore frais à la mémoire notre face à face dans la forêt des pluies. J'avais été plus forte cette fois, le laissant pris au piège comme un novice. Et malheureusement pour lui, le dernier affrontement avait été un match nul. Marc-Aurèle coupa court :

– Ça ne sert à rien de discuter jusqu'à l'année prochaine, on ne peut rien faire maintenant. On a juste le temps de rentrer. Et je vous rappelle que la route est longue !

– D'accord, mais dès qu'on peut, on revient. Je peux compter sur vous ?

Corvus promit sans faire d'histoire, mais Marc-Aurèle ne voulait pas promettre à n'importe quelle condition :

– Si on décide de rapatrier ces pierres, il va falloir se préparer, bricoler des coffrets de protection pour le transport, venir à plusieurs. Ça veut probablement dire aussi le faire au grand jour. Es-tu prêt à parler à Altaïr ?

En ces temps troublés, les événements semblaient favoriser Bellatryx. Non seulement Altaïr n'eut pas connaissance des deux escapades successives du trio, mais alors que la discussion entre eux allait bon train pour savoir comment lui parler de l'existence des pierres et de l'opération rapatriement qu'ils envisageaient, Altaïr les informa qu'il aurait à s'absenter plus souvent ces prochaines semaines et qu'il devait partir pour trois ou quatre jours le surlendemain.

Pour Bellatryx, c'était ce qui pouvait arriver de mieux. Il serait toujours temps, une fois les pierres en sécurité, d'expliquer la situation à Altaïr. Il aurait eu le temps de faire les choses à sa manière et de mériter la confiance de son père sans avoir à l'affronter.

Une fois les cours terminés, le trio convoqua une réunion à l'insu de leurs professeurs dans le dortoir du jardin des Mythes. Les filles furent invitées. Bellatryx présenta l'expédition comme leur revanche sur nous. L'idée était séduisante, tous les garçons présents avaient participé à la dernière bataille.

Luyten accepta de se prêter au jeu en conseillant les jeunes sur la façon de retirer les ardoises sans risquer de les casser et sur la fabrication des coffrets de protection et des bandoulières qui serviraient à leur transport.

Quand Marc-Aurèle était convaincu qu'une chose était « la » chose à faire, il était très efficace. Sa stratégie pour ne pas attirer l'attention était simple comme bonjour. La fin de semaine, chacun vaquait à ses occupations comme bon lui semblait. Seulement, si tous quittaient les lieux en même temps, les anciens auraient vite fait de s'en apercevoir. De même, s'ils annonçaient qu'ils allaient se baigner au lac, Maïte,

Mimosa, peut-être même Indi et Castor voudraient se joindre à eux. Et ça, il ne fallait pas. Donc, les départs pour le mont Noir se feraient de façon progressive et tous ne se rendraient pas jusqu'à la chapelle. Les premiers porteurs de coffrets, c'est-à-dire Bellatryx, Marc-Aurèle et Corvus partiraient en premier. Puis ce serait au tour de Mensa et d'Aries. Les suivants quitteraient par petits groupes de deux ou trois, en faisant mine d'aller se promener en forêt – ce qui n'était pas inhabituel l'été – et se rendraient jusqu'à des points stratégiques du chemin déjà choisis où ils prendraient le relais du porteur précédent quand le moment serait venu de rapporter les pierres. De la sorte, l'opération se ferait en répartissant également les charges sur toutes les épaules.

Ils rentreraient comme ils étaient sortis, par petits groupes de deux ou trois, et les derniers porteurs iraient déposer les coffrets dans le dortoir du jardin des Mythes avant d'aller rejoindre les autres pour le souper.

C'était au poil, si aucun imprévu ne venait interrompre cette minutieuse mécanique.

Marc-Aurèle avait chorégraphié un magnifique ballet. Il n'y avait qu'un hic : il avait omis de prévoir un plan B. Suffisait qu'un incident se produise à une extrémité de l'opération pour que tout se décale et se dérègle. Le pépin, c'était le temps. La fragilité des ardoises demandait de la dextérité pour les desceller, mais la portion de temps réservée à cette étape cruciale était beaucoup trop brève.

C'est à Mensa et à Aries qu'avait été confiée la responsabilité de dégager les pierres et de les mettre dans les coffrets. Or, pour chacune, ce n'était pas cinq minutes qu'il fallait compter, mais quatre fois plus. Marc-Aurèle avait beau insister pour qu'ils accélèrent le mouvement, ils s'appliquaient comme des neurochirurgiens, n'écoutant aucun autre rythme que le leur, attentifs aux seuls détails de leur travail. S'il n'y avait eu que du coulis ancien très altéré par le temps, les pierres auraient été faciles à enlever. Mais ce que Marc-Aurèle ignorait, c'est que celles-ci – après avoir été descellées et mani- pulées – avaient été fraîchement rejointées et c'était du travail solide.

Excédé par les commentaires de Marc- Aurèle qui espérait presser le mouvement tout en obtenant le résultat inverse, Mensa, qui n'aimait pas qu'on lui dise quoi faire, finit par poser son stylet avec impatience.

– Si tu veux que ça aille plus vite, je te laisse ma place. Et si tu n'en veux pas, je ne veux plus t'entendre. C'est clair ?

– Oui, mais…

– C'est clair ?

– Très clair.

Le retard devenait si important que les relayeurs, éparpillés du mont Noir au mont

Unda, se mirent à changer de place, certains pour aller aux nouvelles, d'autres pour se dégourdir les jambes en attendant l'arrivée des précieux coffrets qui n'arrivaient pas. La confusion devint telle que plus personne n'était à l'endroit prévu quand les pierres arrivèrent finalement. Marc-Aurèle était dans tous ses états ; son plan ne tenait plus la route.

Pour narguer le mauvais sort qui semblait s'acharner sur eux, il lança comme s'il prévoyait les manigances du destin :

— Le pire pourrait être encore à venir.

— C'est quoi le pire ?

— Tu veux vraiment le savoir, Mensa ?

Marc-Aurèle prit le temps de réfléchir.

— Le pire, ce serait de chavirer avec les pierres.

— Pourquoi est-ce qu'on chavirerait ? Il n'y a pas de vent, le lac va être comme une nappe d'huile.

— Parce que quand ça va mal, d'habitude il n'y a aucune raison pour que ça arrête.

Le souper aurait dû être servi depuis longtemps, mais la salle à manger était plus qu'à moitié déserte. Il n'y avait que les anciens qui se regardaient d'un air étonné. Antarès venait de sortir des cuisines, une louche à la main, réellement inquiet.

— Où est-ce qu'ils sont tous passés ? Est-ce que tu as une idée, Maïte ?

– Tout ce que je sais, c'est que les filles voulaient grimper au belvédère. Mais pour les garçons…

Castor se souvint :

– J'ai entendu Draco, Gemini et Sextans parler d'aller se baigner, mais Pictor et Dorado n'étaient pas avec eux, je les ai vus qui jouaient aux échecs près de la fontaine cet avant-midi.

L'étrange Indi se rappela :

– Moi, j'ai vu Octans qui lisait sur un banc. Il était passé midi.

Mimosa-tête-en-l'air était la dernière à avoir vu un des jeunes, vers une heure. Orion était passé devant elle et l'avait saluée. Sirius sentit monter la nervosité.

– Garde le repas au chaud, Antarès, on va aller voir au dortoir, au pavillon des enfants et à la porte de Belisama. Et sinon, peut-être qu'on s'inquiète pour rien, qu'ils se sont retrouvés pour une compétition amicale de natation au lac et qu'ils n'ont pas vu l'heure, allez donc savoir !

Deneb, qui n'était pas la bravoure incarnée, demanda, la voix frémissante :

– Il commence à faire noir. Si on ne trouve personne dans les pavillons ni à la porte de Belisama, qu'est-ce qu'on va faire, Sirius ?

Jusque-là Capella n'avait rien dit, se contentant d'attendre la fin de la discussion, mais elle n'avait pas envie de passer sous la table. Elle n'avait pas l'air le moins du monde préoccupée par la situation.

– Antarès ? Puis-je avoir ma soupe ?

Croyant que Capella n'avait pas suivi la conversation parce qu'elle n'entendait plus aussi bien qu'avant et qu'elle ignorait la raison pour laquelle le souper n'avait pas encore été servi, Antarès s'approcha d'elle.

– Les jeunes ont disparu, Capella. On va aller voir autour si on ne pourrait pas les trouver.

– Je ne suis pas sénile, Antarès. J'ai très bien compris ce dont il est question. C'est simplement que je ne suis pas inquiète pour les jeunes et que j'ai faim. Alors, si vous voulez, je vais aller me servir moi-même et on se verra tantôt.

Capella se dirigea vers les cuisines. En revenant avec son bol de soupe fumante, elle sentit l'indécision de ses collègues. C'est Maïte qui lui posa la question que tout le monde avait en tête :

– Ils vous ont dit quelque chose, Capella ? Vous savez où ils sont ?

Capella déposa son bol de soupe sur la table et rejeta la tête en arrière pour pointer le menton en direction de la porte.

– Demandez-le à Orion, il doit savoir où sont les autres.

Orion arrivait effectivement, suivi de peu par Australe et Carina. Sirius leur demanda d'un ton où déjà l'inquiétude cédait le pas à l'irritation :

– Avez-vous vu l'heure qu'il est ? Où étiez-vous passés ?

Orion répondit d'une voix qu'il tentait de rendre pâteuse :

— Ben, je sais pas pour les autres, moi j'ai piqué un somme, je viens juste de me réveiller.

— Un somme ! Tu nous prends pour des retardés, Orion ?

Carina vint à son secours en regardant Sirius dans les yeux :

— On arrive du belvédère, Australe, Aries et moi. Qu'est-ce qui se passe ici ? Où est tout le monde ?

Maïte voyait bien qu'il y avait anguille sous roche, mais elle savait qu'il était inutile de se fâcher.

— C'est bien ce qu'on aimerait savoir, Carina.

Bellatryx arrivait justement, accompagné de Marc-Aurèle.

— On est en retard pour le souper, on s'excuse, on n'a pas vu l'heure passer. Qu'est-ce qu'on mange ? Et où sont les autres ?

Chapitre XXI

Accepter le mystère

À MOITIÉ rassurée, j'ai suivi Samuel sans rouspéter pour aller voir où en était rendu le travail sur la pierre. Le quartier général se trouvait dans la grande bibliothèque dont la fréquentation nous était devenue familière depuis le temps. Pour l'heure, la pièce baignait dans une plaisante anarchie, chacun voulant apporter « sa pierre » à la reconstitution. Le dessin commençait à reprendre forme. Bien sûr, la gravure ne serait plus jamais pareille à sa facture originale. Elle garderait des marques, mais à quoi bon rester intact si c'est pour dormir jusqu'à la fin des temps dans l'ignorance du monde ?

En soirée, Samuel m'a reposé la question : « Est-ce que je serais plus tranquille s'il allait vérifier que tout était en ordre à la chapelle ? » et moi, sotte que je suis, je l'ai rassuré en lui disant que ça irait, que je m'en faisais sûrement pour rien.

Le jour suivant, la colle de Marc ayant fait son œuvre unificatrice, nous avons pu tirer des impressions que nous avons accrochées comme s'il s'agissait de mouchoirs sur une corde tendue à travers la pièce. Le vent qui entrait par les fenêtres grandes ouvertes soufflait sur les feuilles et en accélérait le séchage. Le résultat, d'abord imprécis et brouillon sur les premières épreuves, s'est peu à peu clarifié. À la fin de la journée, nos tirages étaient beaucoup plus présentables, assez, à notre humble avis, pour que nous envisagions de refaire l'expérience avec les autres pierres, une fois trouvé un moyen sûr de les transporter au château.

Au souper, les idées nous venaient et nous abandonnaient avec une sorte de fluidité plaisante jusqu'à ce que la fatigue ralentisse un peu les échanges. Pendant que les autres enlevaient les couverts, lavaient la vaisselle, préparaient le café, je suis montée avec Juliette aider les petits à mettre leur pyjama. Comme d'habitude, ils veilleraient avec nous au bord du feu et s'endormiraient dans nos bras, bercés par la musique de nos conciliabules.

Rassurée par ces rituels familiers que nous répétions soir après soir, j'avais réussi à me convaincre que tout allait bien. Richard venait de nous souhaiter bonne nuit. Estelle s'était endormie dans les bras de grand Louis et Judith n'avait pas tardé à poser sa tête sur l'épaule de Catherine. Petit Paul ronflait sur les genoux de Pouf, et Alain et Daniel dormaient dans la balançoire, blottis dans les bras l'un de l'autre, dans une position des plus inconfortables. Sans parler de Zorro couché en boule comme le dernier des bienheureux sur Lola. Il n'y avait que Pio qui nous écoutait, les yeux grands ouverts.

Après que la conversation eut pris toutes sortes de chemins de traverse, Marc nous a ramenés au mont Noir en nous suggérant une solution qui ressemblait comme deux gouttes d'eau – sans qu'il s'en doute une seconde et nous non plus – aux coffrets de protection imaginés par Marc-Aurèle. Il proposait de fabriquer des boîtiers avec des caisses de pommes et de les rembourrer avec nos vieux oreillers de plume. Le choix des oreillers nous semblait particulièrement judicieux ; on détestait tous ces antiquités puantes et c'était l'occasion idéale pour nous en débarrasser. Après leur disparition, il faudrait bien que Richard accepte de nous en acheter des neufs.

– Il y a sept pierres à transporter, mais au lieu de construire sept boîtiers, j'ai pensé...

– Y a plus de pierres.

– Qu'est-ce que tu racontes, Pio ?

– Qu'il y a plus de pierres sur la table.

Il y a eu des exclamations de surprise mêlée d'incrédulité, mais ça ne venait pas de moi. La petite voix de Pio avait fait remonter mes appréhensions à la surface de mon esprit. Ignis insista :

– Mais non, tu te trompes voyons, Charlotte et Joal n'en ont rapporté qu'une. Ça veut dire qu'il en reste encore sept là-bas.

— Y en a plus, Ignis !

Maïna prit sa défense :

— Moi, je le crois.

— Elles se sont volatilisées, peut-être ?

— T'es pas drôle, Laurent. Quelqu'un a pu découvrir la salle ; on l'a bien découverte nous !

Je n'avais que faire de leurs chicanes de famille. Je savais que Pio avait raison et je me suis approchée pour l'interroger :

— Qu'est-ce qui s'est passé, Pio ?

— J'sais pas.

— Sais-tu où elles sont rendues ?

— J'sais pas.

— Mais si tu peux voir la table sans ses pierres, tu peux peut-être voir les pierres sans la table. Qu'est-ce que t'en penses ?

— Je vois rien.

— Peux-tu essayer ?

— [...]

— Ça ne marche pas comme ça, Joal. Pio n'a pas essayé de voir ce qu'il a vu, ça s'est imposé à son esprit.

— À quoi ça sert alors d'avoir des visions ?

— Qui sait ? Mais je peux essayer de provoquer la vision par le rêve. Laissez-moi parler à Pio, si je réussis à induire le processus, il pourrait avoir une autre vision pendant son sommeil.

— Je veux être là. C'est mon frère et je ne veux pas que tu lui mettes n'importe quoi dans la tête.

— Franchement, Ignis !

— C'est à prendre ou à laisser !

252

Au matin, quand j'ai ouvert les yeux, pendant une fraction de seconde j'ai été en sursis. La fraction de seconde suivante, je me rappelais. Les pierres avaient disparu et c'était ma faute.

J'ai connu d'autres de ces moments de grâce à mon réveil, après avoir fait une grosse gaffe, perdu quelque chose à quoi je tenais ou quelqu'un que j'aimais, juste avant que la réalité me rejoigne, me plaque au sol et me piétine. C'est affreux. Parfois il n'y a aucun moyen de recoller les pots cassés, mais cette fois-là il y avait de l'espoir. Je suis tombée de mon lit, pressée d'aller aux nouvelles.

Le jour était gris, les montagnes sous l'emprise de la brume.

– As-tu vu quelque chose, Pio?

– Non.

Dire que j'étais déçue serait très en dessous de la vérité. Mais je ne voulais pas baisser les bras. De temps à autre, je m'approchais de lui en catimini, pour ne pas attirer l'attention de Maïna et d'Ignis qui se faisaient les gardiens sans peur et sans reproche de notre petit visionnaire, et je lui reposais la question à laquelle il me faisait toujours la même réponse.

Il en alla ainsi toute la journée. Puis, la brume s'est dissipée, laissant un peu de soleil tiède percer les cimiers et caresser les fûts des arbres. J'étais assise sur les marches de la galerie quand Pio est venu s'installer à côté de moi.

– Je me souviens maintenant. J'ai vu une porte dans mon rêve.

– Une porte?

– Ben, tu sais comme un mur avec un trou dedans pour mettre une porte.

– Est-ce qu'il était en pierre, le mur?

– Oui.

– Est-ce que c'était comme une arche?

– Je sais pas. C'est quoi une arche?

– Laisse tomber. Le mur, il était vieux à ton avis?

– C'est difficile à dire. Je pense que oui parce qu'il y avait plein de feuilles accrochées dessus.

– Comme du lierre?

– Oui, comme.

– C'est tout?

– Ouais. C'est pas ces pierres-là que tu voulais que je vois, hein Joal?

– Un mur de pierre couvert de feuilles…

– Joal?

– Non, attends, tout ça me rappelle quelque chose… ça y est, je sais! T'es génial, Pio! Le plus grand voyant de la terre!

– Qu'est-ce qui se passe ici?

– Il se passe, ma chère Maïna, que je sais où les pierres sont rendues.

– C'est Pio qui te l'a dit?

– Affirmatif!

– Où sont-elles?

– Sur le mont Unda ! Pio a vu la porte de Belisama cette nuit. Cet enfant est une merveille.

La nouvelle a fait le tour du château comme une traînée de poudre. Il y avait les pro-Pio et les autres, les saints Thomas, qui criaient à la superstition.

C'est Samuel qui a calmé le jeu, ça devenait une spécialité chez lui :

– Inutile de vous insulter. On n'a qu'à aller vérifier. Qui veut venir au mont Noir avec moi ?

Tous les yeux se sont tournés vers moi, alors j'ai laissé tomber pour qu'ils sachent bien que j'étais au-dessus de leurs doutes :

– Allez-y si vous voulez, mais quand vous aurez vu, de vos yeux vu, que Pio disait vrai, je veux que vous me laissiez choisir la stratégie pour récupérer les pierres.

Et j'ajoutai à part moi : « À nous deux, Bellatryx. »

Bellatryx n'avait jamais quitté le coin de mon esprit où je lui avais fait une place au chaud. Maintenant qu'il revenait à l'avant-scène, j'étais très excitée à l'idée de l'affronter. Je crus tout d'abord que c'était parce que l'affronter, c'était le revoir. Mais au fait, plus j'y réfléchissais, plus il m'apparaissait que ce n'était pas tant l'affronter que je voulais comme mesurer mon intelligence à la sienne… une fois encore. Je gardais un excellent souvenir de sa chute au fond du piège. Me présenter à sa porte pour lui dire que je voulais récupérer les pierres était la chose la plus bête qui soit. Je le reverrais, c'est sûr, mais je serais dans une position de faiblesse qui ne pourrait déboucher que sur un échec humiliant. Ce qu'il fallait, c'était dérober les pierres à son nez et à sa barbe en lui laissant ma carte de visite, un peu à la manière d'Arsène Lupin.

Il lui avait fallu du temps et une patience exemplaire, mais ce matin-là, Samuel fut récompensé de tous ses efforts quand Zitella, avant de rejoindre les hauteurs de son clocher après une nuit de chasse au campagnol et à la grenouille, est venue se poser sur son épaule au moment du départ.

À partir de ce jour-là, elle allait ainsi régulièrement lui signaler sa présence par une courte visite de connivence quotidienne. Parfois, elle nous accompagnait dans nos excursions, invisible et silencieuse, jusqu'à ce qu'on l'aperçoive, blottie sur une haute branche comme une petite sentinelle de plumes. Sa présence, quoique plus discrète que celle de Sylve et de Paluah qui suivaient Martin comme son ombre, nous est devenue tout aussi familière à la longue que l'étaient devenus, après quelques frousses, ses hululements nocturnes.

La petite caravane se mit en branle très tôt, pressée d'aller vérifier lequel des deux clans avait raison.

C'était Luc, le plus saint Thomas de tous, et ce fut à lui, évidemment, que revint l'honneur d'activer le mécanisme de la dalle, « son » mécanisme. À part Marie-Josée, seule Maïna avait tenu à être du voyage du côté des filles. Pour les garçons, Laurent et Marc, qui disaient comme Luc, étaient là tous les deux. Nicolas, qui penchait plutôt pour la version de Pio, accompagnait Samuel et Ignis, lequel était venu défendre l'honneur de son petit frère. Chacun s'étant muni d'une lampe de poche, ils auraient pratiquement pu faire un spectacle son et lumière dans le sous-sol de la petite chapelle. Il n'a donc pas fallu une éternité pour apercevoir la table, ou plutôt son piétement fruste, indécemment privé de son plateau.

– Pio avait raison !

Le désarroi de Luc est difficile à rendre avec les mots, mais il était sous le choc. Lui, le chercheur rationnel, qui s'était brouillé avec tout ce que sa famille comptait d'oncles curés et de tantes religieuses, de cousines et de petits-cousins dévots parce qu'il refusait de croire au mystère, se trouvait devant un fait qui le mystifiait et il en éprouvait un profond malaise.

Chapitre XXII

La traversée des nuages

LE MOMENT du décollage était passé et près de six heures s'écouleraient avant que celui de l'atterrissage ne vienne rappeler aux passagers qu'ils avaient vécu pendant tout ce temps à 10 000 mètres dans les airs. Adhara était assise près du hublot, Véga à ses côtés dormait en émettant un petit ronflement qui avait l'air d'un ronron.

La jeune fille s'était crue émancipée de son enfance quand Capella avait quitté la communauté, puis elle s'était ravisée, le vrai test croyait-elle, elle l'avait passée quand elle avait dû enseigner à une classe d'étudiants plus âgés qu'elle. Et voilà qu'elle revenait une fois encore sur son interprétation. Peut-être ne devenions-nous réellement des adultes qu'en perdant nos illusions à leur sujet ? La proximité obligée du voyage avait fait découvrir à Adhara que Véga n'était pas cette figure forte et mature qu'elle percevait étant enfant, ou du moins, elle ne l'était pas tout entière. En elle, il y avait une femme impulsive qui n'avait pas épuisé le désir de plaire et qui se laissait guider par la peur de manquer quelque chose du festin.

C'était nouveau pour Adhara cette aptitude à percevoir à la fois les failles et les lignes de force des gens qui inclinait à l'indulgence. Elle en devinait certaines chez Shaula, mais la mère et la fille s'étaient trop peu vues pour qu'elle puisse en tirer des conclusions. Ses pensées la ramenèrent vers la communauté. Ce retour plus tôt que prévu l'avait d'abord irritée. Elle aimait la liberté du voyage, s'était préparée à ne rentrer qu'à l'automne, mais par-dessus tout, elle redoutait ce qui l'attendait sur le mont Unda.

Altaïr avait été avare de détails. Elle savait seulement qu'on enquêtait sur la mort de Rigel. C'est ce qu'elle avait voulu, mais maintenant que son royaume était sous la menace, elle avait peur.

Véga ouvrit les yeux.

– Est-ce qu'on arrive bientôt ? Ces sièges sont inconfortables au plus haut degré.

– Dans cinq heures environ.

Déçue qu'il reste autant d'heures de vol, Véga décida de faire un bout de conversation à Adhara.

– As-tu dormi un peu ?

– Non. Je réfléchissais.

– À quoi ?

– À ce qui se passe. La mort de Rigel, l'enquête, ce qui s'en vient. J'ai bien peur que les choses ne soient plus jamais pareilles.

– Elles ne changeront pas tant que ça, crois-moi. Si ton père nous a demandé de revenir, c'est parce que nous devons être interrogées nous aussi. Dès que l'enquête sera finie, on va revenir à nos occupations, comme avant.

– Je te trouve plutôt optimiste, Véga. Ça pourrait plus mal tourner.

– Pour ça, il faudrait qu'on soit coupables de quelque chose. Et comme ce n'est pas le cas, il n'y a aucune raison pour que ça tourne autrement que bien.

– « On » excluant la personne qui parle.

Véga se redressa, piquée au vif.

– Qu'est-ce que tu veux dire, au juste ?

– Qu'il y a pas mal de gens autour de nous. On peut bien s'exclure, ça ne veut pas dire que Rigel n'a pas été assassiné.

– Il faudrait que quelqu'un ait un mobile et, j'ai beau chercher, ce pauvre Rig était d'un tel ennui, je ne vois personne qui aurait eu avantage à le faire disparaître. En plus, il ne laisse même pas d'héritage.

– Ce n'est pas comme Aldébaran.

– C'est vrai, qui aurait dit qu'il avait autant d'argent celui-là ? J'avoue que ça m'a surprise. Il aurait été logique qu'il laisse cet argent à sa famille. Mais après tout, peut-être que sa véritable famille, c'était nous. Mais on s'éloigne, ce n'est pas d'Aldé dont il est question.

– Pour le moment.

– Si ça l'avait concerné, ils auraient fait exhumer son corps.

– Ils ne sont pas rendus là.

– Qu'est-ce que tu veux dire ?

– Ils n'ont pas de mobile pour Rigel. S'ils n'en trouvent pas, il reste toujours une explication.

– Qui est?

– Peut-être qu'il a appris quelque chose qu'il n'aurait pas dû savoir sur la mort d'Aldébaran.

– On nage en plein drame hitchcockien!

– N'empêche que le docteur Chapdelaine a eu l'air très embarrassé quand je lui ai demandé s'il était certain qu'Aldébaran était mort du cœur.

– Quand ça?

– Le matin du décès de Rigel.

– As-tu l'intention d'en parler aux enquêteurs?

– S'ils me le demandent.

Véga haussa les épaules.

– On s'inquiétera en temps et lieu. Dis-moi plutôt comment tu as trouvé ta mère.

– Même si on a passé beaucoup de temps à la villa, je l'ai à peine vue. Je l'ai trouvée secrète et triste; je ne l'avais jamais vue comme ça. Ma mère sans son énergie, c'est comme si ce n'était pas ma mère.

– C'est vrai. Shau a toujours été d'une énergie débordante alors que cette villa est morbide et que sa sœur l'entraîne dans sa morosité. Je suis à peu près certaine que Fabiola est une malade imaginaire.

Véga étendit les jambes, prête à glisser encore dans le sommeil. Adhara ne lui en donna pas l'occasion.

– Pourquoi est-ce qu'elle ferait une chose pareille?

– Parce que la jeune sœur de Shau a été trop couvée par des parents trop indulgents. Elle s'imagine que les autres sont là pour prendre soin d'elle dans la vie. Que c'est leur devoir.

– Parle-moi de maman, Véga. S'il te plaît!

– Ta mère est née avec une cuillère d'argent dans la bouche, ça, tu le savais déjà, je pense. Ce que tu sais moins, c'est à quel point elle était passionnée. Elle rêvait d'une société plus juste, c'est comme ça qu'on a connecté, elle et moi, au sous-sol de l'église de la paroisse. On était venues suivre des cours de danse qu'on a vite laissé tomber pour aller faire de grandes marches en réinventant le monde. Et on a continué à se voir. On lisait, on discutait, on prenait des poses en fumant, on lisait les poètes maudits.

– Comment c'était chez elle?

– Léger. J'en garde un souvenir de brioches à la cannelle, d'opéras et de jeunes beautés qui riaient en se préparant pour aller danser. Les sœurs aînées de ta mère avaient des cheveux incroyables qui leur descendaient aux fesses. Elles avaient des tas de prétendants qui rendaient ton grand-père Gozzoli à moitié fou. Cette maison est la plus joyeuse qu'il m'ait été donné de voir de toute ma vie. Ta grand-mère Sofia se promenait au milieu de tous avec une grâce aérienne. Elle avait une passion pour les oiseaux, alors en plus de la musique, des fous rires, il y avait des oiseaux qui chantaient aux quatre coins de la maison.

— J'aurais adoré connaître mes grands-parents. Comment s'appelait mon grand-père ?

— Rafaelo.

— Rafaelo… Sofia… Pourquoi maman ne nous a jamais amenés chez eux, Bellatryx et moi ?

— Rafaelo rêvait d'une grande carrière de scientifique pour Bernadette, qui était sa fille préférée. C'était la plus brillante de la famille, elle avait reçu la médaille du lieutenant-gouverneur. Son idée de faire de la philosophie ne rentrait pas dans la tête de ton grand-père. Alors elle a préféré prendre ses distances, et ensuite la vie s'est chargée de les éloigner de plus en plus, la réconciliation est devenue trop difficile, c'est bête comme ça.

Adhara se tut. Les choses étaient comme elles étaient, ça ne servait à rien de regretter ce qui n'avait pas été. Du moins avait-elle une image, la maison pleine de musique et de rires d'une famille heureuse, et les prénoms de ses grands-parents pour héritage.

Chapitre XXIII

Celle qui sait

AYANT ACCAPARÉ le droit de réplique en exclusivité, je sentais que Luc mettait un maximum de pression pour que je récupère les précieuses pierres et vite.

Or, pour réussir à déjouer Bellatryx, je devais être celle qui sait. Ce n'était pas évident étant donné que nous avions eu très peu de contact avec la communauté au cours de l'été. Mais rien ne résiste à qui veut de toutes ses forces, me répétais-je comme un mantra, et c'est par le chemin le plus inattendu que la réponse m'est parvenue.

Je traînais en me creusant les méninges quand Catherine a tiré du haut des marches une poche de linge sale qui a failli m'étêter.

— Eh ! Attrape !

— Tu ne pourrais pas faire attention !

— T'es faite en chocolat, peut-être ?

— Il pèse une tonne, ce sac. C'est déjà à mon tour de faire le lavage ?

— Non, c'est mon tour, mais si tu allais porter le sac dans la cuisine, ça me rendrait service.

– D'accord, d'accord, toujours les mêmes qui font tout ici !

J'attrapai les cordons du sac, une grosse poche de marin en toile qu'on utilisait pour trimballer le linge du dortoir à la cuisine. Le château était équipé d'une vieille laveuse à tordeur qui fonctionnait à plein régime le jour du lavage vu la quantité prodigieuse de culottes et de gilets que peuvent salir deux douzaines de jeunes en une semaine. C'est alors que l'idée m'est apparue dans sa lumineuse simplicité.

Je tenais dans mes mains le cheval de Troie de mon intrusion dans la communauté. L'été précédent, un jour où je furetais en attendant Catherine, j'avais vu un homme en train de charger des sacs dans la remorque d'un 4 x 4. Curieuse, je lui avais demandé ce que c'était, m'imaginant des liasses d'argent ou mieux des lingots d'or. « Linge sale ! » avait-il grogné à mon grand désappointement sans ralentir son chargement.

Puis, cet été, j'avais appris que la communauté confiait son lavage à une femme du village. Je savais quel jour c'était pour avoir aperçu les tuniques étendues au grand vent à côté de chez le docteur Chapdelaine.

Le linge propre était livré le vendredi matin. Le plus simple serait de me poster à proximité de la porte de Belisama et de subtiliser une des poches. Je me présenterais une fois le livreur reparti avec ladite poche, prétextant qu'elle était tombée en cours de route et qu'on m'avait demandé de la rapporter à la lingerie. Pour ne pas risquer qu'on me reconnaisse, je mettrais des vêtements de garçon et une casquette. Une fois dans la place, il me resterait à me cacher pour recueillir le maximum d'informations. Ça ne serait pas extrêmement compliqué étant donné que je connaissais les lieux.

J'étais survoltée. Je ne voulais parler de mon plan à personne, convaincue que j'avais de plus grandes chances de réussite en agissant seule et un peu, je l'avoue, par superstition. Je me suis donc arrangée pour quitter le château sans être vue, mes vêtements de rechange dans un sac. Le livreur arrivait vers dix heures. J'avais le temps.

Tout avait marché selon le plan établi, ce qui n'empêchait pas mon cœur de battre la chamade. Je me retrouvais dans une grande pièce claire où les sacs de linge avaient été alignés contre un mur. J'ajoutai celui que j'avais « emprunté » au bout de la rangée et j'entendis des pas qui m'obligèrent à me cacher en vitesse. Deux voix, celle d'un homme et celle d'une femme, se précisèrent.

– Quand l'enquêteur doit-il venir ?

– Altaïr s'est entendu pour le prévenir dès que Véga et Adhara seront rentrées. Ça ne devrait pas être bien long, elles sont en route à l'heure qu'il est. Tu ne donnes pas de cours aujourd'hui ?

– Non, Indi s'en occupe. Ça t'inquiète ce qui se passe, Antarès ?

– Il faudrait être inconscient pour ne pas s'inquiéter.

– Ou avoir la conscience tranquille.

– Ce n'est pas ma conscience, le problème. On ne vit pas dans une grande ville, Maïte. Même pas dans un petit village. On est une toute petite communauté de rien du tout, coupée du monde les trois quarts du temps, et il se trouve que l'un d'entre nous est peut-être mort assassiné.

– Ou peut-être pas.

Je m'étais dissimulée dans une minuscule armoire à balais d'où je suivais la conversation en priant pour que l'idée de donner un coup de balai ne leur passe pas par la tête. À travers deux planches disjointes, je les apercevais qui ran-geaient les draps et les serviettes par ordre de grandeur tout en continuant leur conversation.

– Dans ce cas, pourquoi tout ce branle-bas, l'exhumation du corps de Rigel, l'enquête ? D'après moi, on n'est pas au bout de nos surprises.

– Tout ça est un malheureux concours de circonstances dû à un médecin légiste qui bâclait son travail. Quand ils auront établi que Rigel n'a jamais été assassiné parce que personne n'avait intérêt à le faire, tout va rentrer dans l'ordre.

– Deux morts en moins de deux ans, j'ai beau me dire que c'est accidentel, je ne peux pas m'empêcher de trouver ça étrange.

– Dans ce cas, je ne devrais peut-être pas te le dire pour Capella…

– Quoi ?

– Elle file un mauvais coton ces temps-ci.

– Elle est malade ?

– Ce n'est pas très grave, sans doute un malaise passager, mais elle a 70 ans et sa santé est plus fragile qu'avant.

– On ne parle pas de la même chose, Maïte. Aldébaran avait 43 ans, Rigel 48.

– Je te le dis juste au cas.

– Bon, j'y vais ! J'ai un cours de tir à l'arc tantôt. Je dépose mon linge chez moi et je file rejoindre les garçons avant de risquer qu'une flèche perdue ne nous mette dans l'embarras pour de bon !

En seulement dix minutes, j'avais appris pas mal de choses intéressantes : Adhara serait bientôt là, on allait enquêter sur la mort du professeur Rigel et les garçons s'en allaient au champ de tir. Dans quelques minutes, j'allais revoir Bellatryx. Lui ne me verrait pas, ce qui n'empêchait pas mon cœur de s'emballer. Mais au fait, je ne savais pas où il était, moi, ce champ de tir.

Maïte a fini par partir et moi par sortir de mon armoire à balais. J'avais mal partout. Une demi-heure au moins s'était écoulée après le départ d'Antarès, je n'avais donc pas de temps à perdre. J'ai finalement localisé le champ de tir ; il n'y avait aucun endroit pour me dissimuler qui aurait en même temps été assez près des archers pour que j'entende leurs propos. Alors je me suis dirigée vers la bâtisse à la galerie en cèdre rouge où je savais que se donnaient les cours et où se trouvait aussi la salle commune. Si je laissais traîner mes oreilles dans le secteur, je risquais d'apprendre d'autres trucs intéressants.

Je me suis glissée sous la fenêtre sans oser jeter un œil à l'intérieur de crainte qu'on m'aperçoive. Les voix féminines étaient jeunes. Il y en avait trois qui s'entrecroisaient et je n'en reconnaissais aucune.

– C'est Mimosa qui me l'a dit, Adhara rentre demain.

– Je pensais qu'elle devait rester là-bas jusqu'à la fin septembre.

– C'était ça qui était prévu, mais il paraît que la police va venir ici pour enquêter et qu'il fallait qu'elle soit là.

– Pensez-vous qu'elle a quelque chose à voir avec la mort du professeur?

– Qui sait?

– Moi, je n'y crois pas. Ce n'est pas son genre.

– En tout cas, c'est elle qui l'a trouvé le matin où il devait nous donner une conférence et c'est aussi elle qui était près de lui quand il est mort.

– Qu'est-ce que ça prouve? Rien! Moins que rien! Ça prouve *moins que rien*!

– Arrêtez un peu, toutes les deux. J'ai quelque chose de super important à vous dire.

– Quoi ?

– Oui, quoi ?

– Après le cours de tir, les garçons doivent se réunir dans le dortoir du jardin des Mythes.

– En quoi ça nous regarde ?

– Ça nous regardait quand ils nous ont demandé notre aide !

Voilà qui avait l'air de s'approcher davantage de la raison pour laquelle je me retrouvais pliée en deux sous une fenêtre. Je redoublai d'attention.

– Tu veux dire, Aries, que la réunion, c'est au sujet des pierres qu'on a ramenées de la chapelle ?

– Oui.

– Personne ne t'a rien dit ?

– Non, rien !

– Et toi, Australe ?

– Pas entendu parler.

Eh bien ! Moi non plus ! Pour qui il se prend, celui-là ? On est assez bonnes pour travailler à la confection des coffrets, au transport des pierres et après, bonjour la visite ? C'est à quelle heure, cette petite réunion ?

– Quatre heures.

– Venez, on va aller les attendre sur place.

C'est comme ça que j'ai appris l'existence du pavillon du jardin des Mythes. Quand je venais avec Catherine, il n'était pas encore construit. J'ai suivi les trois filles d'assez près pour ne pas me laisser distancer. Je me sentais vivante, allumée, au cœur des choses. Chaque pas me mettait en danger tout en me rapprochant de mon but. C'était grisant.

Elles sont entrées dans le pavillon et, comme elles ne se méfiaient pas, j'ai osé entrer à leur suite. Il fallait que je sois tout yeux tout oreilles. Pendant qu'elles sont allées à la salle de bains, j'en ai profité pour me glisser sous le sofa. C'était audacieux. De là, je ne perdrais pas un mot de la discussion, mais je serais prisonnière jusqu'à ce qu'elles s'en aillent et je n'avais aucune idée du temps que ça durerait. Les filles sont revenues et se sont assises chacune dans un fauteuil juste à temps pour surprendre les garçons qui arrivaient.

— Qu'est-ce que vous faites là ?

Bellatryx était furieux.

— On est venues aux nouvelles. Qu'est-ce qui se passe maintenant ?

— Quoi, qu'est-ce qui se passe ?

— On a rapporté ces pierres pour quoi, au juste ?

— Pour les mettre à l'abri des campeurs, tu le savais déjà, Carina, qu'est-ce que tu veux savoir d'autre ?

— D'accord. On va mettre cartes sur table, Bellatryx. Pourquoi faire une réunion sans nous ?

— Ne faites pas de drame, on se voyait pour autre chose.

— Bien essayé, Gemini ! Je vois que tu ne te contentes pas de défendre ton cher Draco ! Mais malheureusement pour Bellatryx, on l'a entendu, il va falloir trouver une autre excuse. Alors ? On attend ?

— Si on avait voulu que vous soyez là, on vous aurait sonnées !

— Comme quand Marc-Aurèle nous a sonnées pour vous aider à fabriquer les coffrets ?

Mal à l'aise, Marc-Aurèle réagit :

— Elles ont raison, Bellatryx. Elles étaient là quand on en a eu besoin, on n'a pas à les écarter maintenant. Restez.

— On en avait bien l'intention. Tu t'expliques, Bellatryx ?

Il répondit d'un ton renfrogné.

— La prochaine opération va demander de la force et de l'endurance, nous ne serons que deux. À quoi bon vous déranger pour ça ?

Australe était piquée au vif.

— Qu'est-ce que tu crois, Bellatryx Kontarsky ? Qu'on va répondre quand tu nous siffles et qu'on va retourner filer la laine de nos moutons quand tu n'as plus besoin de nos services ?

— On se calme. Je voulais vous éviter une mission périlleuse, vous protéger, mais si c'est comme ça que vous le prenez !

J'entendis le tintamarre des fauteuils et des chaises qu'on traîne et quand l'étudiant le plus costaud de la bande laissa aller ses 120 kilos sur le sofa, j'ai bien cru que je n'aurais jamais assez de place pour continuer à respirer. L'espace d'un instant, j'ai imaginé mon cadavre asphyxié se desséchant à l'insu de tous sous ce sofa, tandis qu'au château le mystère de ma disparition continuait de planer. J'aurais peut-être dû laisser un mot d'explication. Et faire mon testament. On n'est jamais assez prévoyant. Deux autres garçons, plus légers, s'assirent de part et d'autre du bouddha et je conclus que je pourrais vivre encore un peu.

Bellatryx devait être debout. Je l'entendis s'éclaircir la voix, j'allais enfin savoir si j'avais eu raison de venir.

— Le but de l'expédition était de mettre les pierres en sûreté, on est tous d'accord là-dessus. Mais à quoi bon, si c'est pour les empiler dans un coin?

— Qu'est-ce qu'on peut faire d'autre?

— Les exposer, Draco! Si tu n'as pas remarqué, il y a des dessins sur ces pierres.

— Tu veux accrocher des pierres au mur? Comme dans une galerie?

— Mais non, voyons! D'où tu sors? Il n'y a pas juste des tableaux accrochés aux murs dans les galeries. Il y a des sculptures aussi, ignare!

— Je sais qu'il y a des sculptures-aussi-ignare, mais elles tiennent debout. Difficile de faire ça avec des pierres plates!

— Bon! Je vais vous le dire. Luyten m'a proposé de fabriquer une nouvelle table sur laquelle on pourrait remettre les pierres, en exposant le côté qui est gravé à la vue. Sauf qu'il y a un petit problème.

Aries alluma tout de suite.

— Il manque une pierre!

— C'est en plein ça. On a sept pierres, on ne peut donc pas reconstituer le plateau de la table avant d'avoir les huit. Il va falloir aller chercher la pierre manquante chez les campeurs puisque c'est eux qui l'ont volée.

Tiens, tiens. De plus en plus intéressant.

— Comme tu vois Australe, on ne parle pas du tout du même genre d'expédition que la dernière fois.

— De quel genre déjà ?

— Du genre qu'on a fait avec vous, planifié, qui demande de la dextérité, de la finesse. Cette fois-ci, on parle rapidité et précision. Une spécialité plus… masculine.

Carina répondit du tac au tac :

— Soit, je suis prête à mettre ma part mascu-line à ton service. Tu ne veux que deux per-sonnes, c'est un bon moyen, non ?

— Ce n'est pas à toi que je pensais pour m'accompagner.

— Un gars a le droit de changer d'idée.

Bellatryx tenta une esquive :

— Si je dois absolument être accompagné par une fille, c'est d'accord à condition que ce soit Aries, sinon c'est Marc-Aurèle qui viendra. Fin de la discussion.

Il savait Aries plus réservée. Il espérait qu'elle refuse, ce qui lui redonnerait l'avantage. Son rêve fut de courte durée. Aries répondit d'un ton tranquille et assuré :

— J'accepte.

— Es-tu sûre que c'est bien ce que tu veux ?

— Sûre. Quand est-ce qu'on part ?

— Ben… euh… Donne-moi le temps de m'organiser !

Carina jubilait. Elle ajouta un autre grain de sel :

– Je suggère que vous y alliez quand l'enquêteur sera arrivé. Il va y avoir beaucoup de va-et-vient ici, ce sera plus facile de vous esquiver sans attirer l'attention.

– Si ça ne te fait rien, Carina, je vais décider ça moi-même. Je meurs de faim, vous venez souper, les gars ?

Et se tournant vers les filles, il lança, comme si l'avis ne concernait qu'elles :

– Surtout, pas un mot de ça à personne !

Là où j'étais, je ne pouvais même pas regarder l'heure, je n'avais pas assez d'espace pour bouger mon bras. Ils ont fini par partir et moi par m'extirper de ma cache. Pas un mot n'avait été prononcé sur l'endroit où se trouvaient les pierres.

⁂

Elle m'attendait avec une brique et un fanal.

– Ça commence à faire, Joal Mellon ! C'est la deuxième fois que tu me fais ça ! Où étais-tu ?

– Dans la montagne…

– Quelle montagne ? Sur le mont Unda ?

– Euh… oui !

– Sans moi ? Je suppose que tu es encore sortie de ton lit trop vite pour m'avertir ?

– Arrête, Juliette ! À deux, ça aurait été trop dangereux de se faire remarquer. Mais, il faut que j'y retourne. On pourrait y aller ensemble si tu veux.

Cette fois, j'avais changé de tactique. J'avais choisi des vêtements collés au corps, de couleurs végétales pour me fondre au paysage. Et je n'étais pas seule, Juliette m'accompagnait. Une fois dans la place, on a progressé avec mille précautions jusqu'à l'entrée du jardin des Mythes et de là, jusqu'au pavillon où se trouvait le dortoir des étudiants. C'était l'avant-midi, les étudiants étaient à leur cours, les autres étaient occupés à divers travaux, le pavillon était silencieux et désert, mais au bout d'une heure de fouille méthodique, il a fallu se rendre à l'évidence, on ne trouverait rien à cet endroit.

— Qu'est-ce qu'on fait ?

— Il y a toujours le pavillon des enfants.

— Le pavillon des enfants ?

— C'est là qu'Adhara et Bellatryx habitaient quand ils étaient petits. Bellatryx y reste encore, je crois qu'il partage le pavillon avec d'autres garçons. Il est possible qu'il ait voulu garder un œil sur les pierres.

— Tu n'as pas l'air sûre de ton coup.

— C'est que le pavillon des enfants est au milieu de la place, ce n'est pas très discret pour y mettre les pierres et les sortir de là si nécessaire. Mauvais calcul s'il voulait jouer de discrétion. Je ne vois qu'une autre possibilité.

— C'est quoi ? Allez, parle ! On n'a pas toute la vie !

— Luyten. C'est celui qui doit fabriquer une table pour les pierres.

— Bon. Où est-ce qu'il reste, ton Luyten ?

— D'abord, ce n'est pas *mon* Luyten. Tu m'énerves ! Et deuzio, ici, on ne sait pas tout d'avance, il faut qu'on trouve les réponses au fur et à mesure.

— Parfait ! Où sont les autres pavillons ?

— Il faut ressortir du jardin. Ils sont dispersés autour de la bâtisse à la galerie en cèdre rouge.

Le problème c'est que je ne savais pas à quoi ressemblait Luyten à l'époque. Nous nous sommes donc installées sous une fenêtre de la salle à manger et nous sommes restées dissimulées en attendant l'heure du dîner. On n'avait pas le choix, il fallait savoir qui il était, le suivre jusqu'à ce qu'il entre dans son pavillon, puis y entrer une fois qu'il en serait sorti s'il finissait par en sortir. Tout ça en ne se faisant pas attraper.

Alors qu'on ne s'attendait pas à ce que la chance nous sourit si vite, Luyten s'était assis en compagnie de deux de ses amis, Centauri et Groombridge, dos à la fenêtre sous laquelle nous étions précisément accroupies.

À force de brefs coups d'œil, on a fini par établir qu'il s'agissait du plus petit des trois, celui à la belle voix. Il nous a suffi de le prendre en filature quand il s'est levé de table pour savoir où était son pavillon. Une autre séance d'attente sous ses fenêtres, qui nous a coûté plusieurs heures cette fois, nous a finalement payé de retour. Luyten était dans la cuisine et examinait un objet plat avec une loupe lumineuse : c'était une des pierres de la chapelle.

Sur le chemin du retour, j'exaltais. Il allait voir ce qu'il allait voir, ce prétentieux de Bellatryx ! Il voulait nous prendre la seule pierre que nous avions, et non seulement il ne la trouverait pas, mais quand il reviendrait sur le mont Unda, les autres pierres auraient disparu, ça, j'en faisais le serment !

— Luc ? Luc ? Es-tu là ?

— Par ici !

— Qu'est-ce que tu fais ?

— Je cherche des ressemblances entre notre gravure et d'autres que j'ai trouvées dans des livres anciens.

— J'ai de bonnes nouvelles.

Luc poussa ses lunettes au bout de son nez et me regarda par-dessus ses verres.

— Je sais où sont les pierres.

— Pio nous l'a déjà dit.

— Oui ? Alors où exactement ? Réponds si tu es si fin que ça ?

— Arrête de me faire languir, parle !

— On lui dit, Juliette ?

— On peut bien.

— On sait dans quelle maison les pierres se trouvent.

– Oui et on sait qui reste là.

– On a trouvé comment entrer.

– Et le meilleur moyen d'en sortir.

– Tu peux faire ton deuil de ton oreiller et aller dire à Marc de se mettre en marche pour fabriquer les boîtiers : les pierres sont cachées chez Luyten, un des membres de la communauté. Et tu sais quoi ? Son pavillon est adossé à la forêt...

– ... ce qui veut dire qu'on va pouvoir reprendre nos pierres avec un maximum de discrétion !

– Vous êtes des as, les filles !

– On le sait !

– Mais c'est gentil de nous le dire !

Luc m'a soulevée dans les airs, m'a fait tourner, puis m'a reposée au sol, a embrassé Juliette sur les deux joues et esquissé quelques pas de danse ; il n'était plus lui-même, il flottait sur un nuage. Le nuage des savants heureux.

– Ah oui ! À propos, il va falloir qu'on cache notre pierre avec soin : ils veulent venir nous la reprendre.

– J'y veillerai, t'inquiète pas.

Chapitre XXIV

La montagne pour horizon

QUAND il l'aperçut, le visage d'Hermès s'anima.

— Adhara ! C'est bien toi !

— Merci de t'apercevoir de ma présence !

Il semblait si heureux que Véga n'avait pu s'empêcher de se sentir exclue de cette joie… et de le dire.

— Mais non, voyons, viens un peu ici Véga que je t'embrasse. C'est que tu m'intimides aussi avec ton grand chapeau !

Elles étaient descendues de l'avion quelques heures plus tôt et avant de quitter la ville, Adhara avait tenu à appeler au collège pour prendre des nouvelles d'Hermès. C'est là qu'on lui avait dit qu'il était à l'hôpital. Véga s'approcha, fit le tour du visage de son ami avec le dos de la main et posa un baiser sur sa joue.

— Mon pauvre Herm, tu as perdu tes joues ! Ça ne rebondit plus comme avant quand on t'embrasse !

Adhara s'avança avec une assurance dans la démarche qui ne lui était pas habituelle et qu'Hermès attribua à l'expérience du voyage.

– C'est vrai, Hermès, il va falloir vous rem-
plumer après l'opération. C'est prévu pour quand ?

– Dans une semaine. Avant, il fallait tout
stabiliser, le cœur, les artères… Mais il n'y a rien
d'intéressant là-dedans. Parlez-moi de votre
voyage, de vous deux, de Shaula. Comment
l'avez-vous trouvée ?

Véga répondait pour deux, trop vite, omet-
tant les détails, on aurait dit qu'elle était pressée
de repartir comme à chaque fois qu'elle arrivait
quelque part. Au bout de vingt minutes de ce
régime, Hermès s'exclama :

– Mais je suis un hôte exécrable ! Je manque
à tous mes devoirs ! Véga, irais-tu nous chercher
du café ? On va ouvrir cette boîte de chocolat et
si je dois mourir, je mourrai comblé !

– C'est loin ?

– Le plus tard possible, j'espère.

– Je parle du café, idiot ! Où est-ce que je le
prends ? Au bout du corridor ?

Hermès prit un air contrit :

– Non, c'est un peu plus loin. Il faut aller
jusqu'à la cafétéria. Je vais tenir compagnie à
Adhara pendant ce temps-là.

– Es-tu certain que tu en veux ? On ne
faisait que passer, on ne veut pas trop te fatiguer,
n'est-ce pas, Adhara ?

– Allez Véga ! Je me meurs de boire un café.
Tu ne vas pas refuser ce maigre plaisir à un vieil
homme malade ?

– Bon ! si tu insistes !

Véga sortit de la chambre à contrecœur.

— Je pensais qu'elle ne partirait jamais. Je suis tellement heureux de te voir, Adhara. J'espérais avoir la chance de réentendre ta voix au moins une fois avant que vous partiez...

Adhara sourit, Hermès n'avait pas changé.

— C'est loin, la café ?

— Deux, trois kilomètres de corridors. On a un peu de temps. Tu vas bien, c'est vrai ?

— Oui, Hermès, je vais bien. J'ai fait un très beau voyage et je rêve déjà d'y retourner.

— À ton avis, Fabiola est-elle réellement malade ?

— Vous aussi vous avez des doutes ?

— Toi aussi ?

— C'est Véga. Elle soupçonne que Fabio fait semblant pour garder maman auprès d'elle.

— Pour quelqu'un que nous croyions aussi mal en point, elle ne meurt pas vite en tout cas.

— Tout ce que je peux dire, c'est que Shaula prend la maladie de tante Fabio très au sérieux et qu'elle ne prévoit pas rentrer maintenant.

— On n'y peut rien, alors.

— Non, on n'y peut rien.

— Avec l'enquête, les choses vont commencer à bouger dans la communauté et elles pourraient s'emballer, j'en ai peur. Voilà pourquoi j'aurais bien aimé que Shaula revienne.

— Il n'y a rien à craindre de la vérité, Hermès. Si vous vous en faites pour moi, arrêtez tout de suite. Moi, je n'ai pas peur.

— Sage Adhara. Si tu savais comme tu m'as manqué.

— Combien de temps votre convalescence doit-elle durer ?

— À mon âge, la nouvelle hanche et moi, on va devoir s'apprivoiser. Le médecin a parlé de plusieurs mois de réadaptation. Mais si je fais bien ce qu'on me prescrit, au printemps prochain, je devrais me déplacer facilement, comme avant.

— Quand vous serez prêt et que la neige sera fondue, je viendrai vous chercher et on ira faire un tour dans la communauté. Ça vous tente ?

— […] Oui, bien sûr.

— Vous ne comptez pas revenir y vivre, n'est-ce pas ?

— Je n'en sais rien, Adhara. Honnêtement.

Hermès se doutait bien que la communauté ne traverserait pas les mois à venir sans passer par une profonde transformation. Le pire étant qu'elle disparaisse purement et simplement, mais ça, il préférait ne pas y penser.

— Où est-ce qu'il peut bien être passé ?

Altaïr faisait sauter les clés de la jeep dans sa main. Au ton de sa voix, une explosion n'était pas exclue…

— L'avais-tu averti que tu voulais l'emmener souper à Baie-Saint-Paul en l'honneur du retour d'Adhara ?

— Non, mais on n'est pas à Montréal ici. Ce n'est pas si grand qu'il faut se téléphoner pour se parler.

Sirius ne dit rien. C'était préférable.

— Je ne peux pas l'attendre. Si je veux être à l'heure à Baie-Saint-Paul, il faut que je parte. Si tu le vois, dis-lui que… que… et puis non, ne lui dis rien, je m'en occuperai à mon retour !

Altaïr démarra sur les chapeaux de roues. Marc-Aurèle s'approcha de Sirius.

— Où est-ce qu'il va comme ça ?

— Véga et Adhara reviennent d'Italie aujourd'hui.

— Est-ce que Tryx le sait ? Il va être fou de joie !

— Justement, où est-ce qu'il est passé, celui-là ? Altaïr voulait l'emmener, mais il ne l'a pas trouvé.

— Ah non ? Pourtant, je l'ai vu au pavillon des enfants tout à l'heure.

— Dis-lui de se faire le plus petit possible quand Altaïr va rentrer, il n'était pas enchanté de sa disparition.

— À quelle heure doivent-ils arriver ?

Altaïr a réservé des chambres dans une auberge de Baie-Saint-Paul. Ils seront ici tôt demain matin.

— Je fais le message à Tryx dès que je le vois.

Marc-Aurèle fila tout droit au pavillon des enfants.

— OK, la voie est libre, vous pouvez y aller. Altaïr vient de partir. Il rentre seulement demain matin avec Adhara et Véga.

Aries et Bellatryx étaient assis, sac à dos en position, la cape sur les épaules pour partir dès que Marc-Aurèle leur donnerait le feu vert. Bellatryx se sentait nerveux, même s'il ne l'aurait jamais admis devant Aries. Plus il y pensait, plus il trouvait que cette pierre avait une tête d'aiguille dans une botte de foin. Avec Marc-Aurèle, il aurait pu discuter le coup, préparer une stratégie, mais avec Aries il n'osait pas avouer qu'il n'était pas prêt. Il préférait se taire.

Aries ne s'en plaignait pas. Elle regardait partout, humait les odeurs, s'émerveillait de tout. Elle rompit une seule fois le silence quand ils eurent traversé la forêt des pluies pour savoir combien de temps il leur restait avant d'arriver en vue du camp.

— Je ne sais pas.

— Comment ça, tu ne sais pas ? Tu me dis ça pour rire ou tu es sérieux ?

— J'avais huit ans la dernière fois que je suis allé là-bas avec ma sœur. Je sais comment me rendre, mais en combien de temps, ça, c'est une autre paire de manches.

— Et une fois arrivés, as-tu une idée de la façon dont on va s'y prendre ?

— Pas la moindre.

La réaction d'Aries le surprit complètement.

— Au fond, pourquoi tu le saurais plus que moi ? Ce n'est pas ta montagne !

Bellatryx retenait son souffle.

— L'important, c'est qu'on soit le plus silencieux possible. Le reste, c'est une simple question de débrouillardise. Silence et astuce !

Et elle partit d'un rire clair qui fit du bien à Bellatryx.

Une minute avant, il y avait un mur de béton entre lui et Aries. Il avait suffi de deux phrases, non pas pour que le mur se fissure ou s'effondre, mais pour qu'il se dématérialise purement et simplement dans l'air tiède. Ils firent le dernier bout de chemin sans parler, mais la nature du silence avait changé, il était plus léger.

C'est vraiment un pur hasard si je les ai aperçus, cheminant parallèlement au sentier, en se dissimulant derrière les troncs à tous les vingt pas pour ne pas être vus. J'étais allée chercher un livre au dortoir et j'avais l'habitude, quand je montais, de regarder si Zitella était dans son clocher. De là, le point de vue sur le monde était fascinant tant on était haut. C'était comme si on était des oiseaux. J'ai d'abord cru que j'avais mal vu, que le soleil m'avait joué un tour. Puis les silhouettes se sont précisées et j'ai reconnu Bellatryx. Je savais qu'il venait pour la pierre. Je suis restée là, immobile, à le regarder monter, goûtant d'avance ma revanche, teintée par le regret de ce que ça aurait pu être lui et moi si seulement il avait voulu.

———

L'idée de cette nuit de repos à Baie-Saint-Paul qui leur permettrait d'atterrir en douceur dans leurs souliers avant de regagner la montagne souriait autant à Véga qu'à Adhara. Véga était épuisée par le long trajet, Adhara était impatiente de revoir son frère et ravie que cela se passe dans un cadre plus intime que celui de la communauté.

À l'hôpital, Véga avait rapporté trois cafés insipides et tièdes de la cafétéria, Hermès n'avait même pas pris une gorgée du sien et elle et Adhara y avaient à peine touché avant de prendre congé, abandonnant la boîte de chocolat intacte. Elles avaient somnolé pendant presque tout le trajet d'autobus de Québec à Baie-Saint-Paul. À leur arrivée, Altaïr les attendait, un bouquet de fleurs défraîchies à la main.

— Avez-vous fait bon voyage ?

— Oui, très bon. Tu es tout seul ?

— Oui.

— Où est Bellatryx ? Je croyais qu'il devait t'accompagner ?

— Il n'a pas pu venir.

— Comment ça, pas pu venir ? Il est malade ? Il a eu un accident ?

— Il était introuvable quand je suis parti, et comme je n'avais pas toute la vie devant moi si je voulais arriver à temps pour vous chercher...

— Est-ce qu'il savait pour le souper ?

— Je n'ai pas pu lui en parler, je viens de te dire que je ne l'ai pas trouvé !

Adhara avait compris. Altaïr avait dû attendre à la dernière minute et n'avait pas cherché trop longtemps. Sa soirée était à l'eau, ce qui était vraisemblablement le cadet des soucis de son père. Elle le suivit en silence jusqu'à l'auberge, laissant Véga parler pour deux.

Il ne fut à peu près pas question de Shaula ni de la santé de Fabio. Altaïr ruminait l'absence de Bellatryx, et Véga n'avait aucun problème à alimenter la conversation avec ses considérations personnelles sur l'état de l'Italie. De ses monuments, de son café et de ses hôtels.

À la fin du repas, profitant de ce que Véga montrait des signes de fatigue, Adhara demanda des nouvelles du docteur Chapdelaine.

— Il a disparu.

Adhara pâlit.

— Disparu ! Comment ça ?

— Il ne s'est jamais présenté au rendez-vous qu'il avait pris avec l'enquêteur.

— Est-ce qu'ils ont exhumé Rigel uniquement à cause d'un coroner qui a mal fait son travail ?

— Disons que le fait que le docteur Chapdelaine lui a demandé de ne pas pousser son examen trop loin a joué pour beaucoup dans la balance.

— À cause de ça, ils pensent qu'il a été tué ? C'est ça ?

— En quelque sorte. Ils n'ont pas eu le choix de faire refaire l'autopsie bâclée par le médecin légiste et ils ont alors découvert que Rigel était mort des suites d'un empoisonnement. Maintenant, il faut qu'ils établissent s'il est mort accidentellement ou si on l'a, disons… aidé à s'empoisonner.

— Mais quel aurait été l'intérêt du docteur Chapdelaine dans tout ça ?

— Notre cher médecin est un ivrogne. Mon impression, c'est qu'il n'est pas arrivé à temps pour soigner Rigel parce qu'il avait bu et, à cause de ça, il a demandé à son ami le coroner de ne pas faire d'autopsie trop fouillée. Son ami l'a écouté, puis il l'a dénoncé.

— Est-ce que l'enquêteur a parlé d'Aldébaran ?

— Non, pourquoi ? Ce n'est pas du tout la même chose.

— Tu viens de dire que le docteur Chapdelaine boit. Je te rappelle que c'est lui qui a rédigé le certificat de décès d'Aldébaran.

— Rassure-toi, s'il y a un tueur en série dans la communauté, l'enquêteur devrait être capable de le trouver. Il est assez zélé pour ça, fais-lui confiance !

Véga eut un petit rire de crécelle qui déplut à Adhara.

— J'aimerais aller me coucher, où est ma chambre ?

Chapitre XXV

Holmes et ce cher Watson

C'ÉTAIT UN PEU comme l'arrivée de Dian Fossey dans les monts Virunga : soudain, des gens bruyants, étrangers à la vie de la montagne, envahissaient la place avec des besoins et des curiosités difficiles à satisfaire. Dans le cas présent, ce ne serait que pour quelques jours, mais le bouleversement n'en était pas moins détestable aux yeux de ceux qui étaient là avant. C'était vrai surtout pour les plus âgés. Les jeunes ont tout d'abord trouvé la situation assez intéressante et, entre eux, ils appelaient cordialement l'enquêteur et son assistant, Holmes et ce cher Watson.

Adhara avait proposé à Antarès de l'aider à préparer les repas – puisque l'équipe de policiers ajoutait cinq convives à leur table –, et à Altaïr (qui ne se l'était pas fait offrir deux fois) de préparer le pavillon d'Hermès pour les recevoir. Son intention n'était pas dépourvue de calcul. Elle tenait à être la première à s'entretenir avec l'enquêteur pour lui demander de ne pas parler à Altaïr de son intervention de l'été précédent à Québec.

— Bonjour, mademoiselle Gozzoli. Ravi de vous…

— … rencontrer ? Moi aussi, inspecteur, tout le plaisir est pour moi. Messieurs. Venez, je vais vous montrer vos quartiers et ensuite je vous ferai visiter les lieux. Mais je crois que vous êtes déjà…

— … prêts à commencer ? Dès que possible en effet. Je tiens à vous remercier pour votre collaboration.

Tiens, tiens ! Lui aussi avait ses petits secrets ; il n'avait pas l'air de vouloir que ses hommes sachent qu'il était déjà venu ici.

⁂

— Luyten ?
— Oui ?
— J'ai pensé à quelque chose pour la table.
— Quoi ?
— Quelqu'un a dû vous dire que je n'avais pas retrouvé la pierre, finalement ?
— Oui, désolé, Bellatryx.
— Je sais que c'est impossible de refaire la table comme elle était avec seulement sept pierres, mais rien ne vous empêche de remplacer la pierre qui manque par une ardoise qui n'est pas gravée, non ?
— Venez, je vais vous montrer quelque chose.

Luyten entraîna Bellatryx dans une pièce où des esquisses étaient accrochées au mur devant une table d'architecte. Dans un coin il y avait une pile de planches et des boudins de copeaux qui avaient l'air de cheveux d'enfant.

– Regardez, j'y travaille déjà. J'ai prévu un plateau avec trois rangées de trois pierres. La pierre qui a perdu sa voisine serait encadrée par deux carreaux vierges. Que diriez-vous si la table était prête pour l'anniversaire d'Altaïr ?

– Vous auriez le temps ?

– Si je me dépêche un peu.

– Vous savez que vous êtes génial, Luyten ? Je crois que ça lui plairait beaucoup un cadeau comme celui-là.

Le petit homme esquissa un sourire.

– Alors comme ça, les campeurs n'ont pas voulu vous rendre votre pierre ?

– Je n'ai pas pu chercher à mon aise, il y avait du monde dans tous les coins. Et je n'allais pas leur demander, vous pensez bien !

– Pourquoi pas ?

– Parce que... parce que... c'est trop compliqué à expliquer, mais ce n'était pas une bonne idée.

– Êtes-vous bien installé, inspecteur ? Je sais que ma belle-fille a fait au mieux...

– Votre belle-fille ? Adhara Gozzoli est votre belle-fille ?

– Façon de parler. Altaïr et moi ne sommes pas officiellement mariés...

– En effet. D'après mes papiers, M. Kontar-sky est marié à Bernadette Gozzoli.

– C'est vrai. Mais Shaula, je veux dire Bernadette, n'habite plus ici. Elle est en Italie. Pour revenir à ce que je vous disais à l'instant, s'il vous manque quelque chose, je vous en voudrais de ne pas me le dire.

Maïte fit quelques effets de jambes, lança quelques œillades jusqu'à ce qu'il devienne évident que le jeune enquêteur, sous son apparente inexpérience, avait vu neiger. Elle rangea donc son arsenal de séduction.

– C'est gentil de vous inquiéter pour nous, mais nous avons tout ce qu'il nous faut, made-moiselle Coti.

Maïte devint blanche comme un drap. Elle ne s'attendait pas à ça. L'enquêteur n'ajoutait rien, se contentant de l'observer.

– Je porte maintenant le nom de Bainadelu. La communauté a ses règles, vous ne l'ignorez pas.

– Je sais. Mais pour les besoins de l'enquête, je dois établir l'identité de chacun. Vous êtes bien Maïtena Coti, née à Saint-Brieuc en Bretagne le 13 novembre 1945 ?

– Oui.

– Vous avez un frère prénommé Sacha et une sœur, Marine ?

– C'est exact.

– Votre frère Sacha a dix ans de plus que vous, n'est-ce pas ?

– Oui.

– Étudiait-il au Collège des Jésuites à Québec?

– Qu'est-ce que c'est que ces questions sur ma famille? Ça n'a rien à voir avec la mort de Rigel!

– En établissant votre identité, nous avons découvert un point que j'aimerais éclaircir.

– De quoi s'agit-il?

– Votre frère aurait étudié au même collège que Jean-Pierre L'Heureux.

– Jean-Pierre L'Heureux?

– Aldébaran, l'homme décédé peu de temps après votre arrivée dans la communauté l'an dernier. Avouez que c'est toute une coïncidence.

– En quoi mon frère a-t-il quelque chose à voir avec Aldébaran?

– Ne soyez pas tant sur la défensive, mademoiselle Coti. Nous voulons simplement savoir si vous le connaissez, puisque votre frère Sacha et lui ont non seulement fait leur cours classique ensemble, mais étaient dans la même classe.

– Il ne devait pas faire partie du groupe d'amis de Sacha parce qu'il n'est jamais venu à la maison. Je ne le connaissais pas à l'époque.

– Vous habitiez pourtant la même rue. Vous ne vous êtes jamais croisés?

– Jamais.

– Vos parents y habitent-ils encore?

– Mes parents sont décédés, inspecteur.

– Je suis désolé.

– Au cas où vous l'ignoreriez, Sacha et Marine vivent en Europe maintenant.

– Je l'ignorais.

Les traits de Maïte se détendirent. L'inspecteur ne faisait que son travail et elle n'avait plus aucune attache dans ce quartier.

– D'autres questions, inspecteur?

– Oui. Une dernière. Connaissiez-vous quelqu'un dans la communauté, mis à part M. Kontarsky, quand vous êtes venue vous y installer?

– Non.

– Personne?

– Non.

L'enquêteur fouilla dans les papiers qui se trouvaient devant lui, mais Maïte voyait bien qu'il ne cherchait pas vraiment. Il savait ce qu'il allait dire.

– Avez-vous connu une certaine Jeanne Aubin qui enseignait les arts plastiques chez les Ursulines en 1957 et 1958.

– Peut-être. À 13 ans, les arts plastiques ne m'intéressaient pas beaucoup, vous savez comment c'est à cet âge-là.

– Votre intérêt pour la muséologie vous est venu plus tard?

Il savait ça aussi. Maïte tenta de calmer les battements de son cœur.

– Oui. Mais pourquoi devrais-je connaître Jeanne Aubin?

– Je me demandais si elle vous avait enseigné.

Maïte croisa les mains sous son menton et leva les yeux à la recherche d'une réponse.

— Maintenant que vous le dites, il me semble que j'ai eu une enseignante laïque de ce nom-là au début de mon secondaire.

— Sans doute a-t-elle beaucoup changé depuis cette époque. Jeanne Aubin a pris le nom de Véga en arrivant dans la communauté il y a une vingtaine d'années.

— Quoi ? Véga et Jeanne Aubin seraient la même personne ?

— Oui.

— J'ai du mal à le croire, est-ce qu'elle s'est souvenue de moi quand vous lui en avez parlé ?

— Je ne l'ai pas encore rencontrée.

— Je n'en reviens pas ! C'est incroyable, la vie passe tellement vite et les gens changent tellement.

— Merci de votre aide, mademoiselle Coti. Ce sera tout.

— Vous ne m'en voulez pas trop de ne pas avoir pu vous aider davantage pour Aldébaran ?

— Mais vous m'avez aidé. Et au besoin, je sais que sa mère habite toujours au même endroit.

— Géraldine ?

— Vous la connaissez ?

— Non ! C'est vous qui avez dit qu'elle s'appelait Géraldine. Vous en avez parlé plus tôt.

— Je ne crois pas.

— Je vous assure, inspecteur, je répétais simplement son nom.

Maïte hocha la tête avec raideur et sortit du pavillon. Il fallait qu'elle parle à Véga.

⁂

— As-tu été interrogé par Holmes ou par ce cher Watson ?

— Par Holmes.

— Qu'est-ce qu'il t'a demandé ?

— Ben, des trucs du genre si je le connaissais bien, vu qu'il était dans la communauté quand j'étais petit, s'il était du genre renfrogné ou joyeux, s'il s'intéressait aux herbes, s'il avait changé ces derniers temps. C'est quoi ces questions ? Rigel c'était Rigel que je lui ai dit, ce n'était pas qu'il était tellement renfrogné ou joyeux, c'était surtout qu'il était prodigieusement ennuyant. Et ici, tout le monde s'intéresse aux herbes, ça n'a rien d'exceptionnel. Toi, qui as-tu eu ?

— Ce cher Watson. Sais-tu quoi ? Il a fait littérature à l'université ! Il s'est retrouvé dans la police parce qu'il voulait un travail sûr pour élever une famille. Ça a marché. Sa femme Samarinda est indonésienne. Il a trois enfants. Michaël…

— … Dis donc, c'est toi qui posais les questions ou quoi ?

Draco haussa les épaules.

— Il m'a demandé trois ou quatre trucs, mais comme j'ai rarement vu Rigel plus de dix minutes en ligne, on en a vite fait le tour. Il m'a

298

posé d'autres questions « pas rapport » et m'a parlé de lui. C'était chouette, je te dis.

Ce cher Watson s'était vu confier les interrogatoires des étudiants parce qu'il avait le tour avec les jeunes. Il les intéressait, parlait de lui et posait des questions qui n'en avaient pas l'air jusqu'à ce qu'il sache tout ce qu'il voulait savoir. Son mandat n'était pas tant de trouver des informations sur les circonstances de la mort de Rigel que de recueillir le plus de renseignements possible sur les habitudes de vie de la communauté.

＊＊＊

Véga avait débouché une bonne bouteille. Si les deux femmes devaient discuter tard dans la nuit, aussi bien le faire en prenant leurs aises.

— Tiens Maïte, je t'ai rapporté un souvenir.

Maïte ouvrit le sac et en sortit un ravissant masque de porcelaine. Elle se força à sourire pour remercier Véga, mais elle avait la tête ailleurs.

— Il ne te plaît pas ? Je l'ai pris à Venise ; c'est une reproduction d'un masque de carnaval.

— Oui, il est… charmant.

— Alors ?

— Alors merci. Excuse-moi. J'ai la tête ailleurs. Je viens d'apprendre que l'enquêteur sait que tu m'as enseigné chez les Ursulines.

— C'est grave ?

— J'ai fait celle qui ne se rappelait pas trop avant de faire semblant de me souvenir. Je ne sais pas s'il m'a crue.

– Ne t'inquiète donc pas tant.

– Ce n'est pas tout.

– Quoi d'autre ?

– Il sait que Sacha et Aldébaran ont été à l'école ensemble. Il se doute bien que je le connaissais puisque mon frère était dans la même classe que lui et qu'on habitait la même rue.

– C'est comme ça dans les petites villes et Québec est une petite ville.

– Il enquête sur la mort de Rigel tout en faisant constamment des liens avec Aldébaran.

– Pour l'instant, il ne faut pas oublier que l'enquête porte sur Rigel.

– En principe.

– Tant qu'il n'aura pas trouvé de preuves que Rigel a été empoisonné par des gens qui voulaient qu'il disparaisse, il est très mal placé pour demander une deuxième exhumation. Il faut d'abord qu'il justifie cette première exhumation et qu'il établisse un lien formel entre les deux décès s'il veut aller plus loin. En ce moment, il lance sa ligne. Je ne te dis pas que ce n'est pas inquiétant, mais le résultat de sa pêche dépend de nos réactions.

– Ce n'est pas tout. Je pense que j'ai fait une gaffe.

– Quoi ?

– Juste avant que je sorte, alors que comme une belle dinde, je m'excusais de ne pas pouvoir lui en dire plus sur ma jeunesse et tout, il m'a dit sur un ton « réconfortant », oui, c'est ça, un ton « réconfortant », qu'il n'aurait qu'à aller voir la mère de Jean-Pierre qui habite toujours au même endroit. Et moi, j'ai dit : Géraldine ? Tu comprends ? C'était comme un réflexe, je ne sais pas trop. Ensuite, j'ai fait comme si c'était lui qui l'avait dit plus tôt, que je n'avais fait que répéter son nom, mais on savait tous les deux que ce n'était pas vrai. Comment est-ce que je pourrais connaître le prénom de la mère et ne même pas connaître le fils ? Il sait que je mens, c'est évident.

— Reste calme ! On va trouver quelque chose.

Capella avait perdu beaucoup de son entrain au cours des derniers jours, mais si elle était moins mobile, préférant rester recluse à lire et à penser, elle était tout aussi curieuse de ce qui se passait, et les visites quotidiennes d'Adhara étaient un baume sur sa solitude.

— Je vous ai apporté du gâteau, Capella. Voulez-vous que je prépare du thé ?

— Bonne idée, mon enfant. Ensuite, vous me raconterez ce qui se passe dans notre petite bourgade, comment l'enquête avance et ce qu'en disent mes aimables collègues.

Capella s'enfonça confortablement dans sa bergère, grimpa les pieds sur son pouf et se dit que cette jeune fille était décidément la personne la plus agréable qu'il lui avait été donné de fréquenter depuis un bon moment.

Adhara vint la rejoindre, un plateau de thé fumant dans les mains.

— L'inspecteur et ses hommes ont presque terminé leur travail. Ils partent demain.

— Déjà?

— Vous auriez préféré qu'ils restent?

— Je me dis que tant que la lumière n'a pas été faite, nous courons tous un risque, et le fait que l'enquêteur soit avec nous, nous protège. Mais d'un autre côté, je ne pouvais pas m'attendre à ce qu'il reste ici indéfiniment. Vous a-t-il dit quelque chose?

— Comme quoi? Vous savez que les gens de la police sont discrets.

— Je sais, mais je sais aussi que vous partagez les mêmes doutes. Alors, qu'est-ce que ce séjour parmi nous lui a appris… sur nous?

— Selon lui, notre communauté est une secte.

— Une secte?

— Son assistant, puisque c'est surtout lui qui rencontrait les étudiants, a remarqué qu'au début, les jeunes étaient cordiaux, ouverts avec lui et qu'au fur et à mesure que l'enquête avançait, que les questions se précisaient, ils devenaient moins spontanés et moins coopératifs.

— Quelqu'un aurait fait pression sur eux?

— C'est ce que j'ai pensé aussi. Altaïr est assez autoritaire pour imposer le silence aux étudiants. Eh bien, non! J'étais dans les patates. L'enquêteur m'a dit que c'était comme s'ils sentaient que « leur communauté » était attaquée et qu'ils voulaient la défendre.

— Son assistant a pu mal interpréter leurs réactions ?

— L'enquêteur m'a dit avoir entendu des conversations qui confirmeraient plutôt sa perception.

— Une secte... J'ai passé vingt ans ici en toute liberté, ce serait assez ironique que la communauté devienne son contraire.

— D'après lui, les étudiants admirent mon père bien plus qu'on pourrait le penser et ils sont prêts à beaucoup pour lui. En plus, ils n'ont pas connu Aldébaran et voyaient très peu Rigel. Pour eux, ces morts ont peu d'intérêt en comparaison des rapports chaleureux qu'ils entretiennent avec Antarès et Castor et de la confiance qu'ils ont en Altaïr.

— À votre avis, est-ce vrai ?

— Ça se pourrait.

— Selon vous, Rigel n'est pas mort parce qu'il a absorbé un produit toxique par accident, n'est-ce pas ?

— Admettez que c'est difficile à croire.

— En effet.

— Je pense que Rigel s'est trouvé au mauvais endroit au mauvais moment, qu'il a été témoin de quelque chose qu'il aurait dû ignorer et qu'il l'a fait savoir à qui de droit.

— Ce qui était on ne peut plus imprudent de sa part.

— C'était suicidaire. Mais Rigel ne s'en est pas aperçu sur le coup.

– Promettez-moi d'être prudente, Adhara. C'est inquiétant ce qui se passe.

– Promettez-le-moi aussi, Capella.

– Qu'est-ce qu'une vieille bourrique comme moi pourrait bien redouter ? Non. C'est vous qui devez être prudente, mon enfant.

Chapitre XXVI

La grande visite

J'ÉTAIS PENCHÉE sur un plan géant qui indiquait l'emplacement des pavillons, des allées et des boisés de la communauté, en m'efforçant d'y apporter des retouches sans abîmer ce qui était déjà fait. Il était si grand que pour le finir, j'avais dû me déplacer autour de la table et parfois grimper dessus. Je suppose que je m'étais dit que plus le plan serait gros, plus mes explications sur la façon de nous y prendre pour sortir les pierres sans être vus seraient limpides. Bref, j'étais penchée sur ce plan quand j'ai entendu du bruit à la porte. C'était Samuel et Catherine qui arrivaient en compagnie d'Adhara. J'ai eu le temps de me dire que ça aurait été mieux si j'avais pu cacher le plan, mais pas celui de passer à l'acte. Mais si elle l'apercevait, elle allait sûrement me poser des questions auxquelles je n'avais pas envie de répondre.

Pour éviter qu'elle s'approche trop, je suis allée vers elle avec une fausse mine réjouie et un sourire que j'étirais avec une telle maladresse qu'elle s'est tout de suite doutée de quelque chose.

— Bonjour Joal. On ne tombe pas au meilleur moment, je me trompe ?

— Pas du tout. Tu parles d'une belle sottise... je veux dire surprise ! Ça fait longtemps que tu es arrivée ?

Je me plantai devant elle, en lui posant deux becs exagérément enthousiastes sur les joues et je restai devant elle sans bouger.

— On devrait aller s'asseoir dehors au soleil. On serait bien pour jaser.

Catherine me lança, avec humeur :

— Ce serait une excellente idée s'il faisait soleil ! Tu n'as pas remarqué le temps qu'il fait ? Qu'est-ce que tu dirais de reculer un peu pour laisser Adhara respirer ?

— Oui, bon vent... je veux dire bon sang, où j'ai la tête, voyons !

Adhara ne disait rien, mais elle avait vu l'immense feuille étalée sur la table et elle était en train de faire un lien entre mon embarras et ladite feuille.

— Tu étais occupée, c'est ça ?

— Ben, pour être honnête...

Samuel n'était pas d'humeur. Il venait de retrouver l'amie qu'il n'avait pas vue de l'été et sa propre jumelle la recevait comme un chien dans un jeu de quilles.

— Pas du tout. Tu ne la déranges pas du tout. N'est-ce pas Joal ?

— Mais oui... je veux dire, mais non !

— Viens t'asseoir, Adhara.

Adhara sentait bien que quelque chose n'allait pas et c'était difficile pour elle de faire plaisir à Samuel sans m'embarrasser et inversement.

Elle s'est assise au bout de la table et à son regard, j'ai tout de suite vu qu'elle avait reconnu ce qu'il y avait sur mon plan.

— Beau travail !

— Tu trouves ?

La situation était si ridicule et mon sens de la repartie si absent que j'ai pris le seul moyen de m'en sortir qui ne me semblait pas trop humiliant, je me suis mise à rouler mon plan en silence. Quand j'ai eu terminé, j'ai regardé Adhara droit dans les yeux et je lui ai dit sur le ton le plus au-dessus de mes affaires que je pouvais :

— Je monte ça dans ma chambre et je vous rejoins tout de suite.

Quand je suis revenue, ils avaient un drôle d'air tous les trois.

— Qu'est-ce qu'il y a ? De quoi vous parliez ?

Samuel avait un petit sourire gêné.

— Adhara est au courant pour les pierres, c'est justement de ça qu'on parlait avant de venir te trouver.

J'avais fait tous ces sparages pour rien ! Quelle idiote !

— Tu sais que ton frère a volé les pierres ?

— Oui, je sais. Il me les a montrées. Je ne lui ai rien dit des informations que j'ai obtenues du frère Cercatore. Ça vous laisse de l'avance. Tryx n'a aucune idée de la nature de ces pierres. En fait, il les voulait pour que vous ne les ayez pas.

– Ça veut dire que tu es de notre côté, Adhara ?

– Disons que je ne suis pas contre vous. Ça te va ?

– Non, ça ne me va pas. Il y a un côté et l'autre. Je ne vois rien entre les deux.

Catherine leva les yeux au ciel.

– Quel bébé tu peux être quand tu veux, Joal. Il se passe des choses beaucoup plus graves en ce moment dans la communauté.

– Qu'est-ce qui se passe ?

– Le corps de Rigel a été exhumé pendant que j'étais en Italie et il est fortement question que celui d'Aldébaran le soit aussi. Les policiers ont passé la semaine dans la communauté.

– Oui, je le sais… Est-ce qu'ils ont trouvé quelque chose ?

– L'enquêteur ne m'a rien dit de précis, mais l'enquête ne sera pas abandonnée. Il y a pas mal de fébrilité dans l'air en ce moment.

– Mais la police est repartie ? La voie est…

Samuel ne me laissa pas finir.

– … embrouillée et nous on est sur le point de retourner en ville.

– Il n'est pas question…

– … qu'on aille mettre le bordel là-bas !

– Arrête de me couper la parole, Samuel ! Vous me cachez quelque chose et ça m'énerve, qu'est-ce que c'est ?

— Explique-lui, Adhara, moi je suis juste son jumeau, elle ne m'écoutera pas.

— Le climat est très tendu dans la communauté, Joal. Tout le monde est sur la défensive à cause de l'enquête, bien sûr, mais si jamais quelqu'un de l'extérieur se pointait, ça pourrait dégénérer.

— C'est ce que je disais, il y a deux côtés et tu ne peux pas être du nôtre, c'est normal à cause de Bellatryx. Je suis juste un peu surprise que Catherine et mon propre frère n'aient pas ta loyauté.

— Ils sont aussi loyaux que je le suis, la question n'est pas là. Mais ils savent que venir dans la communauté en ce moment et risquer de provoquer les membres est une très très mauvaise idée. J'ai vu les pierres, Joal, elles sont en sécurité et elles vont être encore là quand vous allez revenir l'été prochain. Je vais les avoir à l'œil si ça peut te rassurer. Et je n'ai pas l'intention de dire un mot là-dessus à mon frère. Il a voulu s'emparer des pierres, qu'il s'arrange. Si tu veux encore les reprendre l'été prochain, je ne te trahirai pas et je ne t'empêcherai pas de le faire.

— Il y a juste un petit problème.

— Lequel ?

— On ne sait pas encore si on va revenir l'année prochaine.

— Mais oui, voyons. Pourquoi vous ne reviendriez pas ?

— Parce que c'est Richard qui décide. Pas nous. Alors tu comprends, en remettant le projet à l'été prochain, ça pourrait vouloir dire qu'on ne récupérera jamais les pierres.

— Je ne peux pas t'empêcher de faire quelque chose si tu as décidé de le faire, mais je te répète que c'est une très mauvaise idée.

⁂

— Bonjour, Capella. Je vous ai apporté du gâteau. Aimeriez-vous un peu de thé avec ça ?

— Oui, c'est gentil, mais ce n'était pas nécessaire.

— Ça me fait plaisir, voyons !

— Dans ce cas…

— Adhara n'est pas avec vous ?

— Non, je suis seule.

— Comment va votre santé ? On ne vous voit pas beaucoup ces temps-ci.

— J'ai moins d'appétit et pas beaucoup d'énergie, alors je sors moins, je me ménage.

— Quelque chose ne va pas ?

— Non, non. Ne vous inquiétez pas. J'ai même suivi l'enquête avec un certain plaisir. Ce n'est pas si souvent qu'on voit la police d'aussi près ! Tout d'abord, j'ai trouvé que l'enquêteur était un peu jeune, mais non, il doit être plus vieux qu'il en a l'air parce qu'il est coriace, finalement.

— Ne m'en parlez pas ! Enfin, ils sont partis maintenant. Ce n'est pas trop tôt ! On peut dire qu'ils en prennent de la place quand ils s'installent quelque part ceux-là. L'enquêteur est-il venu vous voir ?

– Holmes? Oui. Et ce cher Watson aussi.

– Ah ! Vous êtes au courant pour les surnoms ?

– On habite sur une petite planète, ici. Tout se sait.

– Pensez-vous que l'enquêteur a trouvé quelque chose ?

– Oui.

– Tenez, voilà votre gâteau. C'est lui qui vous l'a dit ?

– Qu'est-ce que vous allez chercher là ? Bien sûr que non !

– Comment pouvez-vous être certaine qu'il a trouvé quelque chose dans ce cas ?

– Je l'ai déduit, tout simplement.

– Et ?

– Et cette histoire est loin d'être finie. Votre thé est délicieux.

Chapitre XXVII

Comme des aristocrates

IL Y A des traditions qui prennent beaucoup de temps à s'installer, des siècles même, et d'autres qui n'ont besoin de se manifester qu'une fois pour être reconnues et adoptées par le seul pouvoir de leur nécessité. C'était une tradition de cette sorte-là qui nous avait conduits devant le feu pour attendre l'annonce de Richard. Serions-nous là l'an prochain? Allions-nous courir les mêmes sentiers, faire les mêmes blagues, nous crêper le même chignon en nous reprochant les mêmes bêtises? Nous n'étions pas assez naïfs pour ne pas nous être aperçus que l'argent d'Altaïr, qui avait assuré notre subsistance au château, était épuisé. Nous étions comme des aristocrates déchus qui étirent la soupe dans leurs palais dégarnis. Un deuxième miracle en deux ans, c'était beaucoup demander au ciel.

Les petits couraient partout – je crois que les départs ont sur les enfants les mêmes effets que l'imminence des tempêtes de neige –, et nous, les grands, étions absorbés par nos soucis de grands. Ignis tournait autour du feu. Son visage assombri par les inquiétudes du retour me renvoyait comme un miroir à mes propres incertitudes. Est-ce que je reviendrais pour mettre mon plan à exécution et reprendre les pierres des mains de Bellatryx ? Est-ce que j'aurais cette chance de lui faire comprendre que j'étais assez bien pour lui ? Encore cette année, nous nous étions toisés, provoqués, mais rien n'avait été réglé pour toujours. À moins qu'on ne revienne pas. À cette seule pensée, je m'affolais. J'étais chez moi, ici. Ce château, c'était mon château, cette montagne était mienne, s'il y avait un Dieu quelque part, il ne pouvait pas ne pas le savoir.

Richard est finalement apparu, un petit quelque chose de différent dans la tenue. Ce soir-là, il était chic comme la fleur des pois, ce qui, dans son cas, voulait dire qu'il avait mis un gilet et un jean sans trous ni taches. Il s'est assis près du feu et, comme chaque fois que les genoux d'Ignis n'étaient pas disponibles, Pio a grimpé sur ceux de Richard, lequel a fait lentement le tour de notre assemblée, avant de prononcer les célèbres paroles :

– Je vous regarde et je ne vous trouve pas l'air trop malheureux ! Contents de rentrer enfin chez vous ?

Luc s'est prêté au rituel, rétorquant par cette autre phrase célèbre :

– Arrête de tourner autour du pot, Richard ! on revient… ou pas ?

C'est là que le scénario a dérapé.

— Vous voulez que je sois honnête, n'est-ce pas ? C'est comme ça qu'on a toujours fait, il n'y a pas de raison pour que ça change.

Ce n'était pas facile à dire. Il hésitait.

— La vérité, c'est qu'on n'a plus d'argent et ce n'est pas avec ce que vos parents me donnent qu'on pourra revenir l'an prochain.

Il ajouta, avec un sourire qui ne convainquit personne :

— Si vous ne mangiez pas tant, aussi !

J'essayais de deviner ce qu'il allait dire d'autre, ce qu'il pouvait dire d'autre, mais ma tête était vide. De ce vide éperdument vide qui se produit avant un examen ; j'étais frappée par le néant.

— J'ai un marché à vous proposer.

— Un marché ?

— Oui. La décision vous appartient davantage qu'à moi cette année. C'est même plutôt ta décision, Luc.

— Ah bon !

— Les chapelles, les gravures sur pierre, l'histoire du camp, je sais bien que ce sont vos découvertes, mais en intéressant des gens de l'extérieur, je pourrais essayer d'obtenir des fonds, qui sait, trouver un mécène et réunir assez d'argent pour qu'on revienne l'an prochain.

— Jamais je ne te laisserai faire ça ! Tu m'entends ? JAMAIS !

— As-tu mieux à proposer ? Sinon, j'ai bien peur que je vais devoir vendre la montagne.

— J'espère que tu n'appelles pas ça un choix ?

— C'est un marché honnête, Luc. Mais je comprends que c'est difficile pour toi. N'oublie pas que c'est difficile pour tout le monde. Et que même si vous êtes d'accord, rien n'est encore gagné. Je ne suis pas certain d'intéresser des chercheurs, je pense simplement que j'ai des chances d'y arriver. Discutez-en, dormez là-dessus, vous me donnerez votre réponse demain matin. Je vous laisse, j'ai à faire dans mon bureau.

Richard s'est levé, il est allé déposer Pio dans les bras de grand Louis et il est parti. Notre silence l'a accompagné jusqu'à la porte du château.

D'abord, on n'a rien dit. On s'est contenté d'attendre en surveillant Luc du coin de l'œil. Il grattait le sol avec un bâton ; il refusait de lever la tête, de discuter le coup avec nous. Finalement, Marie-Josée a mis fin au silence qui devenait insupportable.

— Luc a raison, ce n'est pas un choix.

— Tu oublies un petit détail.

— Quel détail, Samuel ?

— Si on perd le château, Richard le perd aussi.

— Peut-être, mais s'il fait venir du monde ici, ce sera comme si on l'avait perdu de toute façon. On ne sera plus chez nous, nos découvertes appartiendront à d'autres. Je ne vois pas l'intérêt.

Laurent rétorqua, furieux :

— Moi je le vois l'intérêt, Marie-Josée. L'intérêt, c'est nous. On est chez nous ici, on est bien. Dis donc, Luc, qu'est-ce qui va arriver si tu refuses ? Tu vas repartir chez toi avec la pierre rafistolée, fin de l'histoire ?

Charlotte ajouta sa voix à celle de Laurent :

— Tu n'as pas le droit de choisir pour nous. Moi, je refuse !

Luc releva la tête, prêt à se battre.

— C'est tout de même à moi que Richard s'est adressé et ce sont mes efforts qui nous ont permis de trouver la chambre secrète.

Ce fut à mon tour de m'impatienter.

— Si c'est à ça que tu veux jouer, d'accord. Le carnet, c'est moi qui l'ai trouvé au grenier. La découverte de la chapelle du mont Noir, c'est Lola, la chapelle du mont Unda, c'est Catherine. C'est Marie-Jo qui a traduit les inscriptions, Stéphanie qui a photographié les pierres, Charlotte qui t'a apporté celle qui est ici. Marc qui l'a réparée. Tu veux que je continue ?

— Je n'ai pas encore dit ce que je comptais faire.

Juliette s'empressa de lui rafraîchir la mémoire :

— Oui, tu as dis JAMAIS à Richard. Comme si on ne comptait pas dans la balance.

— C'est pas ce que je voulais dire.

— Prouve-le !

— Je pense qu'on pourrait peut-être accepter en… en posant nos conditions.

– C'est-à-dire ?

– Ben… On pourrait exiger d'être consultés sur ce qui va se faire. Des trucs du genre.

– Oui, et il faudrait demander que nos noms apparaissent dans les rapports qui seront publiés.

– C'est bon ça !

– Qui va le dire à Richard ?

Samuel regardait Luc.

– Vas-y, ça te revient.

– Non. On s'est partagé le travail, on a tous participé à la décision, on va aller l'annoncer à Richard ensemble.

Chapitre XXVIII

L'heure du thé

– INSPECTEUR ?
– Oui ?

– C'est Adhara Gozzoli.

– Bonjour, qu'est-ce que je peux faire pour vous, mademoiselle Gozzoli ?

– Je vous appelais pour vous prévenir qu'un membre de la communauté a été transporté d'urgence à l'hôpital tôt ce matin.

– Quoi !

– Attendez avant de tirer des conclusions. On ne sait pas encore ce qui est arrivé.

– Vous avez bien fait de m'appeler. Qui est-ce ?

– Capella.

– La charmante vieille dame que je suis allé rencontrer chez elle ?

– Oui, c'est elle.

– Elle n'était pas malade quand je l'ai vue.

– En effet, ce qui arrive est très surprenant.

– C'est la plus âgée du groupe, je crois. Quel âge a-t-elle ?

– Soixante-dix ans.

– Que s'est-il passé ?

– Je n'en sais rien. J'étais allée voir des amis. Je suis passée lui dire bonjour en fin de journée et c'est là que je l'ai trouvée. Elle était assise dans son fauteuil, comme endormie. Il y avait une théière et une tasse à côté d'elle. Je me suis approchée et j'ai vu qu'elle était inconsciente.

– Où êtes-vous en ce moment ?

– Au village. Je vais rentrer aussitôt cet appel terminé, les gens de la communauté attendent des nouvelles.

– Puis-je passer ?

– Je ne crois pas que ce soit une très bonne idée.

– Pourquoi ?

– Altaïr ne vous laissera pas entrer.

– Qu'est-ce que vous me chantez là ?

– Il y a un mouvement de repli dans la communauté en ce moment. Les gens sont plutôt montés contre la police…

– Je vois. Quand retournez-vous la voir ?

– Demain après-midi.

– Dans ce cas, je vous verrai là-bas.

Adhara reposa le combiné. Elle n'avait pas beaucoup arrêté depuis qu'elle avait découvert Capella inconsciente. Elle avait averti Altaïr de ce qui était arrivé, était descendue au village pour appeler l'ambulance. Elle avait accompagné Capella, passé quelques heures à l'hôpital avant de rentrer et, tout ce temps, sa voix n'avait même pas tremblé.

Elle paya son café et sortit du dépanneur avec le sentiment de maîtriser la situation. En passant devant la maison du docteur Chapdelaine, elle eut envie d'aller voir s'il était là. Elle se dirigea vers la porte où brillait le heurtoir à gueule de lion. Quelques minutes plus tard, Alice ouvrait la porte.

– Est-ce que le docteur est là ?

Alice hésita à la faire entrer, mais voyant sa mine défaite, elle la saisit par le bras et l'entraîna dans la cuisine.

– Asseyez-vous. Prendriez-vous une tasse de thé ?

Cette simple évocation du thé, si souvent partagé avec Capella ces derniers temps, fit fondre Adhara en sanglots.

– Vous n'aimez pas le thé ?

– [...]

– Ça ne va pas là-haut, c'est ça ?

Les pleurs d'Adhara finirent par s'apaiser.

– Non. Maintenant, ça va. C'est quelqu'un de la communauté qui est tombé gravement malade.

– Qui est-ce ?

– Capella.

– Que s'est-il passé ?

– Je n'en sais rien.

– Vous devez vous douter que le docteur Chapdelaine ne pourra pas aller la voir.

– Je sais, je ne suis pas venue pour ça. Je voulais juste avoir de ses nouvelles.

– Il va mieux. Mais vous, qu'allez-vous faire ?

– C'est déjà réglé. Capella a été hospitalisée.

– C'est grave, n'est-ce pas ?

– Oui... elle est inconsciente depuis que je l'ai trouvée. C'est vraiment affreux ce qui se passe ! Je ne sais pas du tout ce qui arrive à ma communauté.

– C'est normal que vous soyez bouleversée, n'importe qui le serait.

– Il faut que je parte. Voulez-vous dire bonjour au docteur pour moi ? Dites-lui que je pense souvent à lui. Et merci pour le thé.

Épilogue

Aux prunes !

JE JETAI un dernier coup d'œil au dortoir. Il ne se ressemblait pas sans notre désordre. Les petits lits de fer étaient alignés avec pour tout habillage les vieux matelas rayés, garnis de boutons de coton et de trous par où s'échappait la bourre, pareille à des flocons de poussière. Sous la commode était blotti un troupeau de moutons à qui aucun balai ne viendrait chicaner le territoire dans les mois à venir et déjà les araignées, moins stressées, choisissaient leur coin de plafond pour l'hiver.

Je me suis approchée de la fenêtre pour saluer Zitella. Un pic a cessé de cogner contre le montant, le temps de s'assurer que ma grosse tête n'était pas une menace. En contrebas, je voyais la colonne de départ s'organiser. Les grands fixaient solidement les sacs à dos des petits, rattachaient un lacet, leur tendaient un bout de bois en forme de canne. Il fallait que je me dépêche, le chauffeur devait déjà nous attendre en bas de la montagne.

Finalement, la colonne s'est mise en branle. Jamais la distance ne nous paraissait plus courte que les jours de départ.

— Tu me jures que tu vas y faire très attention, Richard ?

— Qu'est-ce que tu crois, Luc, que je vais me sauver au bout du monde, la pierre en poche, sans rien dire à personne ? Je n'ai pas envie de manger des noix de coco pour le reste de mes jours !

— C'est quand même dommage, tu aurais eu un bien meilleur pouvoir de négociation si on avait pu rapatrier les autres pierres avant de partir.

— Ne t'en fais pas pour ça, Joal. Je connais pas mal de gens que notre pierre va intéresser.

Je souris. Richard me faisait du bien. C'était quelqu'un sur qui on pouvait compter.

— Allez, monte vite ! Tout le monde t'attend.

Par les fenêtres ouvertes – privilège de vieil autobus sans air conditionné –, les têtes commençaient à sortir pour les derniers adieux.

— On compte sur toi, Richard ! N'oublie pas !

— Comment est-ce que je pourrais vous oublier ? Quelqu'un a un truc à me donner ?

— Pas question !

— Alors, on se revoit aux prunes.

— N'oublie pas nos oreillers neufs. Tu as promis !

On lui a envoyé la main, puis le vieil autobus s'est engagé dans le chemin de terre, les pompons multicolores fixés au pare-brise dansant au rythme des cahots. Une chanson de Simon et Garfunkel jouait à la radio. Je me suis endormie.

Je ne sais pas si on a fait escale pour le dîner, en tout cas, si oui, ça s'est fait sans moi, car je ne me suis aperçue de rien. Quand j'ai ouvert les yeux, Marie et Michel nous attendaient, la mine inquiète.

— Que se passe-t-il ?

— C'est comme ça qu'on dit bonjour à sa vieille mère après des semaines d'absence ?

Marie tenait mon visage entre ses mains, elle était belle et pas vieille du tout, elle disait ça pour qu'on la contredise. Par-dessus sa tête, Michel me fit un clin d'œil.

— Vous avez passé un bel été, au moins ?

— Oui, oui. Alors, maman ? Qu'est-ce qu'il y a ?

— On a reçu un drôle d'appel ce matin. Une femme voulait te parler à tout prix. Elle n'a pas voulu dire qui elle était ni pourquoi c'était si urgent.

Je me suis tournée vers Samuel.

— Penses-tu à ce que je pense ?

— Le docteur. Il lui est arrivé quelque chose !

— Quel docteur ? Quelle chose ?

Pauvre Marie, si elle savait tout ce qui se passait au château, jamais on ne pourrait y remettre les pieds. Samuel m'a regardée d'un air entendu. Notre retour là-bas ne dépendait pas que de Richard, notre silence y serait aussi pour quelque chose. Alors, avec précaution, on a changé de sujet, pour mieux se taire.

Le marais de Saint-Antoine
Vendredi 13 avril 2007

Table

Ne manquez pas la suite de la
« Chronique des enfants de la nébuleuse »
L'Été de l'aigle
à paraître en 2008
aux Éditions Vents d'Ouest.

Collection « Ado »

38. *Évasions!*, nouvelles, sous la direction de Michel Lavoie. Prix littéraire jeunesse Outaouais 2001.

39. *Une nuit à dormir debout*, roman, Nadya Larouche. Palmarès Communication-Jeunesse des livres préférés des jeunes 2003.

40. *La Rage dans une cage*, roman, Michel Lavoie.

41. *La Nuit de tous les vampires*, roman, Sonia K. Laflamme.

42. *Le Défi*, nouvelles, sous la direction de Michel Lavoie. Prix littéraire jeunesse Québec 2002.

43. *La Cible humaine*, roman, Anne Prud'homme. Prix littéraire *Le Droit* 2003.

44. *Le Maître de tous les Maîtres*, roman, Claude Bolduc.

45. *Le Cri du silence*, roman, Francine Allard. Palmarès Communication-Jeunesse des livres préférés des jeunes 2004.

46. *Lettre à Frédéric*, roman, Michel Lavoie.

47. *Philippe avec un grand II*, roman, Guillaume Bourgault.

48. *Le Grand Jaguar*, roman, Sonia K. Laflamme.

49. *La Fille parfaite*, roman, Maryse Dubuc.

50. *Le Journal d'Arianne,* roman, Michel Lavoie.

51. *L'Air bête*, roman, Josée Pelletier. Palmarès Communication-Jeunesse des livres préférés des jeunes 2005.

52. *Le Parfum de la dame aux colliers*, roman, Louise-Michelle Sauriol.

53. *L'Amour!*, nouvelles, sous la direction de Michel Lavoie. Prix littéraire jeunesse Québec 2003.

54. *Coup de foudre et autres intempéries*, roman, Josée Pelletier.

Réalisation des Éditions Vents d'Ouest (1993) inc.
Gatineau
Impression : Imprimerie Gauvin ltée
Gatineau

Achevé d'imprimer en septembre
deux mille sept sur papier 100% recyclé

Imprimé au Canada